国家出版基金项目

"十三五"国家重点出版物出版规划项目

散文·报告文学

舒群全集

第七卷

北方联合出版传媒（集团）股份有限公司

春风文艺出版社

·沈阳·

图书在版编目（CIP）数据

舒群全集. 第七卷, 散文卷·报告文学卷/舒群著; 周景雷, 胡哲主编. —沈阳: 春风文艺出版社, 2023.7
ISBN 978-7-5313-5875-6

Ⅰ.①舒… Ⅱ.①舒… ②周… ③胡… Ⅲ.①中国文学—当代文学—作品综合集 ②散文集—中国—当代 ③报告文学—作品集—中国—当代 Ⅳ.①I217.2

中国版本图书馆CIP数据核字（2020）第206985号

目　录

散　文

20世纪60年代（1960—1969）

红旗厂的红十年	003
远方客人	015
省委书记	020
创名牌	024
本溪史地轮廓	035

20世纪70年代（1970—1979）

舒群编写《中国话本书目》留下的部分文字	041
总司令故事	046
两点感受	051

20世纪80年代（1980—1989）

祝贺与期望	053
愿本溪湖畔春色更浓	055
早年的影	057
乡思	072
《这一代人》自序	087

重新发表《没有祖国的孩子》照片并简略说明 …………………089
关于短篇小说的创作问题 …………………………………………090
舒群谈高长虹 ………………………………………………………096
我和子恺 ……………………………………………………………098
《舒群文集》自序与附记 …………………………………………103
舒群答《人民日报》文艺副刊问 …………………………………106
舒群谈文学技巧与写作 ……………………………………………108
难以忘怀的故友艾思奇 ……………………………………………113
怀念故友沙蒙同志 …………………………………………………117
伟人一简 ……………………………………………………………120
舒群谈《胜似春光》 ………………………………………………122
序　一 ………………………………………………………………125
片断摘文 ……………………………………………………………127
舒群与持永只仁的谈话 ……………………………………………134
舒群答客二问 ………………………………………………………137
序　二 ………………………………………………………………139
一个话本书目的更正 ………………………………………………140
思　念 ………………………………………………………………144
我在东影的经历 ……………………………………………………146
我的创作观 …………………………………………………………149
枯萎的橄榄枝 ………………………………………………………150

报告文学

西北特区抗战动员记 ………………………………………………155
西线随征记 …………………………………………………………177
维·瓦·库恰也夫同志 ……………………………………………207

散 文

20世纪60年代（1960—1969）

红旗厂的红十年

人们知道，重工业地的本溪，被称为美丽的煤铁之城，它的熔炼有色金属的合金厂，被誉为全市的英雄的红旗厂。

市区周围，万山重叠，峰峦蜿蜒，状若天然的城郭。合金厂就在这绿色的围墙里，沿着银链子似的太子河畔的高力坟背。简陋的板屋和巨大的厂房，手工操作的坩锅炉和自动化的电炉，体力搬运的扁担、筐篮、手推车和现代化运输的吊车、汽车、电瓶车、有轨牵引车，彼此对立，互相交错。这两种鲜明的形象的对比，那么容易使人从远古想到近代，从原始想到今天，其间好像隔离着千万年似的。其实，整个合金厂从无到有，从小到大，从土到洋，也不过刚刚十年。

这十年，是光辉的十年，是一天等于十年的十年——红十年。在红十年里，提前一年零十个月完成第一个五年计划、被评为完成五年计划先进单位，并完成财务、成本、文体、卫生、安全、转复军人、报刊发行等十六项跃进计划，取得区、市、省先进荣誉称号而获得十六面红旗。

十年来，合金厂的飞跃发展是日新月异的，不，应该说，是日新时异的。不然，试问当初那般荒坟累累的高力坟背，如何迅速变成这样的生气勃勃、文明生产之厂呢？

你在进厂以后，走吧，随便走到哪里，不论食堂和宿舍，不论办公室和展览馆，不论车间和试制所，到处都在你的肢下伸出一条条的清洁而平坦的路径。看吧，随便看到哪里，不论窗下和门旁，不论房前和房后，不论路边和场上，到处都在你的眼前展开许多各色的盆花、花圃、花坛和花障，花花叶叶，红红绿绿，芬芳而缤纷的气焰，逼人入胜。恍惚之间，你可能感到不是在工厂参观，而是在公园散步。是的，这是个花园工厂，或工厂花园。

特别庆祝新中国成立十一周年前夕、合金厂庆祝建厂十周年的今天，是个好日子，比十年前的今天更好。夜雨过后，天色乍晴，辽阔的秋空，消散着银色的云朵，环形的峰峦，摆动着金色的枝叶。厂内厂外，门前悬灯，路上结彩，打扮得像新娘一样，花枝招展，鲜艳夺目哇。尤其是在俱乐部，花环摇摇，彩旗飘飘，不断的响亮的歌声，震撼着远天。欢腾，鼓动，庆祝的会场就在这里边。

　　全体职工像在劳作和学习中一样，带着洋溢的热情，挺着开阔的胸怀在迎接这个庆祝会的召开。在党委办公室马主任主持下，苏厂长致开幕辞，张书记做十年工作汇报、十年工作总结。他那丰富而深刻的内容，通俗而生动的语言，不住地唤回着人们十年的往日、艰苦的振奋的往日、念念不忘而值得回忆的往日。

　　那是1950年的秋天，党指示创办合金厂。当时，我们国家一边在恢复国民经济，一边在抗美援朝，不能拿出大批人力和物质投入合金厂的生产；但同时，不论恢复国民经济，还是抗美援朝，又必须尽快地生产合金。问题怎么解决呢？没有人，没有钱，没有厂房，没有设备，没有工具，没有原料，一无所有，怎么干呢？

　　只要有党的领导，有群众的支持，天下的事，没有干不成的，何况这么一个厂。于是，紧紧依靠党，依靠群众的力量，借来一把勺子、两口大锅、三个模子，并且调来四个人，从此，这个"一、二、三、四"厂，开办起来了。

　　厂房呢？他们找来找去，找到汽水厂。这个汽水厂的厂址，本来是很小的。在解放路后边，只有一所小院子，几间小红砖房。在这样狭窄的地方，忽然插进一个厂来，摆在哪呢？东房生产车间是让不出来的。西房宿舍和办公室也是让不出来的。最后，只有把储藏室腾一腾，让给他们。它是坐南朝北、靠墙搭的小偏厦，好像小马棚一样，大约地面不足五十平方米，高不到一丈，三扇窗，一道矮门，当你进去的时候，都要多加小心，不然门顶要碰你的头呢。不管地方怎么小，能搭下两座锅台就够了。搭锅台，耐火砖呢？于是，他们从一个旧厂址捡来废砖头，搭成锅台，安上大锅。一切建筑安装，都算完毕，单等一点火，就可以生产了。但原料呢！没有。没有米，怎么做饭呢？他们就用预付货款的办法，收本钢的钱买料，给抚顺厂付货，再收抚顺厂的钱买料，给本钢付货，这样东倒西借地凑集资金，通过小贩买来旧机器，开始生产。

开工的第一天，应该是个难忘的日子，可是问谁，谁也记不准究竟是哪一天；总之，是在中国人民志愿军出国作战之前、10月里的一个星期天。当人们都在例假休息的时候，苏新军等四个同志来到厂里。他们每个人的工作，都是同样的一揽子，不论挑水擦锅，不论烧火下料，都没有任何的分工，也都没有任何的劳动保护品，但他们都同心协力，同甘共苦，积极地完成党交给他们这个光荣任务。

天高气爽，黄叶铺地。在这般秋天的景色里，红色的锅台下，燃着一片熊熊的烈火。火光乱射，闪闪耀眼，在黑色的锅里，银波滚滚，热力灼人。他们拿勺的拿勺，掌模的掌模，一勺勺地舀出，一模模地铸成，把银色的灼热的液体，经过水的冷却，变成发光的沉重的固体，最后，把它摆成一摞一摞的，像银山似的。它叫锡合金。随着，还有铅合金，还有焊条、铜合金、镁合金、锌合金……

这中间，他们借过汽水厂的小偏厦之后，又住慈航寺古庙，租过峪前街民宅，占过解放桥铁路房产，直到1952年，才固定了自己的厂址。

当时，这里是一片荒野，蒿草丛生，丛冢聚集。凭着穷干、苦干、巧干，他们一把一把地拔掉蒿草，一锹一锹地挖开泥，一枝枝的杏条，一块块的黄泥筑起墙，逐渐地筑起厂房，逐渐地发展壮大，成为大型的合金厂。1957年，它不仅有了相当的规模，而且发生了很大的影响。参观的人们，学习的人们，不断地陆续而来。人们都说它好，人们都说它发家了。是的，今非昔比了。如果说，他们过去的是穷日子；那么说，他们这时过的是富日子。穷日子，他们当然穷过，富日子呢，他们还是穷过。不管参观的也好，学习的也好，凡是招待客人，反正是一杯白开水。他们节约之风，是一贯如此的。

可是，当苏联专家伊斯特林要来参观的时候，他们感到了困惑，怎么接待这位远道而来的客人呢？全厂只有一套沙发，是人家送的，破旧不堪的，一坐上去吱嘎直响，说真的，还有点硌屁股呢。买套新的吗？别说买一套，就是买一百一千套也买得起，但舍不得买，没有买。结果，只买了一个衣架。当客人进来脱大衣的时候，请他把大衣挂在这衣架上。这是合金厂有史以来的破费的接待。然后，他们陪着客人走遍各个车间，回答着客人提出的各个问题。一路上，这位富有冶炼经验的专家，一边参观着，一边赞赏着："想不到用这样的土炉子生产出高级的合金。"最后，他绘制了八卦炉的图纸。当他告辞时，那份图纸在他的手里，紧紧地握着，握得那么紧，好像掌中的明珠，怕一不小心掉在地上摔坏了似的。

土炉子，受着称赞。勤俭精神，得到表扬。这风气，已经成为全厂的优良传统。现在，每个职工都是如此，工作不讲条件，劳动不计报酬，爱厂如家，比家更爱。没有熔化的金属碴掉在炉灰里，他们要一粒一粒地拣出来，没有烧好的小煤焦块，他们也要用手选、筛子筛、水淘把它回收。当今年洪水成灾时，他们先护厂后护家，宁肯让家冲得精光而不肯让厂损失一件工具。他们知道，建设这个厂，发展这个厂，是多么不易的。

白手起家的人们，永不忘本哪。

十年来，合金厂依靠自力更生、依靠土办法在发展着，壮大着。同时，它的发展和壮大，也离不开全市全国兄弟厂矿的共产主义的协作关系。

首先，他们注意为国营工业服务，为国家建设需要服务。凡是兄弟单位提出要求，他们回答必应。他们的原则，就是有求必应。他们还说三不怕：一不怕数量少，二不怕困难多，三不怕赔钱。这种共产主义风格，不仅支援了别人、发展了别的企业，而且支援了自己，发展了自己的厂。一句话，支援别人就是支援自己。

这是真理。这是事实。

当合金厂初期住在慈航寺的时候，已经为国家创造出大批的财富，产量一天比一天增多起来。跟着也出现了新的问题：产品的质量还没有在人们心目中树立起威信。怎么推销呢？因此，在四个同志当中，设了一个兼职的推销员，靠他的奔走，推销产品。有一次，他从沈阳回来，特别兴高采烈；真的，眉开眼笑的，他还得意扬扬呢。大家看得出来，由于工作的成功，使他感到满意，而抑制不住内心的激情。原来是他这次跑沈阳跟一个工厂订好合同，销出大批的产品。数量究竟多大呢？他不说，只抿着嘴笑，等人家猜。大家猜吧。一吨、五吨、十吨？都不对。那就难猜了。十吨开外，都不敢设想；而实际呢，却是三十吨。

当时，生产设备能力最多年产也不过两百吨。这三十吨订货，可不是个小数目。大家不由得都有点愣起来。

可是，推销员还说，这第一批订货，是个非常之小的数目，第二批、第三批订货，数目更要大得多呢。而且，人家将要派来个负责的同志……

果然，来了一位曹同志。他一下火车就问合金厂的地址，打听一路，没有一个人知道。他奇怪，本溪地方并不算太大，为什么这样重要的熔炼合金的工厂竟没有人知道呢？结果，他跑到市政府，才问到它在"后湖"，在"慈航寺"。

慈航寺？合金厂？应该是两个完全不相称的称号、不相同的所在。他纳闷，工厂怎么搁在庙里呢？不过，他打听半日，总算打听到个目标，姑且跑去看看吧。不错，他在门前看到慈航寺的匾额，看到光秃的和尚，看到香火的烟气，看到光怪陆离的画壁……你完全看不到工厂的字样、工厂的影子、工厂的痕迹；说实在的，连工厂的味道都闻不到。管他的，进去吧。进去以后，他才瞧见小耳房里的一把勺子、两口铁锅、三个模子、四个人，真可怜，连个小作坊都不如。哼，凭这几个人，这几种工具，难道能够熔炼合金吗？瞧着，瞧着，他怀疑了，动摇了，变卦了。他终于表示了，不仅不续订合同，增加订货；而且要修改已订合同，减少订货。

大家一看，事不妙了。他们问道："三十吨，要减少多少…还订多少吨呢？"

曹同志断断续续地说道："还订……还订……一斤……半。"

大家一听，忽然一怔：以吨为单位的东西，怎么会减少到以斤为单位呢？看得见，这位主顾神色惶惶不安，显然心里有着一种不好直言的忧虑——在担心产品的质量。既然如此，他们便直截了当地答应了，一斤半，就一斤半吧。不仅如此，他们还决定到沈阳去生产——送厂上门。

于是，这个一二三四厂，像轻骑队一样，便于攀山越岭；像快艇一样，善于乘风破浪；它无所踌躇，勇敢而去。

事实证明，他们的行动，获得如意的成功，由于产品质量优良，又从一斤半增加到三十吨、四十吨、五十吨……

十年来，他们主动地积极地支援兄弟厂矿的事实，多得很。因此，他们也同样受到兄弟厂矿多方面的支援。看吧，一个例子。

在1955年他们大量试制新产品的时候，来了一位可敬的客人。他是某代号厂的厂长，大约有四十左右的年纪，举止稳重，谈吐不俗，看来颇有老同志的修养和锻炼。他之所以远道地来到这里做客，显然是为了什么重大的问题。合金厂党、政、工、团负责同志作为主人，一起招待他。他们从自己袋里掏出烟来，请他吸烟；从公共水房打水来，请他喝水。真是不好意思呀，招待远方客人，吸烟没有烟灰碟，喝水没有茶叶。怎么好呢？只好尽他们的热情招待吧。当然，客人见过革命的世面、经过斗争的风霜；他的头顶、发角，就是这样半秃了、斑白了的。他很懂得革命需要怎样的艰苦，办企业需要怎样的勤俭，不但没有嫌他们招待得寒酸，反而赞美了他们这种刻苦朴素的作风。然后，他从皮包里取出一块铝合金的样品。他问："这是你厂的出品吗？"

这产品上铸着合金厂的字样和标记，当然是合金厂的出品。他们问："质量有什么问题吗？"

"没有。质量完全合乎规格。"客人忽然感叹一声，"我们也试制过这种东西，可是试制许久，都没有成功，所以这次才来找你们订货，同时希望仔细地参观参观，好好地学习学习。"

订货，当然欢迎参观。怎样呢？茅棚，地坑，坩埚炉，手工操作，土法炼制……怎样请客人参观呢？结果，参观，婉言谢绝了；订货，订了一百五十吨。

不久，第一批订货，发出三十吨。随着，他们接到一个电报，内容只说，请厂的负责同志前去一叙。

这是什么意思，是货到得迟了，还是货到得少了？都不会的。那么为什么呢？结果大家一致认为可能是由于质量的问题，不是退货，就是撤销合同吧。不管怎么，厂长只得硬着头皮去了。

当乘上火车走尽一条苦闷的旅途的时候，人家派秘书用小汽车把他接到厂里，那位可敬的参观未成而订货的厂长，作为主人站在门前恭候他，陪他走进食堂，请他吃饭，好像迎接贵宾而给贵宾洗尘似的。说真的，酒也好，菜也好，他什么都吃不下去，一心只想着铝合金的质量问题。它究竟是什么缘故，是配料的百分比问题，还是熔炼的技术问题？唉，是撤销合同退货，还是按照合同罚款呢？他想起来，再没有比闷在葫芦里难受哇……人家既然那么客气地隐讳，自己也不好冒昧地说穿。挨着，挨着。他好容易挨到吃完饭，又摆上茶；真糟糕，还得喝茶呀。茶是新泡的，浮着热气，茶叶是高级的，一有股扑鼻的芬芳的香味，可是，他连一口也没有喝。人家客气地说："喝吧，喝吧。"他只说："等等，等等。"等到他刚一举杯，恰好人家就要开口，他的茶还没有喝到嘴，头已经冒汗了。

"我们收到你们第一批货……"

"质量怎样？"

"质量非常合格。"

客人这才放心了，原来白白地受了一场虚惊。当他把虚惊重叙一遍的时候，惹得人家哈哈大笑起来。为了聊以解嘲吧，他埋怨人家不该打那么一个莫名其妙的电报。其实，人家打电报也有人家的目的。人家幽默地解释着。目的嘛，目的就在于"参观"。因为主人原在他们那里没有达到这个目的，现在只好请他来到人家这里达到这个目的吧。

这里有话。含蓄着什么意思？客人不好问，反正说"参观"就"参观"吧。

他跟着主人走进一所实验室。呀，精美的实验室。现代化的建筑，自动化的设备，一切都用电力操作，只要一按电钮就成了——需要投入的原料就都投入了。可是，炉里出来的实验品，都不成型，好像马粪渣似的。显然，这个实验，是失败了。

后来，主人补充着，这样的实验，已经失败了一年。为什么？这就是请他来"参观"的目的。换句话说，目的就是请他来指导。

原来如此。他窘住了。被迫得无法，他讲了讲合金厂土法生产铝合金的过程。这种敢想敢干、大胆创造的精神，使在场的人们都震动起来："我们向合金厂学习。"

最后，那位可敬的主人、革命的战友，无私地慷慨地说，你们既已试制成功，足以代替进口货了，我们可以停止试验。并且，为了支援你们，我们把这两座电炉赠送给你们。在合金厂说，这是在人家的帮助下，从土到洋，土洋结合起来的可贵的开始。

十年来，兄弟厂矿主动地积极地支援合金厂的例子，也多得很。仅仅今年4月份的例子，一下子也说不完。合金厂曾提出今年"五一"跨进1961年的豪迈口号，所以他们4月份任务万分艰巨。就在这艰巨的时候，本溪新生重型机械厂送来电炉，大连造船厂送来氧气瓶和辅助材料，市药政处派二十多名干部从远处运来尖端药品，湖南衡阳邮电局为了运送尖端原材料，局长亲自率领干部押车，走了三百里旱路。

总之，十年来，合金厂这种协作关系，促进了自己的生产，也促进了兄弟厂矿的生产，大大地加速了国家社会主义的建设，特别是教育了本位主义者，提高了人们思想觉悟，而树立起一种人人向往的共产主义的风格。

党和毛主席常常教育我们：依靠群众，大搞群众运动，好像一个重要的课题，天天摆在学生们的面前。合金厂作为党和毛主席的学生，面对着这个课题，曾经经过多次的考试，不管在课堂里，还是在实践中，它的试卷，成绩同样优良，而成为同学学习的榜样。

确确实实，十年来，在合金厂所走过的克服重重困难而不断前进的路上，和它所创造过的日日红月月红年年红而红旗飘飘的成果上，处处都遗留着群众跋涉的踪影，群众劳作的手印，群众思想活动和智慧闪烁的痕迹，处处都贯穿着群众路线的鲜明而生动的事迹。

全体职工，当初只有四个人，便依靠这四个人的力量，现在达到两千多人，便依靠这两千多人的力量；这力量，真是无穷无尽，可以排山倒海，可以翻天覆地。它创作了无数的令人难忘的、社会主义跃进时代的新神话。

本来，什么都没有，只有依靠群众从沈阳借来工具，在高力坟背建起厂房。生产一天比一天发展，厂房一天比一天不够用，于是，他们就用席子和木杆搭成凉棚式的厂房。这种厂房，说起来，可真简便、节约、适用。用不着花多少钱，更用不着什么地质测量、什么设计制图，只要大家一动手就盖起来。棚棚架空，四壁洞开，自然通风，比安装通风设备风凉得多；工人们不受烟熏，还少得职业病呢。夏天好过，冬天挨冻呢？群众最聪明，也最有办法。他们堵上木板皮，抹上黄土泥，就搭成了墙，御寒保温，十分美妙。再到夏天再拆，再到秋天再搭，就是这样拆拆搭搭地适应着寒暑、度过着冬夏，而生产着许多高级贵重合金。因为没有仓库，大批高级贵重合金不得不放在露天地，让风吹着、雨淋着，容易变质呀。大家看着，谁不可惜呢？领导同志把这个困难一交给群众，群众就解决了。在业余时间，他们到处砍柳条子，捡破草袋子，七手八脚地、拼拼凑凑地修成了一千二百平方米的仓库。这庞大的建筑，好像巨人似的站在那里，背倚着绿色的山坡，头顶着蔚蓝的天空，神色自得，气势昂然，真是敢与松柏比长短，与天地比高低呀。当人们把露天的高级贵重合金送到仓库的时候，心里感到有一种难以倾诉的喜悦，有如把自己流浪的孩子送到家，从此有了定居之所，而可以高枕无忧了。

人们劳动在这生产平衡到不平衡、不平衡到平衡中间，有时原材料供应不足，倒是个大问题呢。怎么办呢？他们以勤俭办企业、增产节约的传统精神，经常进行着群众性的回收运动。听吧，锣打起来，鼓敲起来；锣鼓的响声，震动着全体职工的心弦。看吧，也许在朝霞着色之前，也许在月亮发光之后，利用每一刹那业余的时刻，每一个角落，都有着闪闪移动的人影。他们尽可能地不遗漏地从地上拾起所有细碎的原料碴屑，即使是一小枚生锈的铜钱，也要把它积起——积少成多呀；即使是阳极泥，也要把它收拢，从中可以提炼各种稀有的金属——还包括金银在内呢。每一次回收运动，都是如此，他们不仅把地皮一扫而光，而且把地下掘进三尺，搜索尽净了事。

生活在今天的每个革命者、每个共产主义战士，都有着远大的理想，灿烂的前程，都有着雄心大志。他们憧憬着的追求着的是：攀登科学高峰，创造尖端产品。因而，在大搞技术革命的运动中，每个阶段，都具有它的新的内容，好像走上奇妙的幻境，令人感到千变万化，变化无穷啊。比如"四化"，人们日夜地奋战着。有的同志把米拿到厂里，有的同志把行李背到工作岗位上，大家开诸葛亮会、研究制图、做模型、搞材料，同时动作，齐头并进；而使机械化、半机械化程度由22%提高到91.5%。例如"三化"，全厂在一周时间内，就修了二十一座煤气炉，做了三十多种九百多个不同样式的强化器。特别是在向尖端进军的时候，他们以抖擞的精神、整齐的步伐，勇往直前，所向无敌。党的号召，是最美的声音；群众的行动，是最美的姿态；上上下下，打成一片，一条心，一股劲，全厂形成一种美不胜收的景象。画家同志，你用你的彩色，画出这幅美的迷人的图画。音乐家同志，你用你的线谱，写下这首美丽动人的曲子。电影摄影家同志，你用你的机智，你用你的辛劳，你用你的摄影机，记录这场美的百看不厌的片子，让全市全国的人们看，看看他们那种难于描绘、难于歌唱的英雄行为和壮士决心吧。一切为了尖端，给尖端让路。车间搬出了简易的办公室，厂部搬出了红花的办公大楼，搬到仓库，再从仓库搬到席棚子，最少的也搬三次家；他们就是这样地变办公室为研究所、全厂普遍地建立了科学研究小组，并且利用瓶瓶罐罐和管管，利用各种土法迅速地开始了尖端产品的试验，在试验中，人们夜以继日地劳动着，含辛茹苦，奋发图强，到现在为止，试制出很多种新产品，为国家创造价值达五亿多元。

合金厂建厂到现在整整十年——一个世纪的十分之一，三千六百多个劳动日，一天比一天红，一月比一月红，一年比一年红，真是声誉鹊起，后起之秀啊。

十年来，它是在白手起家、自力更生、勤俭办企业、全体职工忘我的劳动中红起来的；它是在与全国兄弟厂矿和部门，大兴共产主义协作之风、互相支援中红起来的；它是在依靠群众、发动群众、大搞群众运动和大闹技术革新和技术革命中红起来的；它首先主要的是在党中央、省市委、局党委的领导下，经历了抗美援朝、镇压反革命、"三反""五反"、整风"反右"等一系列的政治斗争和各项重大的经济改革，特别是在毛主席著作的学习中大红特红起来的。

英雄的合金厂的确像一个英雄似的，高高地举着鲜艳的红旗，在光明的社会主义—共产主义的大道上，大步地飞跃地前进着。这事实，充分地说明了党领导的绝对正确，毛主席领导的无比英明。

常言说得好：千条万条，党的领导第一条。是的，革命大事业，头绪纷繁，经纬万端，唯有党的领导，至高无上，若网在纲啊。

假如没有党的领导，即使有更多的人、更多的工具、更好的厂房，能有合金厂吗？好像没有母亲，即使有最好的保姆、最洁白的尿布、最精致的玩具，能有婴儿吗？当然不能，根本不能。

记得吧？十年前9月的一天——准备庆祝新中国成立一周年，抗美援朝保家卫国中国人民志愿军出国作战的前夕，党发出一个指示：办合金厂。于是他们坚决地执行了党的决定，开始办起合金厂来，他们不迷恋海市蜃楼，也不妄想着空中楼阁——眼前办不到的、什么大的洋的东西；而尽量地争取当时所有的时间，尽量地发挥当时最大的力量，尽量地利用当时一切的土办法——多、快、好、省地把它办起来，办好，办得更好。所以说，合金厂是党一手扶植培养的中国式的土生土长的新型工厂。

假如没有党的领导，即使有了合金厂，能这般迅速地成长壮大起来吗？好像没有母亲的抚育，即使有了婴儿，能这般健康地成长壮大起来吗？当然不能，根本不能。

记得吧？十年来，它所走过的那条漫长的道路，也并非平平坦坦、一路平安；而是经过不断的一阵一阵的风风雨雨，经过不断的曲折复杂的思想斗争，经过不断地加强厂的党组织的领导，特别是实行党委领导下的厂长负责制之后，才有合金厂成长壮大的今天——充满着阳光的晴朗的今天。

今天的党委办公室、书记办公室，是全体职工最熟悉的地方，门前原有的那条凹凸不平的路径，就是群众来来去去踏平的。如果来的是厂外的陌生人，也可以不必探问，只要你寻到最破陋的最矮小的房屋的时候，你走进去吧，这一定是党委办公的所在、书记办公的所在。在这里，你会感到阶级友爱而和谐的气息，或是心心相印而展开思想争论的气氛。在这里，你会看到党委委员怎样共同研究和学习党的方针、政策和上级的决议、指示，或是个人怎样分工而发挥各个职能部门的作用，同时又怎样统一对党委负责而完成全面的任务，或是怎样抓政治思想工作又抓生活福利措施，怎样动员群众又组织干部，怎样"化消极力量为积极力量，变坏事为好事"；在这里，如果你找不到你要找的同志，那么你下车间吧，他们一定在生产第一线，在与工人同劳动……

同劳动、同学习、同商量、同吃、同住的五同，是他们密切联系群众、深切关心群众、同群众打成一片的重大措施，是他们改正缺点、克服困难、提高思想、改进领导艺术的重大措施。

因此，十年来，他们从实际中体会这一条真理：一切事业必须由党来领导，加强党的领导，是完成一切工作任务的最根本保证。

庆祝会上，张书记做完十年工作汇报、十年工作总结之后，提出了今后的战斗任务。

在全场热烈欢迎的掌声中，市委第一书记任志远同志，做了宝贵的指示。最后，他亲切地号召着：

> 同志们，你们在党的领导下，用自己的双手缔造了一座较大的有色金属冶炼企业，在祖国的史册中写下丰功伟绩的一页。希望你们戒骄戒躁，继续发扬与保持光荣，以不断革命的精神，鼓起更大的干劲，抓紧第四季度的每分每秒钟，在提前完成今年的增产节约计划的基础上，争取为国家再创造更多的财富，为明年的持续跃进做好一切准备。我相信，英雄的合金厂职工，一定能够做出更大的贡献，也一定能够把党的要求变成现实。

在党的号召下，在场职工们已经按捺不住激动的心情，有人在搓拳，有人在摩掌，急不可待地在准备展开一番你追我赶的竞争场面。随着，各个车间和科室的代表，以充沛的精力、饱满的热情，快步地走上台去，响应党的号召，保证完成任务。全国著名的市劳动模范、人民代表和社会主义积极分子，支部书记黄洪义同志代表合金车间，坚决地表示：一定保证完成10月份、四季度、全年跃进计划。在市各厂矿致过祝词之后，奖励了五年、十年先进生产者。最后，马副书记致了闭幕词。一个红旗厂的盛大的庆祝会，在庄严的响亮的乐声和掌声中胜利结束。

　　主人谦虚地感谢地送着客人们。客人们在会上听到许多学到许多宝贵的东西，以一种满意的心情，告别而去。

　　当你登山回首一顾的时候，依然可见肃穆的秋色中、飘动的彩旗间，一片夕阳红光映着的合金厂的远景。不，不是它的远景。真正的远景，尚未出现。现在，你能看得见的，还仅仅是那一片刚刚收拾干净的广场，周围摆着的大批的红砖、木料和其他建筑材料，或是基建科锁着的中央有色设计总院设计的图纸。只有在施工、竣工之后，你才真能看得见一幢幢现代化的厂房、一座座新式的设备，和它所生产的各种稀有尖端产品——上天、入地、着陆和下海所必需的神乎其神的东西。当再见的时候，合金厂必然已经改观，也许你会感到生疏，但不要紧，只要你记得它那面红旗也就行了——因为它的红旗是永不变永不落的。人们还在准备庆祝它的红二十年、红五十年、红百年……

《本溪文艺》1960年第12期

远方客人

磷火，多么易于燃烧；而磷铜，又多么难于试制啊。

1955年，闪闪磷火，烧个不停，从室内烧到室外，从河边烧到山坡，几乎烧遍全厂的各个角落和它附近所有的方地，甚至烧伤每个试制者的手脚和他的周身，简直烧得黑夜如同白昼，初春如同盛夏一般；而磷铜的试制，依然未成。

最后，负责试制的苏新军请人买到一套重工业出版社出版的苏联《再生有色金属手册》，分给试制者，嘱咐大家赶快去找那个"磷"字。

试制者之一张绍尧，不仅找到个"磷"字，而且找到个"煮磷法"；随着，便用这个方法把磷铜试制成功。

因此，这个手册成为他们的珍宝，它的作者成为他们的尊师了。

1957年秋天，全厂正在进行整风运动的时候，忽然接到北京重工业部的长途电话，通知有位远方客人——苏联冶炼专家准备特意专程访问合金厂。他就是《再生有色金属手册》的作者，磷铜试制成功的尊师——M.A.伊斯特林同志。

于是，这个消息在全厂轰动起来。职工们急于打听客人到来的时日，领导同志们忙着筹划客人到来的接待；上上下下，欢欢喜喜，好像都在准备迎接一个将近的节日似的。

从前，曾不止一次地接待过苏联专家，人家都是由于钢铁公司和厂务局的工作来本溪，顺便参观一下合金厂的；而这次却完全不同，人家竟是"特意"地、"专程"地访问合金厂的。偏偏又巧得很，他正是全厂所尊敬的热爱的尊师，究竟应该怎样接待呢？可以设想的，客人一来，先要到厂长室。可是，厂长室只有那套人家送的破沙发，破得实在可怜，一坐上去，吱嘎直响；说真的，它还有点硌屁股呢。怎么办？买一套新的吗？漫说买一套，买一百套，也不在乎。是的，今非昔比了。当初全厂全部资产还不值一套沙发钱，而现在仅仅厂长基金也足够建设许多个木器厂。不过，过惯了穷日子，富日子也还在穷过，即使买一套新沙发，也都舍不得。结果，只买个新衣架。一支撑着三条腿的立着的衣架，所费无几；但在合金厂说来，这都是有史以来前所未有的破费。破费就破费吧，为了款待稀有之客，总该给人家准备个挂衣服的地方。另外还预备了一整天招待的必要的东西：茶水、香烟、晚餐……

可是，想不到在客人到来之前，又接个通知，说他计划在厂内停留的时间，只有两个小时。

两个小时，多么暂短，仿佛一年之间的一刹那，多么易逝啊。那般难得的"特意"，那般遥远的"专程"，唉，只为了这两个小时……两个小时，就让它两个小时吧。即使一刻，即使见一面，也已是一个不可多得的机缘啊。

看来，午餐的准备，是多余的了。衣服架呢？

M.A.伊斯特林来了。果然是吃过午餐来的。果然穿了灰色的夹大衣来的。等他一进厂长室，便把他的夹大衣挂在新衣架上——一场不平常的奢侈的招待，便以此仅有的堂皇之举而开始。

乍一看，他的身材高大，魁梧，强壮；他那握手的手劲，十分有力，好像一把老虎钳子夹着你，而使你感觉他具有一种青春之气、青年的体力。但仅他脸上的皱纹，寻觅他的年纪，应该在四十岁以上的样子。上额宽阔，下颏尖削，两颊丰满，面色发白，头发金黄，眼睛碧蓝——有如海水那般的深奥难测，那般的动荡不息。可以说，斯拉夫民族的所有一切特点，都集中于他的一身。

从北京陪他来的，除了翻译同志，还有重工业部的处长、科长同志等；在厂招待他的是书记、厂长同志……

请他坐。他没坐。他急于说往此来的衷心之意——概括起来，这就是说：一个人曾经向往于一个新奇而奥妙的境地，今天终于如愿以偿了。所以他把大手掌往胸前一按，感到心满意足。然后，他才坐下，坐在嘎吱嘎吱的破沙发上。他这一坐，坐得非常安稳，没有换一换地方，也没有欠一欠身子。他坐在那里，好像钉在那里似的。他就那样牢牢地坐着，静静地听着书记和厂长在介绍合金厂的发展历史，以及生产情况。特别是中国的冶炼土法，吸引住他，仿佛有一种什么魅力，迷惑住他。在他来说，不知不觉地度过了他此行所计划的两个小时的一半还多。但他并没意识到这个，所以坐着，听着，安然如故。

可是，陪他的处长和科长却急了，不断地看，并且翻译示意：时间紧迫。年轻的翻译找个机会，插嘴说了一句："时间快到了。"

"来得及。"

伊斯特林没有看，心不在焉地回答一句；显然，他的回答，并没在意。

不仅如此。他还步往车间去，仍在从容不迫呢。经过办公楼的走廊，他还欣赏自己并不认识的大字报，还在用中国话说："中国共产党好，毛主席好。"人们当然理解，想他这样一位来自马克思列宁主义首先胜利的国度的专家，不仅在科学技术上，取得先进；而且在政治思想上，也确实敏感。一句话：又红又专。

当他走到他刚才经过的门前的时候，刚才欢迎过他的鞭炮，又继续响起；刚才欢迎过他的人群，还一直未曾散去；其中那个同志，刚才向他摇晃过的那本绿色的书——《再生有色金属手册》，依旧在向他摇晃，好似一只绿鸠在向他飞翔。他以全身的力气，满腔的热情，挥着两臂，摆着双手，似乎要把所有的欢迎的人们，都一起拥抱起来。的确，这种社会主义国家之间的国际感情的交流，渗透到心灵的深处，有如畅饮那般地享受，令人感到陶醉，不仅忘我于时间之外，而且不知自己置身的所在了。所以他禁不住地说："我在哪儿呢？好像在我的国家，在欢度11月7日。"

年轻的翻译接受处长的示意，向伊斯特林郑重地说："时间到了。"

伊斯特林看下表，点点头，是的，时间到了。他无可奈何地抖了抖肩膀：时间，真快，一晃两个钟头过去。随着，他把两臂一撑，仿佛挣开什么束缚的东西，而现出一种非常舒畅的神色：时间，随它去。于是，他优哉游哉地走进合金车间去。

年轻的翻译懂得伊斯特林的意思，因而跟处长商议，更改车次，准备乘夜车返回去。

伊斯特林完全没有意识到他们，只顾注视着磷铜生产的每一个工序——从翻腾的赤红的铜水到冷却得金黄的铜锭；只顾观察着生产所用的每一种土设备。他不住地向车间主任表示：非常满意。他说："中国土法好。产品质量优良。"

诚恳的车间主任，谦虚地倾听了伊斯特林说的每句话、每个字。随后，他亲切地请教专家同志是不是还有什么问题。因而，伊斯特林马上指给车间主任看，从炉里冒着的那股烟尘，并且他说："应该按上抽烟器。"

真的，如果安上抽烟器，炉里的烟尘被吸尽；那么车间的空气将会更加新鲜，而有益于工人们的健康。真的，土法，土设备，同样能够进行文明生产。诚恳的车间主任，连连点头，实在感谢伊斯特林的指导。

太阳落到西山的山脊，玻璃窗上的闪光，已经消逝；窗外暗然的气息，由淡渐浓起来。一个秋天的黄昏，从天外开始到来。它提醒这位忘返的客人：现在是该走的时候了。

伊斯特林与车间主任、工人们，一一握手道别。

掌声和鞭炮声，交响在一起。这响声，像欢迎他时一样的强烈，而人们都有两样的心情。书记、厂长、工会主席、团委书记和职工们，恋恋不舍地送着他。真的，哪怕再留几个小时也好，几分钟也好，或许他还会提出什么可贵的建议呢。但留不住了，让他上汽车吧。隔着车窗，他还在向大家挥手。大家只好向他致意："一路平安。"

因为大家想到他此去一定是回北京，再回莫斯科的。

"再见，伊斯特林同志。"

再见，也许三年，也许五载……

但谁也没有想到他夜半也没有走，把本溪之行计划停留的两个小时，竟延长到两日。

第二天，他又来了。

是个晴朗的早晨。一片蓝天，飘行着几朵云。太阳刚刚从山背后滚上山顶。路边的薄霜、山药的轻露，还未消尽。这么早，他就来了。也许他的身上还浸着雾气，脚下还沾着霜呢。

他一来，便绕着全厂，重新参观起来。仿佛他昨天不曾来过，今天还是第一次来似的。他所到之处，依然感觉处处新鲜；而且每处依然有着吸引力，在吸引着他。

在参观全厂之后，他对书记说："你们工厂都很好，应该扩大再生合金的生产。"

人们以为他来参观到此为止，合金厂之行已结束。

不，他不但没有告辞，正相反，他又重新回去参观八卦炉，仿佛他刚才不曾来过，现在还是第一次来到。这里仍然引起他极大的兴趣。站着，绕着，细细地观察着炉形、结构，甚至每一块砖。最后，他禁不住掏出小本子，画出一个简单的炉样。当画的时候，他还在说："我没见过这样的土炉子，但我相信它好用……我喜欢它……我喜欢它……"

伊斯特林又问："八卦炉有图纸吗？"

厂长说："有。"

"可以给我一份吗？"

"可以，可以。"

伊斯特林接到图纸以后，不住地一声声道谢。他说："我想不到用这样的土炉子，生产出高级合金。"

当他告辞时，那份图纸在他的大手掌里，被握得那么紧，好像掌中的珍珠，怕一不小心掉在地下摔坏了似的。

伊斯特林走了，走远了。他远到北京，远到莫斯科了。

不管他远到哪里，天涯也好，海角也好，他永远活动在人们的记忆里。每当人们一想到他的时候，便在眼前出现他的形影、貌容，在耳边响起他的声音……甚至与他又见面、又重逢似的。

1961年1月18日

省委书记

省委书记来过合金厂。只在近两年,周桓和李东野同志先后来过,王良和李荒同志同时来过。虽说他们来过的时刻有长有短,但他们来过而后留下的印象,却是很深刻的。

当李荒和王良同志绕厂参观的时候,一直在注意职工的多少、厂址的大小,一直在关心厂的发展前途。

李东野同志一进厂长办公室,就鼓励厂,说它是"本溪的掌上明珠"。为了让这个明珠更加增光添彩,他主动地批给了新建加工车间的铝箔机。

周桓在同志听过汇报、参观过以后,特别重视这种白手起家、勤俭办企业的动人事迹,说它是进行社会教育极可珍贵的材料。因此,他指示,应该把它写成一部具有思想性艺术性的电影故事片,并在如何结构电影剧本、如何发挥剧本主题上做了原则的具体的指示。

在这几位省委书记来前,省委第一书记黄火书同志已经来过。他比他们来得早,大约是在1935年5月初来的。

那正是好时候,时谓春夏之交的季节——不是春末,就是夏初;不是他带着春天去的,就是他带着夏天来的。

他来的前一天,厂内接到市委的电话同志,只说有位负责同志来厂参观,没说来的什么人。厂里同志们纳闷:谁呢?

等到第二天,他们一听汽车响声而赶快迎出去的时候,才知道来的是黄书记;随他来的有省委工作同志和报社记者,陪他来的还有市委任书记。

黄书记站在人们当中。身材极高,比身边所有的人高;体格较强较胖,却不比身边所有的人都强,也不比身边所有的人都胖。眼窝深陷,眼光炯炯。头顶阳光,头发稀疏,而且有些斑白。看来,该有五十岁以上的年纪了。在那振奋的神色间，依然能够寻到由于过分辛勤而隐藏不住的劳累痕迹。在那满面的笑容里，显然可以感到从心灵深处流露出来的喜悦之情。他一下汽车就在笑着，一跟同志们握手又在笑着，一走进屋里还在笑着。不，他可能从一上汽车，一路上就是这样笑着的；甚而从一走上革命的道路，经历艰苦斗争的长途上就是这样笑着的。是的，就是用这样的笑容，克服过重重的困难，迎接过种种的胜利。是的，以马克思列宁主义武装起来的共产党人，是战胜一切困难的，而获得最后胜利——实现共产主义社会的乐观主义的革命家。

黄书记乐观的情绪，感染着在座的人们，而使人们分享着心旷神怡的甘露，好像都在欢度一个节日似的。

现在屋里，有一种欢快的氛围，在清新的空气中升腾，在闪耀的阳光里跳动；它不住地升腾着，跳动着，向外四溢。

黄书记环顾在座的合金厂同志们，笑着，鼓励着："听说合金厂办得好。你们大家都有功劳啊。"接着，他注视到张书记，"你是张书记？"

张书记回答："是的。"

随着，他向黄书记汇报了党的工作情况。

"好啊。"接着，他又注视到苏厂长，"你叫苏新军？"

苏厂长回答："是。"

"当初的四个人，有你一个？"

"是，是党的培养。"

"说得对，没有党，谁也不行。来吧，你把白手起家的经历谈一谈。"

在苏厂长谈过白手起家以后，黄书记又问："你那时为什么有那么大的决心、要搞合金厂？"

"因为我小时候当过学徒，受过苦；解放之后，当家做主了，一想到党对我的新任，劲头就来了。"

"对，你是从根上来的。"

这个"根"，当然指的工人阶级。为了关心这样的干部，黄书记和任书记研究起来：是不是不让他做行政工作，而做党的技术工作。他们的交谈使人们感到：党把培养干部看得多么重要，把重要问题看得多么远——党的视野的远景。因此，黄书记环顾在座的合金厂同志们，笑着，问着："将来，你们打算怎样发展这个厂？"

于是，大家描绘起远景来，厂内如何现代化，厂外如何深化，将变合金厂为一个花果桃园的工厂，金银满仓的工厂。

黄书记听完，禁不住哈哈地大笑起来。他非常满意大家所说的这个理想。不过，作为领导同志，不仅要关切他们未来的理想，而且要重视他们当前的问题。所以他问："你们目前有什么困难？"

当时和合金厂像其他厂一样，处于大好形势，高举着红旗，沿着党的总路线，大跃进，继续大跃进，勇往直前，一无所惧。当然，在这前进的路上，困难是有的；最大的困难，是原材料供应不足的问题。为了这个问题，厂里撒出了大量的人马，到处奔走，承揽加工，求援协助……合金厂的同志们，提起它，真有点伤脑筋呢。既然是实说，就向领导同志实说了吧。

黄书记一听，果然，是个大问题呢。作为领导同志，必然这样地对待下级同志：在他工作好时，适当地鼓励他的成绩；在他工作坏时，恰当地批评他的缺点，或处分他的错误；在他一旦碰上重大困难时，就要及时替他顶上去。于是，黄书记和任书记又研究起来：是不是成品统一交中央分配，原材料统一由中央供给？结果，决定请示中央"归口"。最后，黄书记一扬手，指示说："你们写个报告，由市里报到省里，由省里请示到中央'归口'。"

一句话，一个手势，便从你的肩上卸下一副重担。看来也好，听来也好，在这合金厂同志们的心田上，都同样地埋下了真理的种子：紧紧地依靠党，没有克服不了的困难啊。

当他们随伴黄书记参观的时候，他们的心情也比往日轻松了些，他们的脚步也比往日轻快了些。

黄书记呢，还在笑着。在任书记陪同下，他参观一个车间，又一个车间。每当看见最早的简陋厂房的时候，他就说有保存的价值，将来还要用它教育新工人。每当听见车间工人们鼓掌欢迎的时候，他就举手示意，鼓掌还礼。他越看越重视合金厂的生产任务，并跟任书记说，这个厂是本溪的命根子，需要大力地帮助它，发展它。参观完了以后，他的兴致还高呢，索性从记者手中拿过来照相机，他说给合金厂的同志们照个相；然后，他又站在他们一起，与他们合拍一影，在告别的时候，他说："也许十二年以后，再来看看你们，祝你们再接再厉。"

人们依依不舍地跟他握手，他又不得不快些撒开手，让他走；因为人们知道，他的时刻，该是多么珍贵。此去，也许他还需要去参观别个厂矿，或是某个人民公社；也许他还要马上坐火车回去，主持省委书记重大会议，或是参与群众的大集会；也许他还要赶飞机，尽快地赶到北京去，向中央汇报全省的情况，或是请示有关方针政策的问题。一句话，在全者，他的工作是最繁重的。

在任书记陪同下，他上了汽车。现在，人们只能隔着平窗看着他——还在笑着。他坐车走了。现在，人们只能寄托一个希望：也许一二年以后，他是会再来的。

那时候，他亲自解决的"归口"问题，必定大见成效：大批的原材料络绎不绝地进厂来；大批的成品源源不断地出厂去。那时候，成品的数量更多，质量更高——用于火车，让火车跑得更畅快；用于轮船，让轮船航行得更遥远；用于飞机，让飞机飞得更美妙。那时候，他更要笑，笑的声音更要高。

1961年2月

创 名 牌

——本溪合金厂史稿的一章

是在1953年9月的一天，孙滨熙同志被派到合金厂来的。

那年，他刚刚二十八岁，正在青年有为的时代，特别是他出身学徒，有着工人阶级的优秀品质，怀着远大的高洁的志愿——为党为人民的革命事业，献出自己的终生。他的性格那样：凡事想得多些，说得少些；或者说得少些，做得多些。只有你与他处久了，才比较容易了解他的为人。如果你与他限于一面之识，他给你的印象，也不过是安分守己、老成持重罢了。事实上，他确实也显得老些，腮上的连鬓胡子，几乎埋住半个脸，家里的儿女们，已经成行。说真的，他的年龄与他的面貌，他的家境，多么不相称哪。

被派到合金厂来的孙滨熙，是那样的。合金厂的情况，又怎样？一句话，它也有它的大不相称之处呢。

它的厂址，正在解放桥——借的铁路房产：一座小灰楼，一排小平房，一个大院子。它的编制，已经设了行政、生产、供销三个股。其实，这三个股都没有股长，不过是空的编制罢了。只有孙滨熙来了，负责供销股之后，全厂才出现了第一个股长。

三个股，为什么单单供销股派来了股长呢？

因为，当时这个股已经成为全厂工作的关键所在了。它的关键所在，不是在供的方面，而是在销的方面。自从经过几次重大的技术改革以后，产量大大地提高了，而销售量却没有随着相应地增加，所以产品渐渐地积压下来。看吧，那座储藏产品的小灰楼，已经塞得满满的了；由于那种过量的压力，竟把楼房的基础压得沉下去，沉下去。当人们从楼边走过的时候，都不得不提高警惕：注意危险。这不仅涉及周转资金的问题，而且有关安全生产的问题了。

合金厂慌了，工业局急了。局领导特别是王局长非常关心这个问题，经过多次反复考虑，最后决定派孙滨熙来厂担任供销股股长。这个职位不算高，但它的压力太重，重得像是积压的产品并非放在楼里，而竟放在你的肩上似的；如果你不挺起腰来，随时都会把你压倒呢。

孙滨熙知道不知道这个呢？他知道，完全知道。因为他来厂之前，就在工业局驻沈办事处工作，对于合金厂这个伤脉筋的问题，非常熟悉，说实话，他是不怎么愿意来的。可是，局长一再找他谈话，怎么可以不来呢？干部嘛，应该服从组织分配，来就来吧。他是硬着头皮来的。

他一下定这个决心，便勇往直前、一无所惧地来了。特别是他一到厂，受到全体职工的欢迎，好像说：你来得好，我们都在等你。在欢迎中，他感到一股强大的支持力量，更加增加了他的勇气，他的干劲。此刻，他意识到自己应该到这里来，任何困难，都是能够战胜的。

他一看，厂里人很熟，工作任务也很清楚。再用不着等人介绍情况，等人分配工作；要干，就主动地干吧。于是，在领导的支持下，来的第一天，他就召开个供销会议。会上，大家都同意他提出的方案：跑大码头。跑什么地方呢？重庆、上海。说跑就跑，越快越好。

于是，马上买火车票，他明天就走。在他走前，同志们被他这种果断的态度所感动，都在关怀他，向他提出保证：南方路远，万一路费不足，保证随时如数供给；南方天热，如果一到换季的时季，保证按时把衣服寄上；南方生疏，一旦工作不顺利，保证大家都会谅解你处境的困难。一个保证，接着一个保证，你还需要什么保证呢？

在一种感激的心情中，孙滨熙愣着，激动着：这已够了，够了……还需要什么保证呢……忽然，似乎有一颗巨型的光彩夺目的宝石在他将要走去的夜路上一闪，恍然一悟，他问了一句："我去推销的合金，质量究竟能不能保证呢？"

质量。换个词：品质；或质。总之，这是个大问题，根本的问题。在人，它最贵；在物，同样它也最贵。孙滨熙相信自己有这种最贵的东西；不然，他怎么能这样积极地负责推销工作呢？可是，他所推销的产品，有没有这种最贵的东西呢？他却不知道。那么，谁知道？

当然，技师同志——苏新军知道。他回答人家这个问题，有如回答人家自己的姓名和经历一样简单，熟悉，可以毫不思索地脱口而出："咱们生产的锡合金，保证质量优良，敢和世界头等、老牌的四×比一比。"

"四×"，是英国生产合金的牌名，所谓誉满全球的名牌货。现在，合金厂生产的生产牌锡合金，既然敢与它相比，那就再也用不着什么保证了。

第二天，孙滨熙充满着信心，带着合金样品，便踏上旅途了。

经过北京，到武汉，乘上长江的轮船，他到了重庆。

重庆，建筑在金碧山上，位于嘉陵江和长江汇流处，是个山城，是个水乡，是个果园，十分美丽。宽阔的马路，起起伏伏；碧色的波流，动动荡荡；金黄的蜜柑，随处都是，只要你喜欢吃，伸手就可以买到呢。但他不想吃，好像蜜柑是苦的似的。他也不想看，好像江色是败兴的似的。他更不想走，好像马路是崎岖而凸凹的似的。是的，他在这里的日子，是不好过的。因为屈指一算，他在这里过的日子，不算少了，而销出的产品少得实在可怜，总共不过三五十斤。实际，在这里，他是碰了壁的。

为什么碰了壁呢？简单得很，因为合金厂的产品，是生产牌货，而不是名牌货。人家怀疑它的质量，是否合乎规格呢？孙滨熙可以理解这个心情，但他只用苏新军的话，又说服不了人家，怎么办呢？在失望中，他并未灰心，憋着一肚子气，往上海去。去，毫不犹豫地去，任务的成败，在此一行。

上海这个城市，过去充满着帝国主义和官僚资本主义的势力，以大量带有血腥气的资金，侵占市场，垄断市场，正像一本小说《上海——冒险家的乐园》所描写的，正像一本报告文学《秘密的中国》所揭露的一样，一个城市，两个世界："一方面是庄严的工作，另一方面却是荒淫与无耻。"在白色恐怖下，伟大的中国共产党领导着群众，从未间断过革命的斗争；在斗争中，有多少革命的志士，献出了自己的生命。直到革命胜利，全市解放之后，全市人民站起来了，才清除了帝国主义和官僚资本主义长期积留的垃圾，才进行了各种的民主改革，而使旧的市容，焕然一新，混浊的黄浦江，江面澄清，以帝国主义分子命名的所在，全部另换新称。现在的上海是全新的上海，真正名副其实的繁荣的大上海了。它出产着多种的工业品，而且多种都是畅销国内外的名牌货。但其中缺少一种重要的东西——合金产品。所以孙滨熙来得好……

他一来就被送到新亚酒店。呀，多么大的旅店，多么漂亮的房间。有沙发，有地毯，还有洗澡间。他之所以受到这种款待，是表现市里对他的欢迎。

他在感激这种招待的同时，倍增了工作的信心。他想：这下子，一定可以把任务完成。……推销对象，主要的是造船业……

可是，他万万想不到一接头，就一再碰了钉子。中华造船厂、上海汽轮机厂的技术人员对他说，库里有备品——从英国进口的四×名牌货。总之，人家非常客气地拒绝了他。当然，他不能赖住，走了。

他回到自己住的漂亮的房间，夜里睡不成觉了。怎么办呢？

上海一共有三家造船厂，已经跑过两家了，剩下的一家——求新造船厂，还跑不跑呢？跑吗？还不是空跑腿。不跑吗？怎么完成任务呢？想来想去，不管怎么的，他决心再跑它一趟。

求新造船厂设在沪东，是个公私合营的大厂。在大客厅里，孙滨熙受到供销科科长、生产科科长，还有总工程师的接待。想来，人家是郑重其事呢。两位科长有四十上下岁，身着制服。总工程师已经有五十岁了，穿着一身西装。他们都很礼貌地殷勤地招待客人，给他送烟送茶。他们一谈起工作来，也都非常熟悉自己的业务，以及与自己业务有关的许多问题；显然，他们都是同样的老内行。不过，一接触到正题，他们的态度就变了。看来，供销科科长是有意要帮助客人的。当然，在"供销"上，他俩都是"同行"，对待问题，容易彼此同感，互相共鸣。不仅如此，更主要的，他是从厂的利益、国家的利益出发的。但生产科科长从"生产"的角度出发，与供销科科长的意见有距离，甚至相反；而他与总工程师的意见接近，或是以总工程师的意见为转移。结果，总工程师的结论，必然是他的结论。因此，在他们三个人里，总工程师成为主要的人物。他究竟怎样呢？在谈吐中，他的造船经验，丰富异常；考虑问题，深思熟虑，特别是他的责任心、荣誉心，给人以深刻的印象——仿佛是说：在他亲自指导下，制造的轮船，一旦在航行中发生事故，不仅国家物资受到损失，而且职工人身遭到伤亡；请问，他将何以自处？考虑结果，他说："孙股长，欢迎你来。锡合金，我们是少不得的：这就是说，是极其需要的，不过，我们一向用的，是四×……"

孙滨熙一听，又是四×——从英国进口的名牌货。糟了……

"几十年来，世界局势，变化很大，但四×没有变化，一直是信用昭著，确确实实，称得起名牌货。而且，在我们厂里，存货尚有许多；这就是说，我们还用不着你们的产品，至少目前的情况，如此。"

孙滨熙又一听：完了。走吧。回旅馆吗？不能。回本溪吗？更不能。赖着吗？豁出脸皮，赖着就赖着吧。于是，他重新振作一番精神，想要拉住一个同情者。他对供销科长说："咱们都是跑供销的，不妨再谈一下……"

"谈嘛，谈嘛。"

"我知道，生产牌合金，在市场上还没有信用。可是，我敢保证它一定可以比得上什么四×……"

"如果生产牌能够代替四×，那是一件大好事，我们厂可以降低一笔成本，我们国家可以节省一笔外汇。"

"是不是可以先试用一下？"

供销科长点头了。随着，他便对生产科长和总工程师说："我的意见，我们可以试用。"生产科长没有开口，只是注视着总工程师。总工程师胸有成竹地说："试用是可以的。不过，在试用之前，我们需要鉴别金相。"

金相，什么金相？孙滨熙蒙住了。在他的手提袋里，没有这种东西；在他的脑子里，连这个知识也没有。经过人家的说明，他才懂得，金相原来是金属品的照相。专家需要它，分析元素，鉴定质量；正像医生需要X光片，研究病状，诊断病别一样。看来，它是不可少的极为重要的东西。但他上哪去弄这个宝贝呢？

幸而依靠上海汽轮机厂的帮助，孙滨熙被介绍到第一机械工业部上海化学研究所办妥这件大事。但需要一个月的时间，太久了；请人家照相，由一个月缩短到半个月再不能少了。那么，半个月就半个月吧。费用呢？七十万元（当时币制），这不是个小数目。本来人家是国家的研究机关，纯粹是义务的性质，而不掺杂丝毫营业的目的，怎么好讲价钱呢？他自己又不敢做主，不能不请示厂：是经过厂的同意，最后才把它定下来的。

他去取金相的那天，心情十分不宁静，心在悬着，上上下下地跳得不行。当人家把金相拿出来的时候，他连呼吸几乎都窒住了。好一会儿，他才敢把目光投上去，但一想，看什么看也看不懂呢。于是，他盯住对方——一位非常热心的沉默寡言的科学家：同志，请你快说吧，究竟怎样？只要说一个字就够了，是"成"还是"败"，是"好"还是"坏"？

科学家开口了，先严肃地说一些"科学话"，什么"元素"如何，什么"结构"如何，以及有没有什么"偏折"之类的问题等等。后来，他兴奋地说：

"总而言之，从金相鉴定，锡合金质量非常优良，已超过四×的标准，超过国际的标准。我们为自己国家生产这种新产品的成功，向你们祝贺。"

现在，孙滨熙悬着的心，落地了。你怎么反而跳得更厉害了呢？这是另一种跳，是人逢喜事而抑制不住兴奋之情的那种跳。跳吧，跳得人好舒服啊。在这崇高的享受当中，他向人家致谢，谢谢同志的帮助。最后，他请求人家，可不可以把鉴定写出来。人家答应了，写了书面鉴定。然后，他便把这个书面鉴定打印许多份。

当其中一份由孙滨熙送到求新造船厂的时候，简直是一声晴天霹雳，他们比孙滨熙受到震动更大。过去，怎么敢于想象一个地方小厂的产品，它的规格竟会达到这么高的标准。现在，书面鉴定摆在眼前，难道还不信服吗？因此，供销科长首先表示，立刻签署订货合同。随着，生产科长也改变了态度，开始考虑订货问题。但总工程师沉默许久之后，才说："我的意见，订货问题，不妨推迟几日。在这之前，我们还要试用试用……这样做法比较稳当，是不是？"

总工程师的态度，既然如此，那么，两位科长就不好说话了，孙滨熙更无话可说了。

一切照办，孙滨熙向本厂要的试用品，按数发来了。人家告诉他，试用一有结论，马上用电话通知他。

等待，多么难于忍耐的等待。这期间，孙滨熙体会到"度日如年"是怎样意味深长……忽然一天，他接到了电话，人家就来，请他稍等。注意，人家来看他，这还是第一次；特别是这个"请"，可不平常。

本来，还是平常的日子，平常的冬天，虽说上海的冬天，比本溪暖得多，但它毕竟是冬天，有冬天的湿润的寒意。但他觉得不平常，天气暖了，暖得好似春天的季节。本来，还是他住过多日的新亚酒店，住过多日的房间，今天比往日并没有增添什么，也没有减少什么，但他觉得大不相同，不管什么，都比往日更清洁，更舒适，更悦目，有一种喜悦的气氛围绕着他，不住翻腾。他等到客人来，来的本来还是那位供销科长、生产科长，还是照样地握手；但他觉得这次握手，比历次握手都握得紧，握得亲，像是要把他拥抱起来似的。总之，他觉得今天天气变了，环境变了，人也变了——连他自己在内，眉头放开，心情轻松起来。如果允许他放肆的话，他可以在客人面前蹦着高玩呢。

两位科长告诉孙滨熙，他们是代表总工程师来的。他们说："试用的结果，与金相的鉴定完全一致，锡合金质量非常良好，的的确确，超过了四×的标准，超过了国际水平。所以特来向你厂祝贺。"

于是，孙滨熙上海之行的任务完成了，跟人家签署了订货合同，并请人家写了书面的试用鉴定；除了打印一些之外，他还把它作为广告登在《解放日报》上。

从此，他再不用跑腿，许多订户都主动地找上门来了，看情形，等于在旅馆设立一个临时办事处，他呢，兼任了这个"处长"。以后，老的供销员——张寿臣同志来了，才代替了他。

从孙滨熙到张寿臣，从1953年到1956年，由四家订户发展到一百二十家，订货由数十吨发展到两千余吨。不被人信任的生产牌锡合金，终于成为名牌货，畅销全上海了。

这之间，在厂内郑禹同志来了，负起了全厂的责任，是党支部书记，又是厂长。他一来，带来了革命的雄心大志，号召合金厂的产品，应该由畅销全上海而遍销到全国。

可是，我们的国家太大，像跑上海那样，怎么跑得过来呢？

于是，在局领导大力的支持下，决定拿北京做根据地，向全国推销。因此，加强了供销工作的力量，苏新军、孙滨熙、曲振贤、张寿臣、赵学斌同志等一起集中到北京。在供销战线上，他们有的是老将，有的是新兵，而他们都有着顽强的战斗力，敢于攻坚。

为了这，依中央第一、二工业部，他们与中央对外贸易部接上关系。经过允许，他们开始翻阅对外订货卡片——注明全国各厂矿所需要进口各种合金的规格和数量。所以他们很快地摸清了自己所要了解的情况。他们望着一张张的卡片，好似渔人望着宽阔的海洋，好似拓荒者望着一片原野那般投其所好，那般兴致勃勃。

当然，部里同志了解他们这个心情，并跟他们谈了许多话，主要的意思是：只要他们敢干，部里一定支持他们，把全部订货卡片交给他们，但得注意，他们要对国家负责，对中央直属各个厂矿负责，必须按质、按数、按期交货；否则，将会影响第一个五年计划的完成。究竟如何，请他们考虑。

在考虑中，他们这几个人发生了分歧，甚至自己跟自己，也矛盾起来。咬紧牙，接受下来，干吧，可以创造一笔巨大的财富，而给国家堵塞一个外汇流出的漏洞。可是任务实在艰巨，万一完不成，那不是影响了国家的第一个五年计划吗？一旦给国家造成这样的损失，将永远无法补救。还是不干吧。不干，甘心吗？难道还未临阵就要退却，还未攀登科学技术高峰就要却步，而甘于向人承认自己是个胆小鬼？不，不，共产党人，是人所尽知的推翻旧世界而建立新社会的大勇士，应该做人家未做过的、创造人家所未创造过的东西；或者说，敢于跟人竞赛，向人应战，敢于赶名牌、超名牌、创名牌……

他们带着这种分歧的思想，矛盾的心情，从北京回到本溪。在郑禹主持的会议上，大家展开充分的讨论。最后，他们的认识终于接近了、一致了。于是，做了结论：干。

是个简单的字，简单的声音，却是不容易说的。说它，是要咬着牙横了心才能说的，是要有卧薪而尝胆、发愤图强的精神才能说的。

结论一言，快马一鞭。说干就干，孙滨熙从中央对外贸易部拿下来全部进口合金的卡片。

厂里，开始试制起来。工人们，工程技术员们，领导干部们，都显现了高度的阶级友爱精神，无穷无尽的智慧，顽强的劳动力。

每种合金的试制，都不是轻而易举的。试制每种合金，各有各的规格，各有各的困难；在克服种种的困难之后，才一种一种地试制成功。你如果要知道试制的过程，那么请你看试制的部分吧，这里不再重复。总之，凡是拿下来的卡片，都按卡片要求的质量和数量交了货。

合金厂的1956年，是大试制年、大生产年，是不平凡的一年哪。

在这一年里，合金厂的各种产品，不仅畅销全上海，而且畅销全国了。是的，所有的生产牌合金，都已成为名牌合金，而使全体供销员，特别是孙滨熙，只要凭着它们，便像风驰电掣一般，通行无阻了。

因此，1958年春，我国各对外贸易公司联合主办的中国出口商品交易会，在广州市中国商品陈列馆陈列了生产牌合金，并邀孙滨熙代表合金厂前往出席。

这对合金厂的全体职工，是极大的鼓励极大的光荣；而对孙滨熙，尤多感触，思念……人们不妨替他设想一下吧，当初的上海之行和现在的广州之行，同是旅途，同是推销工作，却有完全不同的两种心情：一种好似负着重担跋涉在山水之间，多么困恼；一种好似赤裸裸翱翔在太空之上，多么轻飘飘啊。

从祖国的最北方到最南方，五千里的距离，竟相差着一个季节。来时，他穿着一身漂亮的新衣服，觉得它冷；而到时，他还嫌它热呢。本来，他已经热得受不了了，却怎么又受到了热烈的欢迎。此刻，他深刻地尝到了所谓汗流浃背，究竟包括着什么样的内容。

　　中国商品陈列馆设在珠江桥旁的一座七层大厦。每一层楼、每一间屋都装满着中国工人阶级所创造的、各式各样具有国际水平的工业品。合金陈列在三层楼，是属于对外五金贸易公司的品种之一。因此，这个公司的李处长跟孙滨熙接触得最多，照顾得也最多。他告诉孙滨熙许多对外贸易的知识，并且情愿给他当义务翻译。

　　真的，孙滨熙十分感激李处长；如果没有这位可敬的同志的指导和帮助，他在这奇异的场合将如何置身呢？

　　看吧，那些来选购商品的，都是外国人：英国人、马来西亚人、黎巴嫩人、埃及人、叙利亚人、智利人、印尼人、印度人、荷兰人、泰国人……

　　跟他们办事，真别扭呢。坐在专门准备商谈的房间里，一边谈问题，一边还吃东西：糖果、水果、点心。而且，还没有提到正题，就谈起题外之话：什么交货的包装问题，什么运货的江岸问题、关税问题、检验问题……一旦谈到正题，便更啰唆得不休。本来，每种合金样品，都备有金相和化验单，使人一目了然；可是提的问题，竟又一窍不通，简直莫名其妙。

　　比方，有那么一位英国人，叫甲克尔还是叫加司克尔，记不清楚，反正保险有个"尔"，姑且称他为尔先生吧。身体肥肥胖胖，服装整整齐齐，一张洁白的脸上，不住地眨着一双黄色的眼睛。他大概有四十多岁了吧。注意举止，迈步都有一定的尺寸；讲究礼貌，点头都有一定的度数，看样子，他真有英国那种典型的绅士派头。具体一点地说，他究竟是怎样一种人物呢？是《人与超人》里的唐璜，还是《巴倍拉少佐》里的恩特侠夫？相像，又不相像。总之，他应该成为萧伯纳戏剧里的一种角色——英国式的资产阶级的人物。这么一位体面人物，竟在那么一个无中生有的问题上，跟你纠缠起来。原来，作为陈列品的锡合金，除了附带金相之外，还有化验单。内行人一看就可以知道它的质量，非常优良，实际上已经超过英国的四×了，但他指着化验单的一种成分——0.3镍，一口咬定说："我英国的四×，是世界头等的名牌货，且不敢保证这般的质量，而你们怎么敢保证它含有0.3镍？当然，你们陈列的样品，也许可能达到这个标准。请问，成千上万吨的产品如何能够达到这个标准？请问，最高温的镍和最低温的锡，相差两千摄氏度以上，你们有什么办法能使它们熔解、化合？注意，我说的，不是陈列这种小量的，而是生产成千上万吨大量的。是的，在目前，这是不可能的。"

孙滨熙没有回答。因为他刚到厂不久，并不熟悉这种生产过程。

怎么办？孙滨熙只好往本溪打长途电话。好不容易打通了电话，找到苏新军，可是他听不清楚说的什么。结果，他俩约好，都不睡觉，夜里再打。果然，夜深人静时候，他听苏新军说得清清楚楚："你告诉英国人，我们陈列品的化验单是千真万确的。而且，我们保证所有的产品和陈列品的质量，完全一样。我们锡合金所以能够有那般优良的质量，就是因为我们能够把最高温的镍和最低温的锡熔解、化合在一起的缘故。请他注意，我说的，不是陈列那种小量的，而是生产成千上万吨大量的。可是我们用的是什么办法，对不起，这不能告诉他。"

孙滨熙按照苏新军的意思，仔仔细细地讲了。尔先生不敢再坚持自己的顽固态度，也不敢再说"这是不可能的"了。英国人服了。他一直梗梗着的脖颈，这一下子弯了，不得不把头低下来，再低下来。这个样子，使人感到他再不注意什么尺寸，讲究什么度数了，只见他有一绺头发垂下来，似乎要遮住自己羞臊的脸颊，但男人头发并没有妇女留得那么长，遮不住那块浮在洁白脸颊上的红斑。他保持着沉默，再不说"这是不可能的"了。这时候，他也许有自知之明，甘拜下风吧；他也许还在顽固不化，大放厥词，大煞风景吧。但不管他怎样，反正还有那么许多其他国家的人，已经恍然大悟：的确，中国的产品，不仅在赶英国，而且在超英国了。

于是，他们纷纷地签订了合同，单单锡合金一项的数量，就在五百吨以上。

从此，中国的合金从国内畅销到国外了，无名的"生产牌"成为名牌了。

在中国出口商品交易会闭会后的第二天，孙滨熙匆匆地出发，好像到合金厂开始工作后第二天，他匆匆地出发一样；所不同的是：前次是从厂往外走的——被一种压力逼走的，而这次是从外往厂回的——被一阵阵凯歌送回的。这来来去去的旅途上，倏忽度过五年。在这五年里，产品的品种和数量都增加了，职工也增多了，合金厂扩大了；原有的供销股，已经扩大为科，他担任科长了。在这五年里,他走过多少路,到过多少大城市、多少名胜古迹的所在地,而他都没有参观过广州公社旧址,或是黄花岗七十二烈士墓,没有浏览过八达岭,或是明十三陵,连上海大世界,他也没有从容地逛过。在这五年里,他时刻地紧紧地依靠党的领导,依靠兄弟厂矿的协助,依靠整个供销科、全体供销员的努力,以忘我的辛勤工作,开辟了一条远到无止境的销路——由本溪通往全国各地,通往国外许多国家,终于解决了那个老问题——产品积压问题。但随着而来的,又出现了这个新问题——材料供应问题;或者说,在供销战线上,不仅要完成销的任务,而且还要完成供的任务,不过,那将写为厂史的另一篇,这一篇,到此为止。

1961年9月
《文艺红旗》1962年第2期

本溪史地轮廓

一

本溪地方，煤矿多，黏土多；多窑业，多煤窑；故乳名：窑街。

唐属青州。传说古九州之一，今南至山东胶东济南，东至辽宁江河以东。

虞属营州。传说古十二州之一，今河北辽宁至朝鲜地。

夏、商仍唐旧制。

周分属朝鲜，肃慎（古国名）。其时，辽河东南部属朝鲜，北部属肃慎。疆域广漠，其说不一，故不录。

秦属辽东郡。周制，郡统于县；秦制，县统于郡；汉制，国、郡并置。其后历代多有郡有县，唯制度互有异同；至宋改郡为府。

汉分属辽东郡（辽阳郡治）、元菟郡（今新宾为郡治）、玄菟郡（今凤城为郡治）。

三国属平州。今河北辽宁朝鲜之地。此时一州犹今之一省。元、明、清之州与县等列。

晋属辽东国。永嘉初（307年），慕容廆称鲜卑大单于。太兴二年（319年），据有辽东，封为辽东公，在位四十九年。

南北朝属高句丽。历魏、齐、周、隋四代未入中国版图。

唐属安东都护府，后属渤海国。唐于全国置六大都护府，统辖边缘诸国。是时，肃慎族后裔——靺鞨人，分为黑水（黑龙江）靺鞨、粟末水（松花江）靺鞨二部。前者于宋建金国，后者于唐立渤海国。疆域远至朝鲜，及辽宁桓仁、通化、海龙诸县，北至黑龙江，东至乌苏里江。五代时，为辽所灭。

辽分属辽阳府（辽阳府治）、沈州（今新宾为州地）、开州（今凤城为州地）。府，介于省县之间。

金分属东京辽阳路、沈州、石城县（凤城）。路，宋制入明清之省，元制入明清之府。

元分属辽阳路、东宁路。

明分属东宁卫（辽阳、凤凰城堡卫辖）、建州卫（今新宾为卫地）。明分驻防营之地，系一郡者设所，远郡者设卫。卫，系明军编制，往往冠以所置之地名而称之，如威海卫、天津卫等，其后多相沿而为地方之称。

清分属辽阳州、兴京厅（今新宾旧址——永陵）、凤凰厅（今凤城）。清制，厅略同州县，以同知或通判治之，属于府。

不论历代疆域如何赢缩，州郡如何变更，地方如何所属，而它一直是国防边陆、兵争之地。据说，火连寨南山，留有唐代的烽火台和城基，窟窿山和老君洞等地。曾经都是薛仁贵与盖苏文交战的战场。当日俄战争之际，平顶山曾成为双方攻守的要地，日军司令官宫原即战役于此，故此区曾名为宫原。回顾古旧战场，浏览世代沿革，感到本溪与辽阳两个邻县是历史的纽带紧密系在一起的。当初，本溪境大部分（到田师傅）都原属辽阳境东域。虽说本溪县志尽失，是一大损失，但估计它的编纂，依据辽阳县志者必多。是以通过辽阳县志，参考有关史志诸书，也可以看见本溪历史上的若干大事。

二

看吧，封建大山压得人窒息，剥削深渊，陷人于死地。以清为例，苛捐杂税，名目繁多：田赋、地租、丁银、税课、契税、税捐、附捐、荣园捐、房地捐、印花税、营业商捐、戏楼及戏捐，以及变价和附加费等等变相捐税——好像成性的惯匪，要剥得你精光；好像职业的杀手，要杀你头；好像天生的豺狼，把你吞掉拉倒。同时，天灾并不弱于人祸，而水灾更甚旱灾。以元为例，自太祖开国，迄于顺帝共一百二十六年，自世祖平宋，迄于顺帝，仅八十九年。在短短一代中，从延佑四年（1317年）到泰定三年（1326年）的短短十年中，大水灾有五次之多。每次都是田庐漂没，农民溺死；以致不得不从山东河南移民，从事农业。而且，灾后必然发生大饥大疫。明嘉靖三十七年（1558年），大饥尤甚。试观，前十九年——嘉靖十八年（1539年），斗米二钱；后六年——嘉靖四十三年（1564年），官府以米计薪，石米折二钱五分；而在当年，斗米银竟达一两。所以到处人食人。清同治元年（1862年）霍乱盛行，全村染疫，全家皆死，尸横遍野，几无葬身之地。其悲惨景象，当可想见，因此，清末本地有录如下："抗牛马税捐""聚伙分粮""拳匪肇祸拆铁路焚教堂医院，仇教民杀教民""各处白昼抢劫，官吏扣留事主索费""镶白正红两旗界盗匪肆扰""乱党勾结啸聚""志朗轩入大骆驼背""杨二虎扰下马塘""印兰亭费锡五等攻刘二堡"。一句话，"土匪四起"，以致"防尉景安，骁骑校贵廉缉盗不力均摘去顶戴，城守御文光一并交部议处"。是的，世世代代，农民的暴风雨，总是不断地冲撞着官吏功名、帝王宝座。

特别是在清代末季，民族矛盾，阶级矛盾，日益加深而明显，农民群众暴动，革命党人起义，紧紧逼来。此外，各帝国主义凭着洋枪洋炮，连踵而至。

这时期，清朝处于覆灭的前夕，对外相继签订屈辱条约，对内加紧镇压革命运动，以维持满族皇室、封建政权的苟延残喘。西太后说："东三省系祖宗陵寝所在，关系甚大……"这是说，东北埋着她的前代的尸骨，兴京（新宾）县境有永陵，沈阳城外有福陵、昭陵；东北乃是满族的发祥之地，关系皇族的安危，万不可失。

因此，清廷把东北作为建立新军、整顿旧军、巩固国防、肃清地方的重点之一。当时，驻奉天的盛京将军赵尔巽，总揽东北大权。张作霖、冯德麟是在他的手下受抚的"红胡子"头目。本溪县是在他的奏折下为了便于清乡抬抚而建于光绪三十二年。

三

因有一潭湖水，旧名碑溪湖，同治八年改为本溪湖，遂借湖名而名县，称本溪县。但，或由前辈的留恋，或因后代的怀念，最老的市街，仍惯称窑街（今溪湖区河东大街）。该县属奉天府。它位于我国东陲，西南接安东、鸭绿江，东南近营口、渤海，成为国防的重镇。

县区周围，峰峦蜿蜒，状若虬龙。万山重重，均属长白支脉的千山余脉，但各有各的名称：九顶铁刹山、月牙山、骆驼岭、王八盖山、响山等，并且每个名称，也各有各的来历、遗闻和传说。例如响山，又叫想儿山。这里遗留一个慈母思念她的爱子的悲痛的故事。县境之间，河流也多；有人夸张地说，密如蛛网。但长流只有太子河、浑江、雅河等，而以太子河为最长，也最有名，并富有史料。史料之源出自何处，记载传闻各异：其一，出自辽宁省苇子峪东柳条边外；其二，出自本溪东域蓝河峪；其三，源有二，一出新宾境，一出吉林萨穆禅山；其四，有二源，北源出新宾西南平顶山，南源桓仁西老山岭。待查。其流经本溪南，辽阳北，至海城三岔河口入辽河。古称大梁水、东梁河，又称衍水。据传，战国时代，秦灭六国，秦始皇命王翦击燕，燕太子丹逃亡辽东，曾匿居于此，故有今名。

河上，通过沈安铁路，长五百余里。先是日俄之役，日本于此敷设轻便铁路以运兵，事后遂由南满铁路公司改造今路。

地属山区，山下埋藏丰富有金、银、铜、铁、铅、云母、硫黄、石棉、珪石、滑石、水银、石灰石等；特别是煤，有名于世界，质量坚致，能发强热，最适于炼焦。

远在乾隆年间，已发龙标，开始大量采掘煤矿。但由于清廷软弱，屈服于帝国主义，而让出开采权，宣统二年，与日本人大仓喜八郎，所谓订立合同、协商合办，开设本溪湖煤铁有限公司。于是，后于汉阳铁厂，而先于鞍山中日振兴铁矿无限公司，筑起炼铁高炉。及至民国，张作霖、国民党，曾二度易帜（龙旗换红黄蓝白黑旗，红黄蓝白黑旗再换青天白日满地红旗），但与日本帝国主义的关系，仍旧贯。所以工人的罢工，是连续不断的。

四

1926年5月，党在广东召开的第二次全国劳动大会，煤铁公司张子言等二人出席会议。随着，工人的斗争，更加发展迅速，规模浩大。八二三大罢工，影响尤为深远。1927年3月23日，柳塘一、二、三坑全体采煤工，并联合铁厂、选煤厂、发电所等工人，共五千多人，在孙林、石云等领导下，举行大罢工，历时半年之久，经过激烈冲突搏斗，砸坏发电所，打死日本人数名，而工人死伤二百多人，被捕七十多人，由于社会舆论，群众压力，以发给死伤者抚恤金三百到五百元而告终。在工人运动中，不仅锻炼和壮大了工人阶级队伍，而且为工人阶级先锋队——共产党开辟工作、发展组织奠定了阶级基础。

在蒋介石不抵抗主义下,"九一八"以后,日本帝国主义群魔起舞,聚敛于此,什么中东产业株式会社、满蒙物产株式会社、满洲矿业开发株式会社、协和铁山株式会社、满洲轻金属制造株式会社、株式会社本溪湖煤铁公司,什么野岛政三、秋山定一、福井镰二、大塚乙市、北村彦次郎,其势如饿狼捕食,如蚁附膻。

在黑暗的日子里,党的活动,群众的斗争,更加深入得多,激烈得多。

1932年11月,奉天特委先后派来了李兆麟、侯维民、孙乙太等同志,成立了党的临时领导机构——工作委员会;1933年2月中旬正式成立了中共本溪湖特别支部,李兆麟同志为特支书记,从此,播下了革命种子,逐渐生长茁壮起来。

在这前后,群众武装力量,到处风起云涌,出没山区,袭击敌占城镇、交通要地、营房仓库,严重打击了日寇在市区的统治。但因组织涣散,并且缺乏明确斗争目标,逐渐挫败瓦解。后东北抗日联军成立,才真正形成人民武装队伍。从1934年2月至1938年10月,在杨靖宇同志率领下,东北抗日联军在桓仁本溪一带活动,有四年之久。在本溪地区,最初是一师三团一支百余人队伍,从碱厂二道沟、三道沟插入的;随着,涌现大量的后继部队。先后以老和尚帽为游击根据地,扩大到桦皮峪、久才峪、外三宝、铺子河等丛山密林偏僻山沟,在分水岭、大青沟、老边沟与日本守备队展开激烈战斗,打死打伤敌人甚多,并曾缴获许多枪炮及其他军用物资。

五

因而,1937年5月,南满省委曾设于大地(碱厂东边),后迁至牛毛坞西岔地方(宽甸县内)。同年秋天,为了配合全国抗战,第一路军的三个师,西征到辽河,企图打通与热河地区八路军的联系,但被敌人重兵阻击,而在多天返回桓仁本溪根据地。并且,1936年6月,一师师长程斌于碱厂叛变,斗争形势更尖锐化。至秋冬之间,各部队由本溪地区转移。当转移的时候,共产党人,革命英雄的足音,告别了人民的苦笑,震碎了敌人的好梦。

好梦不多,好景不长。那充满着武士道精神的敌人,却只有蜉蝣的命运。

一旦苏联红军到，什么大东亚共荣圈、满洲国、县公署，什么皇军、关东军、宪兵队，什么什么都完蛋了。

蒋介石见有机可乘，便发来大兵，而与我军、我人民武装展开东北的战争。

1945年与1946年之交，中共中央东北局一度驻此；所驻之处，即人们所惯称的北地工字楼。在这红色的大楼里，住过很多的负责同志：彭真、林枫、凯丰、伍修权……他们满怀胜利的信心，一起生活过，工作过，与东北人民互感鱼水之情，同过患难，共过生死。并且，东北局决定：在这里开始创办了东北大学，校长是张学思同志。

当时，李力果同志任市委书记，市委机关设于溪湖市街。在市委的领导下，全市人民生活改善，觉悟提高，对敌特、恶霸展开斗争。市面安谧，繁盛。剧院琴弦之声，响到夜深；方月秋、方月明等演员，拥有许多观众。来自延安的东北文艺工作团，王大化、沙蒙、张平、于兰、刘炽、李百万、欧阳如秋等同志演出的东北人民大翻身、兄妹开荒等剧目，以及革命歌曲，尤为广大群众所热烈欢迎。该团在东北吸收的第一个团员刘芳同志，因劳致死，葬于市南的山麓。

1946年5月3日，本市被国民党反动派侵占。我军和市领导机关，前后撤离市区。但县领导机关，从未撤出县境。当时，全县共划为二十几个乡镇，1947年2月，我军进占十个；6月13日进入市区，19日又撤走，但全县乡镇仍有三分之二为解放区。这期间，我县委、县政府移动于桥头、小市、草河掌、碱厂、田师傅、草河口一带。1948年10月30日，我军终于解放本溪全境。在庆祝中，人民高呼：为解放本溪而牺牲的烈士，永垂不朽。马骥等同志，永垂不朽。

一个旧的悲惨的时代过去。另一个新的无限光辉的时代开始了。

兹受副刊编辑同志委托，并承负责同志帮助，重抄旧文，是文非我所能，不免挂一漏万，甚而错误百出，敬请读者同志指正。作者附。

《本溪日报》1962年8月31日至9月9日

20世纪70年代（1970—1979）

舒群编写《中国话本书目》留下的部分文字

20世纪70年代。舒群在劳动之余编写《中国话本书目》写下的文字：

唐目一二，唐五代目：六一，唐五代目二：六五，宋目一：四七，宋目二：八二，宋目三：一二〇，宋目四：七五，宋元目一：三八，宋元目二：六二，宋元目三：七七，附目一：一七二，附目二：五二，补佚目：九四，存疑目：八二，备考目：六四。全目共一一〇三，勿说"观止"，可说"大观"，但实说，其数仅及当代百分之几而已。1976年1月，牛心台。

4月，续写《中国话本书目》写下的文字：

有关话本几个具体问题：（1）底本与话本的界说，见宋元目三《蓝桥记》。（2）入话（得胜头回）与话本的关系，见补佚目《交互姻缘》。（3）话本题目的校正，见宋目一《石头孙立》《狄昭认父》，以及宋元目一《风吹轿儿》《危桥夫妻》等。（4）话本内容的考据，见宋目一《章台柳》、宋目二《韩翃柳氏远离再会》与宋元目三《苏长公章台柳传》、宋目一《莺莺传》与宋元一《宿香亭张浩遇莺莺》等。（5）话本年代的研讨，见唐五代目《一枝花》，及附目《范巨卿鸡黍死生交》《白玉娘忍苦成夫》《杜子春三入长安》等。1976年4月，牛心台。有关话本存佚问题：一般话本存佚，为专门人所共知，本目概不注。另，注"存"易，注"佚"难。所谓难者：（1）此"佚"而彼存，或藏于密室，或隐于深山。（2）今"佚"而明存，明见于今无知。（3）有如《石头孙立》（宋目一），《风吹轿儿》（宋目一）等等，如何注其"存""佚"？故任之可也。1976年4月，牛心台。

有关话本几个印象：（1）话本有据可查年代最早的是《一枝花》（唐五代目，宋目一、二）。（2）话本影响后世最深远的是《卓文君》（宋目一，宋元目一、三）。（3）话本别名最多的是《简帖和尚》（宋元目一、三）。（4）话本见于唐宋记载最繁的是《三国》(唐五代目、宋目一、宋元目一)。(5)话本很有代表性的是《拗相公》(宋元目三)。(6)话本最为后代称道的是《灰骨匣》(宋目一，宋元目二、三)、《西湖三塔》(宋元目一、三，附目)、《快嘴李翠莲》(宋元目二、三)、《李广世号将军》(宋元目二)、《碾玉观音》、《汪信之一死救全家》(宋元目三)等等。(7)话本保留、延续、发展时间最长(约五百年至千年以上)者：《一枝花》(补佚目、宋目二、宋目三)、《绝缨会》(唐五代目二、宋目一)、《柳耆卿》(宋目三、宋元目二、宋元目三)、《董永》(唐目、唐五代目一、唐五代二、宋元目三)、《黄梁梦》(宋目二)、《秦始皇判》(唐五代目二)、《争婚判》(补佚目)、《搜神记》(唐五代目二，宋目一、二)等等。1976年4月，牛心台。

编写《中国话本书目》写下的文字：

关于变文(话本)出于何时的问题："郑文"(《中国俗文学史》)：变文的时代，就今所知，当不出于盛唐(玄宗)以前，而在今日所见的变文，其最后的时代，则为梁、贞元七年(公元921年)。但今所知的敦煌写本，有早至公元406年者，也有晚至公元995年者，最晚的变文写本和最晚的其他写本其年代相差还不远(不过七八十年)，而最早的变文写本和最早的其他写本，其年代竟相差三百多年之久。可见变文在这三百多年间，实在是未曾成形。变文在实际上销声匿迹的时候，是在宋真宗的时代(公元998—1022年)，在那个时候，一切的异教，除了道、释之外，竟完全地被禁止了。而僧侣们的讲唱变文，也连带被明令申禁。"郑文"(《中国文学史》)：最早的变文，我们不知其发生于何时，但总在开元、天宝以前吧。我所藏的一卷《佛本生经变文》，据其字体，显然是中唐以前的写本。又某某所藏的一卷《降魔变文》序文上有"伏惟我大唐汉朝圣主，开元天宝圣文神武应道皇帝陛下，化越千古，声超百王，文该五典之精微，武折九夷之肝胆"云云颂圣语，其为作于玄宗的年代无疑。按："郑文"二则，一说"当不出于盛唐(玄宗)以前"，二说"总在开元、天宝以前"(实即盛唐以前)，互有矛盾。根据迄今所见"相卫间僧"与"降魔序"，证明变文(话本)是"当不出于盛唐(玄宗)以前，而不是""总在开元、天宝以前"。说话起于唐之村边、地头、庙宇、旅舍，而兴于宋之勾栏、街巷，遍及墟集闹市、庙会、茶肆、平康里，以及宅地、宫廷。有如海之潮、松之涛，壮观耸听，可谓极盛。至于说话人，则多半出于被压迫者，初期有的竟成罪犯，其后有的终为变相乞丐。宋代所说话人，为数实多，而今徒留名姓（绰号），再无所闻，明清以及近代说话人尤胜，唯柳敬亭、白玉昆、刘宝全（大鼓书）的殊能。1976年5月，牛心台。

一个认识。话本之初，始于变文，经史如此，小说亦如此。变文者有三：一、文变俗；二、旧变新；三、简变繁（略变详）。此次谓讲"史书"，而后才有说"新话"话本的创作，或者说，先有话本的改编，而后才有话本的创作。此即《初刻拍案惊奇》序所谓"宋、元时有小说家一种，多采闾巷新事为宫闱谈资，语多俚近，意存劝讽"。极盛之世矣。按：《初刻拍案惊奇》所指"小说家一种"盖即"说话四家"之一《梦粱录》所谓"最畏小说人"之"小说人"。并见《谈宋人说话的四家和释银字儿》（李啸仓《宋元伎艺杂考》）。1976年5月，牛心台。根据《东京梦华录》《繁胜录》《都城纪胜》《武林旧事》《古杭梦游录》，诸人涉及"说话有四家"，论述纷纭。个人倾向如下：（1）银字儿（烟粉、灵怪、传奇）。（2）说公案（朴刀悍棒发迹变泰之事），说铁骑儿（士马金鼓之事）。（3）说经（演说佛经），说参请（参禅悟道等事），说诨经。（4）讲史书（前代兴废战争之事）。

按：一、（1）和（2）总称小说。二、四家之分，各有所专，迄于后世亦复如是，唯说经逐渐销声而讲史日益出众而已。1976年5月，牛心台。

1977年研究话本。变本与话本。变本即话本之旧称。变本不仅限于佛经，而且包括非佛经的一切故事。例如《秋胡变文》《伍子胥变文》《王昭君变文》等等。"变"即变文为白，变雅为俗是也。变文即话本之始——我国白话小说、白话文学之祖也。1977年10月。

底本与话本。底本与话本，往往混同，应予澄清，加个界说。底本是说话人备忘、授徒的笔记手册，是话本的母本。例如宋目一（《青琐高议》）、宋目二（《绿窗新话》）、宋目四（《醉翁谈录》），而混入《清平山堂话本》的《阴骘积善》（宋元目二、三）、《蓝桥记》——《裴航蓝桥遇云英》《裴航遇云英于蓝桥》（宋元目二、三，宋目二、四），显然都是底本。话本是说话人依底本敷演的口头创作、加工记录，是底本的子本。例如宋元目一、二、三（《京本通俗小说》《清平山堂话本》《雨窗欹枕集》《三言》等），而《警世通言》的《钱舍人题诗燕子楼》（宋元目三）、《醒世恒言》的《隋炀帝逸游召谴》（宋元目三），当然皆属话本（并见下跋）。识别话本较易而底本较难。底本，或据旧文摘录拼凑，或以新话速记提要，一概简化，以及语较俚拙，理欠通，甚至近于"殊可发噱"，而其立意，逐日渐新，例如《李娃传》之"绣襦""绣袍""绣被"，可予说明。一般说，虽偶见"精华"，但仍多存"糟粕"。郑振铎《清明二代的平话集》(《中国文学论集》)，《隋炀帝逸游召谴》一篇，其内容大概也都袭取之于宋人的《隋炀帝海山记》《迷楼记》诸作的，且在文字也全袭取他们。不过开端加上了四句诗及平话体的开端而已（其体裁全类《警世通言》中的《钱舍人题诗燕子楼》及《宿香亭张浩遇莺莺》)。像这样体裁的话本，我颇信其是很古远的，其时代或在宋元之间。大约这些别体的话本，也都是说话人的一种底本罢。例如《董永》《羊角哀得左伯桃神梦》《绝缨会》及《孝友舜子》等等。《敦煌变文汇录》叙：用白话写作之小说如《唐太宗入冥记》《搜神记》等，则与今本绝异。按：所谓绝异者，干脆说，干宝《搜神记》乃是晋代专著，而句道兴《搜神记》却是变文的底本、话本的底本。古典文学出版社《二刻拍案惊奇》附录一王古鲁《南宋说话人四家的分法》，我想提一下敦煌石窟中发现的唐人钞本，其中像《唐太宗入冥记》《孝子董永传》《秋胡》《伍子胥故事》等，如果拿来和过去说书艺人师徒间传授的秘抄本比较，可以看出极为相似，也许这就是唐代说话人遗传下来的底本。附录三王古鲁《话本的性质和体裁》："话本是说话人依据来做说话的底本。"按：其说与鲁（"鲁文"）同。而《唐太宗入冥记》等并非底本而是话本。鲁迅《中国小说史略》：说话之事，虽在说话人各运匠心，随时生发，而仍有底本以作凭依，是为"话本"。按：底本、话本混称。孙楷第《十二楼》序：《西山一窟鬼》，大概是话本的稿本。按：所谓"稿本"，即指的底本。而《西山一窟鬼》并非底本，实乃话本。《敦煌变文汇录》引言：唐代寺院中所盛行的说唱体作品，乃是俗讲的话本。变文云云，只是话本的一种名称而已。《敦煌变文汇录》叙：变文即为俗讲之话本。《警世通言》作家出版社出版说明：话本起源于宋代（特别是南宋）说话人（即说书人）所讲的底本，更确切地说，是专说小说的说话人所用的底本。人民文学出版社《古今小说》许政杨《前言》：说话艺人称为说话人，说话人敷演故事的脚本，叫作话本。"说话"的"话"是"故事"的意思，原来并不专指小说，但说话所说，既是故事，他们的脚本，自然也称为话本。说话人根据"脚本""底本"敷演的故事，加以记录整理加工，甚至再创作而成的文本，叫作话本。"他们的脚本"绝不可以"自然也称为话本"。结语，脚本（底本），话本是话本,其间虽有血缘关系,却具两种不同性质。他指的"脚本",实是"底本"。由于底本与话本两个定义,界说不清,概念混淆,造成多年研究的混乱。按:如鲁迅之混称。1977年10月,牛心台。

总司令故事

1976年7月7日，中共中央、人大常委会、国务院讣告：朱德同志于1976年7月6日下午3时1分在北京逝世，终年九十岁。

1976年7月12日，在朱德同志追悼大会上，华主席（当时是第一副主席）致悼词：在悼念朱德同志的时候，我们要学习他不断革命的精神，一贯忠于党，忠于人民，努力学习马列著作、毛主席著作，坚决贯彻执行毛主席的无产阶级革命路线，坚持无产阶级专政下的继续革命，为实现共产主义的伟大理想而奋斗终生。

我们要学习他坚定勇敢地对敌斗争的革命精神，在凶狠的阶级敌人面前，在烽火连天的战争岁月里，在阶级斗争的大风大浪中，英勇战斗，奋不顾身，充满着胜利的信心。

我们要学习他全心全意为人民服务的崇高品质，处处以党和人民的利益为重，兢兢业业、勤勤恳恳，把自己的一切贡献给无产阶级的革命事业。

我们要学习他无产阶级的优良作风，坚持党的原则，遵守党的纪律，维护党的团结，密切联系群众，谦虚谨慎，平易近人，艰苦朴素，以身作则，坚决反对一切资产阶级生活作风，同一切违反党的利益的行为做不懈的斗争。

一

我读过一些有关总司令的文章，多半限于追忆记事，限于"平易近人""和蔼可亲"，限于以讹传讹的故事。现在，我仅做一点不合乎时尚的个人的感受、留念、补充、更正。

人所共知，毛主席的亲密战友之一，伟大的老一辈的无产阶级革命家，像周总理似的遭到"四人帮"侮辱与攻击的朱德同志，在新中国成立之后，曾任政府副主席，人大常委会委员长，而同志们还是惯于称呼他——总司令。现在，让我仍然这样称呼他吧。

我在少年学习地理，知道四川省盆地，是我国著名外流盆地。因盆地中多紫红色砂、页岩，所以又名"红色盆地"。而后，及至其地，我亲眼见到紫红色砂、页岩——红色盆地；并且，我知道总司令的故乡，在仪陇县。县距离重庆北约四百里、成都东北约五百里。仪陇山在县西三十里，又名大仪山。《太平寰宇记》云：山顶有石篱"仪陇"二字；俗谓之赤葛山，流江之水出此。

1886年11月，总司令生于佃农家里，从小饱受封建地主阶级的压迫和剥削，常过着缺衣少食的艰苦生活。1922年，他三十六岁，在德国柏林，经中国共产党旅欧总支部的负责人周恩来同志介绍入党。

然而，我在少年阅读外国文学作品，是读不大懂的。比如这本书，爱罗先珂为什么写，鲁迅为什么译，以及为什么叫《桃色的云》呢？我多时惑于"云"的"桃色"，无知地自问：云不是白色的、黑色的、黑白相混的色的吗？难道天上曾出现过桃色的云吗？我没想到过，从来没想到过在最初见到总司令那日，暮日余晖映出片片的紫天之上的、圆圆的桃色的云，特别是独具天工的赫赫的红色的云。恍似大幅山村水彩画所衬托的绝妙的天空，绝妙天空衬托出来的、处于山村的红色巨人——总司令。

红色盆地幸生、我幸逢总司令于红色的云下；地利、天时同幸，同庆这位伟大的人。

红色盆地喜出、红色的云幸逢红色巨人——总司令。地利、天时同喜，同幸，同庆。

事有奇巧。我从桓仁乡下迁回本溪市郊。我在乡下住的堡，名称"蔡我"；而在市郊牛心台的邻居，恰好又碰上"李姨"（我的小姑娘这样叫她）。

地方名称，几乎都有来历。"蔡我"究竟有什么来历呢？我初到此地，完全不解，问到贫下中农，以及"地富反坏"，也都懵懂。后来，我经过一番调查研究，得知此堡之建，始于民国初年的云南移民，因纪念辛亥革命与讨袁义举的首领之一的云南都督，故名"蔡锷"。这不过是简化谐音，"我"乃"锷"之讹而已。总司令与蔡锷有历史的地理的渊源，见于他的"辛亥革命杂咏"，咏有"靳逃钟无人称快（靳指靳云鹏，钟为钟麟同），举出都督是蔡锷"句。

我读总司令诗，想起往事：跟他行军、散步、打篮球、下象棋，都在露天，可谓"天幸"。而后，我所住的蔡我（锷）堡，远离总司令所在的北京有千里之遥，于茫茫之中，犹有史地的千丝万缕、蛛丝马迹系于两地，可谓"地幸"。"天幸"虽失，但"地幸"尚存，岂不快哉。

"李姨"是一位牛矿井下工人的妻子，颇有文化知识。我的小姑娘跟她常来往，也常给我学说她的话。有一次，我的小姑娘说，她说我做过总司令的什么职务。其实，我只是给总司令做过一些临时性的秘书性的工作（下面细记些），谈不上什么正式职务。她即使没有完全说错，至少说得不确实。第二次，我的小姑娘又说，她说总司令去世了，你爸爸一定难过了。她这话说得对，说得确确实实啊。

1976年7月6日，总司令噩耗传到的那夜，我坐不能坐，卧不能卧，读不能读，写不能写……只得走出去。

夜是黑的。我立着、走着。我在守灵、在放流动哨。我在郊野揪下一朵野花甩远，送作花圈；从兜里掏出一张钞票抛开，赠为赙仪……

我向天望着，望着，无星无月。我向天望着，望着，要望到天幕裂开，蓦然出现异常的天象：紫色的天，桃色的云……

二

回首往事，四十年前，四十年前的总司令。笔记手迹全失，仅余的记忆，混沌、模棱。即使回忆第一次见面的初识，感觉亦然。回忆地址何处，恍恍惚惚，深深有感于迷途问津：是山西五台的东冶吗？回忆何月何日，模模糊糊，甚至妄想乞灵而近于问卜：是1937年，是中秋还是秋末，是9月还是10月？至于究竟是哪一日，更又如何追求踪影呢？

我遗憾的何止于这一日，而更多的日日，随着长河的流逝而流逝。我更多更多的遗憾，是总司令对我无微不至的关怀，谆谆的教诲，而今仅仅余下只言片语：你有什么困难，跟我说；你莫拘束，要跟战士相处，熟了，就惯了；你莫骄傲，许多人都有自己的斗争史、革命史、光荣史；你年纪轻轻，多多学习，多多写作，你有前途；弼时同志好，比我有学问，你多接近他、多依靠党……凡是他要我做的工作，都细微地反复地叮嘱。比如，红军家属给他来信，询问家人的生死存亡，毕竟如何，他便说，你要写得诚恳、殷切、热心……使家属感到安慰。再比如，国民党的旧同事、旧军阀的老部下给他来信，祝贺他"荣任第十八集团军总司令之职"，不称他的名，而称他的号——"玉阶"，并尊之"军座"或"麾座"、"台督"或"台鉴"。他便说，你复函要注意客气、尊重……要注意统一战线的关系……他那深刻的多彩的、并带有生动的四川乡音的语言，是如此黯然无光，使我实感愧对总司令。

但是，我无愧于初见总司令的那日，失迷的那日所见暮日余晖映出的奇异的云天。

我在少年时，读外国文学作品，是读不大懂的。这本书，爱罗先珂为什么写，鲁迅为什么译，为什么叫《桃色的云》呢？我多时惑于"云"的"桃色"，无知地自问：难道天上曾出现过桃色的云吗？没想到过，从来没想到过在初见总司令那日，暮日余晖映出的片片的紫色的天、圆圆的桃色的云，恍似大幅山村水彩画所衬托的绝妙的天空。基于念念不忘总司令之故，在四十年后的今天，我犹历历在目，牢牢在心。其间，每当我看见或想见这样的天空的时候，立刻在我的眼前出现光辉的形象——当年五十一岁的戎装的总司令。

他戴的灰色军帽端正，穿的灰色军服齐整，戴着"8路"（后改"八路"）臂章。一条皮带和一副裹腿同样扎得紧紧的，显得胸脯格外突出，而腿肚特别硬邦邦，给人以勇往直前的钢铁战士的感觉。一双草绿色的靸鞋，给黑线纳得密密层层、结结实实；穿着它，敢于踏进、踏破日本帝国主义的一切战场似的。看来，他依然保持着云南讲武堂的严整的军训习惯、苏区红军的朴素的传统作风——普通一兵的本色。

他——总司令，历经长年的跋山涉水、临险濒危、出生入死、频频对敌的战争的磨炼，时时刻刻饱尝炮火硝烟、雨淋雪湿、风吹日晒的昼夜不停的熬煎，仪容黧色，肤显枯干，胡楂稠密而挺，眼角皱纹做辐射状，而明智的双目满藏久经阅历的光彩，对人对事都经不住一瞥似的。然而，他待人论事，总是怡色怡声，笑眼笑容，所以同志们都说他"和蔼可亲""平易近人"。这说得好。再说，还不止此。他更多的是以肺腑肝胆照人，以思想品质敬人，以大公无私育人服人。这不仅听之于传说，而且见之于党内斗争。刘伯承同志《回顾长征》一文说："朱总司令在这样的境遇下，坚持了毛主席党内斗争的正确方针，表现了坚定的政治原则性。张国焘要他发表宣言反对中央、他不但严词拒绝，而且耐心地向干部宣传中央的正确主张……由于朱德、任弼时、贺龙、关向应等同志坚决维护中央正确路线，加上四方面军广大干部也逐渐意识到南下是错误的道路，纷纷要求北上抗日，因而叛徒张国焘的分裂阴谋就完全失败了。"他的身教，是一种活的卓绝的革命教科书。但他讲到它时，他说"这是党的胜利"，而提到张国焘，往往忍不住义愤地叱之一声"娘"，与他讲过李立三的"打长沙"、王明"御敌于国门之外"之后所叱的一样。同时，他的笑容，完全收敛；他的言语顿息，把口闭紧，闭狠起来，出现带有几分厉色的严肃态度，恢复了赳赳武夫的本色。而这种本色的出现，也只限于一刹那，相似照相的一刹那。美国平民式的作家史沫特莱、英国绅士派头的记者贝特兰给他的照相，也都如此本色。当然也有个别的照相例外，如现在流行的大幅宣传画"毛主席和周总理、朱委员长在一起"（1964年11月，周恩来同志率领中国党政代表团，参加苏联十月社会主义革命四十七周年庆祝活动期间，坚决回击了苏联叛徒集团对我党的恶毒攻击，捍卫了马克思主义、列宁主义、毛泽东思想。周恩来同志从莫斯科回到北京时，受到毛主席、朱委员长和首都人民的热烈欢迎），长存这一微微笑容的留影，正是他本人的"本相"。

我从这第一次山西总部直到后来延安、北京见到他，尽管他皱纹有所增添，服装有所变换，而他的慈面、笑容——他的本相，一贯如此一样。每当我想起紫天之上的桃色的云，特别是红色的云的时候，我便看到了他的本相——微微笑着的总司令。

两点感受

学习了周总理在1961年6月19日所做的《在文艺工作座谈会和故事片创作会议上的讲话》之后，有两点印象很深。

其一，语言的典型选择和典型使用。总理在讲话中讲了这样一件事：话剧界的同志请主席看话剧，总理说等话剧演得不像普通人说话了，主席就会来看了。为什么呢？因为话剧"其中最重要的是语言的艺术化，话剧要通过语言打动人"。舞台说话不是自然形态的说话，而是经过艺术加工的说话。而当时话剧语言还是自然形态的语言，所以主席不愿看。话剧如此，其他文学形式何尝不是如此呢？小说、散文、诗歌等文学体裁，不都是通过语言打动人吗？不要以为我自己觉得最通俗、最明白就可以了，如果那样就错了。记得在延安时陕北第一次闹秧歌，我们很多东北来的同志对延安的地方话就是听不懂，所以在文艺创作中，对地方的语言要进行典型的选择做典型的使用，而不能使其泛滥，因为你写的作品是给别人看的嘛！

其二，寓教育于娱乐之中。曾有人问总理："文艺的教育作用和娱乐作用是否是统一的？"总理回答说："是辩证的统一……因为群众看戏、看电影是要从中得到娱乐和休息，你通过典型化的形象表演，教育寓于其中，寓于娱乐之中。"总理的一句话，把创作的根本问题解决了，这是一条千真万确的艺术规律。现在有些人一提文艺就认为它是政治宣传的工具，消灭敌人的武器，革命的"齿轮和螺丝钉"，大有"寓教育于宣传之中""寓宣传于教育之中"之势。似乎一提"寓教于乐"则是大逆不道，冒天下之大不韪，好像这样就失去了文艺的作用。其实恰恰相反，我们不妨设想：观众读者辛劳了一天，需要听听戏，看看电影，读读小说，来活跃一下思想，轻松一下身心，在笑声中受到启发，在欢乐中得到教益，而你只用大堆空洞的抽象的政治说教强加于人，观众与读者怎能接受呢？我们不能狭隘地、片面地理解文艺与政治的关系，不能认为文艺就是政治说教、政策图解。因此，总理的话值得深思，我们在创作中，要把自己的教育意图和读者观众欣赏时的娱乐要求有机地联系起来，要"寓教育于娱乐之中"，按照这个艺术规律创作出来的作品的效果则是不言而喻了。我自己准备在今后的写作中将这句话写在床头，这样，作品一定能写得更好一点。

  本文根据舒群同志在市文联召开的小说座谈会上部分发言记录整理，未经本人审定。

《本溪文艺》1979年5月第2期

20世纪80年代（1980—1989）

祝贺与期望
——为我市短篇小说获奖而作

举一杯美酒，捧一束鲜花，是庆祝胜利的好方法；写一篇短文，说几句话，也是祝贺的一种形式。我们用这篇短文向我市荣获省作家协会主办的《鸭绿江》文艺月刊短篇小说奖的作者贺喜，向全市人民报捷。

一年来，我市短篇小说创作，在党的十一届三中全会精神指引下，打碎了"四人帮"的禁锢，如烂漫山花，竞相开放，先后在省内外报刊上发表了二十多篇，果实累累，引人注目。

鲁迅先生曾经讲过："文学是国民精神所发的火光，同时也是引导国民精神前途的灯光。"我们创作的文艺作品，就应该是这样的火光和灯光，成为鼓舞人们献身四化的精神食粮，给人以信心和力量。周熙高同志的《上访者》中的主人翁，是一个其貌不扬、身有残疾、心地善良、思想境界高尚的铁矿工人。在史无前例的浩劫的日子里，他因为在书店买画像时，说了一句俗语，被打成反革命，受到残酷的迫害。他身陷囹圄不叹息，乌云翻滚见光明，坚信一时的黑暗定能过去，心中充满对党对社会主义的信心。平反后热情地为四化洒汗水、献力量。情节生动，形象感人，生活气息浓郁。胡清和同志的《姝妹子》描写的是国民党统治时期学校中的斗争生活。这两篇作品虽然还有繁杂和拖长的疵点，但仍是文艺百花园中两朵艳丽的春花。

文艺创作是艰苦的劳动。如果作者不勤奋学习，深入生活，就不能取得丰硕成果；不努力学习马列主义、毛泽东思想，就不敢解放思想，大胆创作；不学习古今中外文化遗产，就不能提高创作技巧和艺术水平。现在的成就，应当说仅仅是个起点，要攀高峰，还需要做出更艰苦的努力。我们要在党的领导下，在全市人民的支持下，保持谦虚谨慎的作风，继续努力塑造有血有肉的社会主义一代新人，创作出更多的带有新时期生活气息和时代特征的作品，使我市文艺创作百花争艳，繁花似锦，为四个现代化做出新的贡献。

《本溪日报》1980年4月13日

愿本溪湖畔春色更浓

——祝贺本溪市第三次文代会胜利召开

春意盎然，百业重兴。正当我应邀前来山城重温旧情的时候，本溪市第三次文代会召开了。

时机难得，不胜荣幸。这正是同本溪文艺界老同志、老朋友们欢聚一堂、叙旧展望的好机会，也正是取得党的领导、接受同行们帮助的好场合。十九年前，我参加了本溪市第二次文代会。抚今追昔，感慨万千，深知这次文代会是一次具有重大意义的大会。在这次大会上，必将总结历史经验，明确今后方向，促进事业繁荣。作为这一行的一个老兵，我谨向大会表示热烈的祝贺！

本溪山城，可以说是我的第二故居。我在这里工作、生活了二十多年。在这里，党给了我关怀和信任；在这里，人民给了我支持和鼓励；在这里，同志们给了我帮助和指导；在这里，朋友们给了我友谊和照顾。在此我表示衷心的感谢。同时，由于自己觉悟不高，水平有限，难免有这样那样的错误和缺点，也请同志们、朋友们原谅。山水相依，人心相恋。从二铁厂到合金厂，从桓仁县到牛心台，我都留下了深深的感情。愿那些跟我朝夕相伴、给予我美好情感的人们康健！

粉碎"四人帮"以来，本溪文艺界出现了前所未有的大好形势。短篇小说《上访者》《辣妹子》的获奖，话剧《斑竹泪》进沈公演，是创作繁荣的标志。几个中年作者跃上文坛，更多青年作者崭露头角，令人喜悦不已。作为在本溪文艺界工作多年的一员，虽然已经调出，回头看到如此局面，我为之十分兴奋。20世纪80年代，本溪能不能多出几位作家？应该说，能。再说一句外行话，还能，还能多出几位好演员、好歌唱家、好舞蹈家、好音乐家、好美术家、好摄影家。这是我的希望,这是我的夙愿。
　　愿本溪湖畔春色更浓!

《本溪日报》1980年4月25日

早年的影

——忆天飞 念抗联烈士

偶然，金伦于1979年秋来访，为出版其父金剑啸烈士文集，而邀我口述《思念》，由里栋整理成章，先后发表于《东北现代文学史料》《哈尔滨日报》副刊。今又偶然，王时泽外孙陈漱渝来访，促动此时激情，复现早年的影，引我催我写起这一文。

王时泽曾是哈尔滨商船学校校长。该校亦即青岛海军学校分校。教师多属海军现役军官，仿佛无军籍的只有语文夏老师、数学冯仲云老师，身穿长衫、长袍，呼扇呼扇的。1930年夏，我入驾驶丙班。九一八事变第二年，该班并入青岛海校。七七抗日战争爆发，马当一战，他们颇有伤亡。近几年来，从参考材料得知，他们部分仍在台湾，某人曾任"海军总司令"，某人现任"总统府秘书长"。在这里，我之所以提到他们，是在希望他们响应中共的号召，尽快回归大陆，有助于完成祖国统一的大业，而以同窗之谊，同扫天飞的墓地。我入学当年，除丙班外，还有驾驶甲乙二班、轮机班、测量班；而甲班、测量班已毕业，或包括轮机班也在内。甲班同学们，大部分被调到沈鸿烈第三舰队——青岛海军去了。如我没有弄错，1934年与我同室被囚的中共青岛地下市委书记、"八一五"前夕牺牲于胶东的山东八路军指挥者之一，而于烟台建起高大纪念碑的高嵩烈士就是其中的一个甲班同学。该班留在哈尔滨的同学，大约只有七名：傅天飞、王绍文、蒋凤蕎、任、夏……我与他们都有过交谊，视之为学长、兄长，但为时久，有的连姓都想不起。的确，光阴无情，如流水一般地流逝着，把峭壁磨出卵石面，把记忆将要磨光了；一霎眼似的，逝去了几日、几月、几年……到1946年，我重新回到哈尔滨、眷恋的解放的哈尔滨，仅仅见到一位王绍文，听到一位傅天飞的遭遇。是冯老师、敬爱的冯老师——抗联领导人告诉我的，天飞作为抗联领导者，在与敌人激战中，英勇战斗的事迹，壮烈牺牲的噩耗的。听时，我流了泪，记了笔记。这笔记于浩劫中丢失，这哭天飞的泪也早已干了。但是，我还有流不尽的泪，可以再湿我的衣，而记天飞的笔记丢失，往哪儿去找呢？好个浩劫，不仅生者受戮，连烈士还要遭殃呢。我深悔，最悔在哈尔滨我与天飞最后的诀别，为什么没有拉住他多饮一盅酒，再多照一张合影的相片呢？假使如今有这张相片，不管置于桌前还是悬在墙上，让我和他永远在一起，让他的笑脸、他的青春之美，永远陪伴着我，亲近着我……在这里，我之所以提到他的甲班同学们，是在期待他们改正我所写的谬误。当然，我也请求他的战友们、家属们弥补我所写的大不足——他的可为人师的品格，应予完全加以显示、深化、美化……本来，他是一位最美的人，革命乐观主义的美的化身。

我与天飞相处的三年多，是一幅美丽的水彩画。现在，经过整整半个世纪风雨的剥蚀，残缺而模糊，我以颤抖的心，痛楚的意绪，硬要把它重新描绘，即使神手天工，也难以复原了吧？！何况我这暮年，我这拙笔呀。呜呼哀哉，为天飞，也为自己。

在哈尔滨松花江江桥北端东侧，有一座孤零零的楼房，原是商船学校的旧址。今天它还有没有，或做不做什么用，都不要问。我只想问：是否还留存我与天飞的早年的影——门里门外的足迹、楼梯把手的指纹、阅览室的一星点儿什么痕迹？早先，楼是红色的，从未改色，一年四季，单见军装轮番变换白、黄、黑三色。这学校，与世隔绝，同监狱一样，铁网一围，防范森严；同庙宇寺院一样，宁静恬漠，不染红尘；同孤岛孤山一样，空空落落，满眼荒凉，是一处多奇特的境界。然而，学生供给，一律官费。衣住不说，食的双合盛一、二、三号面粉，学习用的是派克钢笔、英国仪器、英国的对数表。除此，每月发给五元补助费，随你零用，买牙膏肥皂之类。按学校招生简章规定的毕业年限，天飞该在这里度过三年半的时光。而我跟他在校相识时，不记得这是他的最后半年的延期还是开始，也不记得这是他的在校还是返校，反正初识之后，似乎在校就没怎么见着他了。据此，他的入学，该在1927年的春季或秋季，以此推算，他比我该大三岁上下。如果他像我幸存下来，现今他也只有七十岁吧。那么他还能为人民工作，为社会主义的四化贡献力量，而且会比我的贡献又多又好。恸，恸啊。

1930年夏，我入丙班的初期的一个星期日，晴空无际，阳光媚人，同班同学都过江南游逛去了，独我留校，为什么呢？因为我是个穷学生，不渡江南可以节省船费饭费。我之投考商船学校，并不是出于醉心它"造就海军将校之材"的宗旨，而无非为它的"官费"而已。我走出教室阅览室去，溜达溜达，看看报纸；《哈尔滨公报》《国际协报》《大北新报》《盛京时报》《益世报》《申报》……我原以为那里不会有人，没有想到走进室内，却见烟雾腾腾中隐蔽着一个坐在桌旁的吸"大白杆儿"（老巴夺烟草公司出品俄罗斯式的长管烟卷）的同学，老同学——由于他穿的是旧军服，加之他敢于那么放肆地大吸特吸其烟而无所顾虑之故。无疑他的烟癖之大，可能类乎烟鬼吧。他的面部白净，而双颊呈现两团天赋的红晕，像女性的美似的。他抬头看到穿崭新军装的我，稍稍一愣，而后亲热地微笑地让我坐在他的对面。他那闪着智慧光辉、机警神采的大眼睛盯着我，犹如带有芒刺似的刺着我。

"你是丙班新同学吧？"

"是。"

大概他发觉新同学对老同学而出现的拘板，便爽快地做了自我介绍。从此，我记住他是傅天飞。后来，我又听到老同学们叫他"小苹果"。显然，这个漂亮的绰号，是起于他的别致红晕的。

"你爱看报吗？"

"是。"

"爱看什么报？"

"随它什么报。"

"你知道什么报是什么背景、倾向吗？"

他一口东北话，说"倾"发"吭"的音，我也同样。但我后首改了过来；他呢？"我不知道，连背景、倾向我也没大听过。"

"噢……你是个老实人、老实同学……"

"……"

他这种鼓励的赞语，使我感到不好意思，浑身发了热。不用说，我的脸比他的红晕更红，必然露出一种尴尬相。而他总是那么一副笑脸；微微咧开嘴，透出一溜白牙齿；略略眯缝着的眼睛，蓄满着笑意……他从桌上一些报纸底下抽出两页纸张，明显地看得出，即使这不是他放来的，事前他也看过，知道它的所在；随手，他把它递给了我。

"你看过吗？"

我看了看，是共产党、反帝大同盟的传单和标语。

"在这儿没看过。在一中看过，是有人偷贴在揭示牌上的。今年春节的时候，我还参加过反帝大同盟组织的化装宣传活动，有人还要我帮他撒过这类传单和标语……"

"你懂吗？"

"懂些。"

"怎么懂的？"

到这时候，我彻底明白，他一直是在了解我的思想觉悟的程度……以后，我没问过，他也没说过，这究竟是个什么意思。

"我在中东铁路苏联子弟学校读过书，听老师天天讲苏联布尔什维克党、马克思、列宁的理论、故事。在一中读书的时候，我们班有一位教语文的杨老师，常常讲进步文学、革命道理……"

"是杨定一老师吗？"

"是他。"

"周一粟、陈小航老师呢？"

"他们不教我们的班。可我跟他们很熟识。我们左倾同学们私下都叫他们'红色老师'。在周老师被捕后，我还参加请愿队伍，去警察厅援救过他……"

他站起身，从桌上把身子向我倾过来，放轻说话的声音。从那之后，他与我谈话的声音，往往如此低沉，是他在向我倾吐心灵深处的隐秘和肝胆之情；经过多少时时刻刻，我才领悟到他给我的这一肺腑的实感。少年、青年朋友的久久不忘的可贵之处，在于一见倾心，心心相印；相识于偶尔，而相知于长远——人世之妙。

"咱们的冯仲云老师，你熟吗？"

"刚刚认识。我想往后是一定能跟冯老师熟的。我听说，他也红……"

不知道，我们断断续续地又说了些什么，我还记得他说了这么一句。

"……你是个有觉悟的人，有觉悟的同学……"

不用说，我的脸比他的红晕更红，必然露出一种尴尬相。而他总是那么一副笑脸……我与他相交三年多，他始终是那么一副笑脸……这次初识的从容的谈话，所涉及的内容，是最广泛的、丰富多彩的，而今被五十年来的浪潮冲淡了，漫漶了，破碎了。我为我无补天锔地之力而锔补这冲淡的漫漶的破碎的回忆脉络，深感愧疚。而今我唯一记牢的，只有他的笑脸，仿佛一座历年虔心保存的石窟的精琢石雕、古刹的彩绘塑像。是明确无误的，完美无缺的。我之屡屡写到他的笑脸，是因他的笑的不同，大大不同，不同于那些借船员之便、航黑河虎林私贩大烟土而获暴利发横财的笑，那些贪图增添军阶一条金杠而奔走达官贵人，卖身投靠张小六之门下流的笑，那些忘形于醉生梦死的花天酒地——"圈里"（哈市道外十七道街旧日妓院聚集的场所）苏杭班打茶围、开盘子而取乐青倌儿的笑……而他的笑，是向理想的笑，向未来的笑。他的笑，是无私无邪的，高尚的。他的笑，闪烁着青春的魄力，春光的明媚，生命的火花为他的笑，发自他所投师——马列主义、为民族解放、阶级翻身而不惜最后牺牲的决心和忠心。他的笑，表现他无愧于人——哈尔滨人民、全国人民。他，他是最会笑的人。

当然，他的笑也有收敛的时候。那是在他看到本庄繁的"布告"、张景惠的屈膝投降、溥仪的粉墨登场、敌人骑兵宪兵以及狗腿子满街横行的时候他瞪眼睛，简直成为怒目而视的金刚了。他爱憎分明，与敌伪誓不两立，终于参加了抗联。那是在他看到面对这国破家亡的现实，有多少知识分子——自命不凡的"风流才子"甘心堕落、沉沦，以罂粟花掩饰着自掘的墓穴，以终可耻的余年。而恰恰道外十六道街又有一家大烟馆开市，门口贴起对联"多抽点少抽点多少抽点，早进来晚进来早晚进来"和横批"进来抽点"的时候，他怒不可遏地赶上前去，把它撕掉。他不能容忍自戕、自杀以及自暴自弃而贻笑大方，有失中华民族的尊严。那是在他看到一些朋友欢聚的酒后，有一个醉汉跟他开玩笑，像哈尔滨惯用中国化俄语译音所说的"别力达"（炉）、"维大罗"（桶）、"巴少"（走）、"巴斯拉"（去）似的跟他说"服拉服拉毛斯"（淫语）的时候，把他气得发抖，一甩袖子，走了。他可以听笑话，但不可流于无聊无耻，也不可至于低级下流。不然，他只有反对，抗议。另外，那是在他看到一位断双腿的老妇人爬行正阳街，哀叫"有钱的老爷们、太太们，行好的老爷、太太们，赏我老婆子一碗半碗饭吃吧"的时候，他飞奔上前，倾囊以助。但，他既不忍目睹人寰惨剧而疚心于己的折磨，又要逃避有所施舍而炫耀任何美德于人的嫌疑，于是尽快隐身遁去。躲到一边，暗泣了。他的泪，有如铁水那样的热；反之，在冷却之后，它又是那样坚硬，无情——"怒目""撕掉""发抖"；不过，他也只限于此，从不说句"屁的""妈的"肮脏语。因为其心一如其表，干干净净，他的品质是纯洁的，性格是温和的，文雅的，甚而有点儿腼腆。

为了追溯早年的影，我虚掷了多少宝贵的日夜，而落笔寥寥无几，几个句、几个字而已，连一缕念念情思都穿连不起。我的可恼的"忆"呀，相似少年远足的游子，老年迷途的归者任它深山老林、沙漠大野，步步都在试探、摸索……噫。

大约在1930年底或1931年初，准确的年月，只有问问在世的薛文同志和忆罗（以纪念满洲省委中共中央代表罗登贤烈士而命名）同志母女。但彼时的忆罗，尚在襁褓中，她怎么能记得这个呢？归终，还是自己要靠自己的全力以赴。而思忆及此，我脑里出现的都是片片断断的朦朦胧胧的似是而非的梦境似的情景。那时候，在天飞的关注下，我与冯老师建立了友谊，他以朋友相待，而我以师长相敬，至到一九五几年他住北京北海，在我去时，同样如此，在哈期间，我有几次去过他家，当中至少有一次是我和天飞一起去的。我记得冯老师家住在江桥北端东侧，而比商校近得多，位于桥墩附近的陡坡上，坡下似有一条小溪，流入松花江。我们去时，它在结着冰的吧？！我们过了矮篱笆墙，走进白俄出租的房间，至今我还保有赏心悦目的感觉。见了冯老师和他的夫人薛文同志，加了一个小人儿——初生不久的女儿忆罗。天飞凑到她的跟前，一面注视她，一面跟老师说话。

他说："长得好……长得好——好看——好看。"

冯老师说："……女子无才便是德，是错误的……女子无貌便是德，才是对的……傅天飞，你说呢？"

冯老师故作讪讪之态，有风趣地跟天飞说着玩。他是一位使我敬爱的谈笑风生的人……但在这里，我不适于过多地写，如可能在北京再访薛文、忆罗母女，去哈尔滨故地重游，另写一篇"忆冯师和他的亲人"。（恰好最近关沫南同志经金伦同志邀我作哈尔滨之行，尤有助于我的理想的实现。感谢关、金此番美意。）

虽说天飞是冯老师的得意门生，但在谈笑上却不是冯老师的对手，无言可对之间，仅能报以笑脸。我知道他不善幽默。我与他一起的时候，几乎没有听过他一句调皮的逗哏的话。可是，他这次又不甘于沉默，只得结结巴巴了。

他说："……她……她将……她将会比我们……会比我们……"

冯老师说："……她将会比我们幸福，幸福得多，多得多……"

是的，冯老师的预言，是正确。天飞死于抗日的战场，而他亡于浩劫中的以自己毕生之力为之奋斗而实现的社会主义社会。在打倒"四人帮"之后的1979年，北京中外作家春节联欢会上，我遇到了二十余年未见的年近五旬的忆罗。在茅盾讲话刚毕，她于这大庭广众之中，众目睽睽之下，以娃娃气怪模样儿与我握手相亲，其情其景，震撼我的魂魄而使一切最好的文学语言也都丧失了使用价值。是的，"她将会比我们幸福，幸福得多，多得多"。只要把"将会"改为"已经"就行了。

可能就在这一次，冯老师教我做一数学游戏，给我六根火柴，要我摆成四个等边三角形。我摆着……他与天飞谈论着东北"易帜"（大约1929年由红黄蓝白黑五色旗改青天白日满地红旗为国旗）与中苏之战后的时局……东北特别是哈尔滨听命于蒋介石，大力镇压共产党、进步组织的形势，先后封闭了哈尔滨学院、哈尔滨书店、哈尔滨新报……而给日本帝国主义的侵略开辟了道路……我摆着三角形，但六根火柴怎么能够摆成四个等边三角形呢？末了，可能是聪明的天飞以立体的四个三角形帮我交了卷。他帮我的还有，这是后话。

临走时，我们已经向冯老师和薛文同志告了辞，天飞又回过身，还走过去，跟忆罗摇着手，说着"再见""再见"呢。

他那么喜欢忆罗，像幼女那么恋恋不舍地喜欢婴儿一样，连冒着春寒而破土的嫩芽幼苗他也喜欢，他的这个乐趣，不下于护园人的快感。实在的话，他是喜欢珍赏新生的，有生命力的，而压倒他的一切奢望、渴慕。他是乐观主义者、理想主义者，应该加上是"革命"二字的。他乐观地展望他的理想。到底为新生的磐石游击队、有生命力的抗联的理想而献身。

商校的官费养活了我，但养不了我的穷家。因此于1931年初我转到航务局做俄文翻译。那是经过王福麟同学的父亲王魏卿总经理（东亚轮船公司）兼董事长（航务局），与王时泽校长兼总经理（航务局）的帮助的。同时，天飞担任了某轮船的二副。那时我住道外北七道街江岸的航业公会，当松花江没有解冻，和开航后轮船停泊码头的时候，我们是常常会面以及同吃同住同行的。我们在马迭尔、卡尔登、中央电影院和学校礼堂，看过《城市之光》、《黄票》、《故都春梦》、田汉《苏州夜话》、白薇《打出幽灵塔》等等，或许还在大舞台看过李金顺的评剧、在巴拉斯看过程砚秋的京剧。我们去过水上俱乐部、东铁俱乐部、太阳岛、体育场、滑冰场、极乐寺、毛子坟、大小公园等处，或许还去过什么地方响着钟声的教堂。我们多次坐过绿波荡漾的和冰雪皑皑的松花江上的、人工铁钉撑着的爬犁、自己用桨划着的舢板；加上白俄驾驶的沿街流动的出租小汽车，还有白俄驾驭着俄罗斯贵族式的骏马装饰着鲜丽的披肩和围臀的网状络子，飞驰林荫道上的高轮马车。我们多次饮过牛奶、布扎（饮料）、克瓦斯（饮料）、沃特克；多次吃过比洛斯卡（炸包子）。有一个夜间，当观看德国乌发电影公司出品，以苏联十月革命为内容的《最后的命令》，场内红俄白俄双方武斗起来的时候，我们俩理所当然地站在红俄一边，还负了一点儿小伤。又有一个傍晚，我们两人相伴徒步，是从马家沟还是从南岗通过霓虹桥走到道里。当我们在满街多是白俄男女的中央大街地下室酒店微醉走出的时候，或长椅小憩，或漫走横街，我好像是听他哼过夏里亚宾《船夫曲》和鲍狄埃的《国际歌》。他的哼法，别有趣旨，好像是把两首歌合在一起，一节一节地交替地哼的，既含混不清而避免暴露给暗探，又完全无碍于自己任性地抒情。他那么哼着，悲壮地豪放地哼着，抒发着与全世界无产阶级同命运、同斗争、同解放的心绪。至今，写到这里停了笔，我要尽兴地听一听，还在耳边萦绕的他的哼声，隐约的哼声，好像是在昨晚听他哼过似的，谁敢说我们别了那般的久呢？是你的记忆力衰退了，记错了，大错特错了。不是吗？

大概是5月间首次出航的那一天，我俩先约定过时间，我去给他送行而他请我吃西餐，但我到迟了，太迟了。他呆呆地等着，等着。同为他不轻诺，不寡信，重感情，重道义，所以他必然那般呆呆地等着，等着。人家都是家属送行，都以为他等的是他的妻子，或他的未婚妻，没想到会是我，当我进入船上餐厅的时候，有些人都吃完走了，白俄大副夫妇，大舵夫妇也都从胸前取下了餐巾。他十分满意，高兴，赶快拉我入座。

"剩下咱俩吃，更好，更清静……咱俩慢慢吃，吃着，看着江上的风光……"

透过三面玻璃窗看出去，果然真是松花江的风光如画；但我心中，仍旧黯然失色……

"让你久等了……我太对不起老同学……"

我之愧对于他的，不仅是当天的迟到，而且有今日的"善忘"。我怎么也想不出他的家是否在哈尔滨，我是否去过他的家，和他是否有过妻子或爱人。回忆起来，凡是寄到航务局的他的信，差不多都由我转给他的。我没有拆过他的信，也不知道那些信里有没有年轻的姑娘叫他"飞"的。在我的印象里，仿佛没见他跟少妇少女同行过，而总是形单影孤的。如果我写得对，那么这位烈士竟然是童来童去的一生一世，当然也就没有后嗣了。如此，我还能跟谁继承他与我的友谊呢？

这一年，我们的交往频繁，友谊更加亲密起来；直到"九一八"后几个月，大致也相同。

九一八事变的消息，传到哈尔滨的时候，全市人民抗日的气势、情绪，高涨、沸腾起来；紧跟着，党领导的、自发的抗日活动爆发：集会、结队、游行、示威、演讲、宣传，号召团结，鼓吹武装，誓死保卫哈尔滨，大大显示了人民的民族气节和爱国思想。并且，大骂"攘外必先安内"的蒋介石，"不抵抗"的张学良，尤其是那个阴谋诡计多端的日本军事大特务土肥原——"八一五"后尾随东条英机被纽伦堡国际法庭判决绞刑，上绞刑架了吧？！

这之间，我已经辞退航务局的翻译职务，准备参加义勇军去了。我忙，天飞更忙，屡屡见面，每每匆匆告别，彼此都再没有从前那么从容不迫了。

有一次，他找到我，是道里警察街还是南岗八乍市，记不得了，只记得他携带一个包袱。

"……我找你，是要你帮我个忙……"

"……什么忙……"

他打开包袱，从中拿出一捆纸张给了我。

"……你看看就知道了……"

"……我已经知道了……"

"……行吗……"

"……行……"

"……最好撒在秋林、同发隆、大罗新、同记商场哪个地方……随便你吧……"

我记不得撒在哪个地方，只记得当时引起的一个想头：我在阅览室看的标语传单，一定是他搁的。那么，那时候他就有了组织关系和革命活动……可是，我没有问过他。后来我参加革命参加党，也没有问过他。我们两人，双方都在遵守党的纪律，互相从未打通过组织关系。我从开始认识他起，从猜测到确信他是团员或党员，但我不知道他什么时候入团入党，在团内担任过一些什么工作职务。直到最近，我才得读到关沫南《忆作家林》(《长春》1980.5)说他曾任"共青团满洲省委巡视员"，顾名思义地揣测起来，就该正是这一年，或包括这一年之前的若干时间在内了。

在松花江临近封江停航的一日下午，我们在道里江边突然碰见。他握着我的手，跟我说话，比往日更亲些，我觉得他的话里有一股甘甜的味道似的。

"……你在做啥？"

"我参加了义勇军……"

"啥义勇军？谁组织的？"

"学生义勇军，车凌云组的……"

"他是干啥的？"

"'九一八'后，一中增加军训，新聘的军事教官。"

"你了解他吗？"

"我只知道他是一面坡人，家是大地主。他本人当过东北军军官，是连长还是营长……"

"他是日本人进沈阳溃散的，还是早期退伍的？"

"不知道。"

"义勇军的领导人，是最重要的可能，成败的关键就在他……"

他站得高、望得远；过后事实证明他的高见、远见的正确。的确，我是比不得他的。

"……"

"……我也打算去弄武装……咱们有一天，有一天抗日胜利会师，胜利会师……"

我们这次碰面到分手，我是记得比较清楚的；恍惚之间，仿佛过去不几天似的。假如按小说的写法，我还能把他描写几页稿纸，被冷冷的江风吹着的他，手心的温热，笑脸的情深，红晕的鲜艳……而这一切并无女性感。

我带着一身热血，满脑子幻想参加了义勇军，而义勇军的"个人领导无方"，使我失望。1932年春，我从山林退伍回到哈尔滨，参加"第三国际"，埋头于情报工作。这种工作，要我经常往外跑，在到处日本旗和伪满旗（一面黄的左上角是红蓝白黑）的旗下，在一片铁蹄和木屐的声中，一面迎着敌人明晃的刀丛和暗藏的军火库，独自化装、蒙混、诡谲、日夜长途潜行，跑遍北满，哈市停留的时间，亦即有限，并要我保持高度警惕、高度机密，以至我出头露面少了，与人来往少了，甚至个人兴趣也少了，连国联调查团的莅临、马占山的反正也引起什么幻觉了。但是，我念念不忘天飞，而且，我知道天飞跟杨靖宇到磐石游击队去了。（在这里注一笔：我一贯认为抗联前期的磐石游击队是杨靖宇、傅天飞等同志创建的。但去年从一位同志手边看到当初"第三国际"的领导者之一，新中国成立后哈尔滨公安局外事处处长杨佐清同志遗稿《风起磐石》，我才得悉他曾经是最初按满洲省委的指示而组织磐石游击队的创始人，而杨靖宇等同志是在他负伤之后接替他的工作的。）这是他亲自告诉我的，还是经别人透露我的，弄不清了。左右这一年我与他见面少，究竟见过面没有，我也不敢说定，横竖似有似无，若真若假……松花江决堤，哈尔滨涨大水的时期，他似乎给我留过一点儿音容笑貌的印象，而细细追究一下，又来无踪去无影了……暂且存下空白，待我一旦记忆复明，另外再补这个缺。

1933年春夏之间的一天，天飞忽然闯进我暂住的商报馆。这个报馆是民办的，社长兼经理再兼跑腿的是个疤瘌眼儿，总编辑是个大烟鬼，他们同心协力靠在市面活动，招揽（哀求）商家广告度日。每日每人分享广告费，有多多分有少少分，三五角，块儿八角。不管分多分少，他俩总在和睦相处，从未闹过争吵。看来，他俩的心眼儿好使，是能一秉大公的。社长分得的钱都吃喝了，脸儿红彤彤的。总编辑捞着的钱都喷云吐雾了。饭呢？他向经理讨着吃，因为经理吃的饭还是要靠他的笔杆的。我同他们闹笑话，叫他们是讨饭的，办的是讨饭报馆。话虽这么说着玩，但我要感谢他们对我的厚道、同情和帮助。这期间，我从外地回来，临时住在这花子店。天飞这位不速之客的现身，真使我喜出望外。看得出，他刚洗过澡，剪过头，换过存放已久的长衣，褶褶棱棱那么显眼。他一见到我，就把我搂起来。

"……哎呀……哎呀……老弟，老同学……咱们多久不见了，多久不见了……你可把我找坏了。多少次找你，一次又一次找你，都找不见你呀……这一次，我找遍工大、法大、温家、肖家……找美男子也找不到，幸而找到了一只虎，今天总算找到了你，找到了你……"

"美男子"——申云龙，我的朋友，"九一八"前哈尔滨许公工业学校学生，当时学生界多以此称之。"虎"者，即"五虎将"之一肖淑苓。在1929年中国第一次全国运动会上，除肖外，尚有孙桂云、刘静贞、吴梅先、王渊，全包短跑冠亚军,被称为哈尔滨"五虎将"而驰名全国。因她们与我们同系当代学生,故闻之倍感亲切,而沿用其美称。特别是淑苓,其兄梦田和我同属一中同班同学,而与我极为友善,几经近半百年头,前年她病逝于北京。

"……我想你……你也把我想坏了……我怎么也想不到你今天会来,万万想不到……"

我让他坐在晃晃悠悠的凳上,跟大烟鬼讨了一捏茶,泡了一壶,搁在晃晃悠悠的桌上,算是我对老兄老同学的招待。他喝着茶品着茶,赞美着茶。显然,他长久没有尝过茶的滋味了。

"听说你工作忙得很,紧张得很,是那样吗?"

"忙也忙些,倒是紧张,老实说,紧张得很,紧张得很……"

"你没有工夫弄文学了吧?"

"没有了,有也不多了。你呢?你比我更糟了吧?"

"咱俩的处境,有所不同,又有所同,同是处在这个残酷的时代,这个严厉的环境,干革命就弄不了文学,弄文学就干不了革命,二者不可兼得,是这样吧!"

"是这样,完全是这样……"

"不过,这是暂时的,暂时的……咱们还是要想到将来,将来……所以我特意给你带来一份礼物——一份宝贵材料……"

我伸出手去,等着接他的"宝贵材料",而他以腆默的笑脸,指了指自己的腹部。

"腹稿……"

"腹稿?"

触动我的激情,加重我的压力。我原来就装着一肚子"腹稿"——口供,是准备随时随地被捕,对付敌伪法庭用的。这类东西,日积月累,早把我的脑筋搅烂糊了。而他的"腹稿",是磐石游击队的史诗。我劝他保留着,以便将来他自己从事创作之用;因为他喜爱文学,他的文学修养比我好,还给我修改过诗文呢。可是,我看到他的神色骤变,表示不以为然。

"我说错了吗?"

"错了,错了……你想想,咱们两个人,两份腹稿,要保险得多……注意,我说的是'保险'……万一……万一你我一个……将来总能剩下一个人,一份腹稿……"

"噢，我明白了……"

于是，他讲起他的"腹稿"：磐石游击队从小到扩大到大发展的过程，生动地艺术地描摹了惊天动地的激烈战斗，可歌可泣的英雄人物和大无畏精神，凡此种种，他讲得淋漓尽致，讲了一天又一夜。

然而，我没有按他说的办，把他的"腹稿"转给了萧军，并邀他亲自前去重新讲了一遍。以后，萧军写了《八月的乡村》。萧红《生死场》所写的"革命军在磐石"，亦是沾其余光的。（在最近美国《萧红评传》作者葛浩文先生的来访中，我已经说过将把这篇给他看的意思。）

尽管我有负于他的初愿，但他那种一心向党、以身殉天职的英雄气概，那种崇高的助人为乐、为人民服务的共产主义风格，永远在鼓舞我、感召我、启示我，不仅要向前看，而且要向高看，看他的高姿态、高风度、高水平。我永远感激他，并向他学习，再学习。

我与他再一次见面，说不定就是最后的诀别。一切都像有雾罩着，有纱裹着。记不得是秋是冬还是春，是雨飘飘，还是雨雪交加的混沌不清，终归是个黄昏，眼前像似隔着层层的帘幕。而矫健的脚步、无所恐惧的脚步，不断地发出雪地的嘎吱吱或雨路的哗啦啦的强烈响音，有如哈市不愿做奴隶的人们以抗联为榜样，要把市区变为抗日的战场似的。我从外地回哈，在正阳街口北侧或别的一条胡同，有一溜小饭馆——狗不理、独一处、坛肉王的旁边，与天飞巧遇。最初是他先看见我的，把我喊住。开头我没看出他，以为是自己的错觉，或陌生人的误认。他，仿佛是个农民打扮。我印象的天飞，总是穿的军衣、哔叽服、西装长衫袍……哪时看过他这一身穿戴，一见就蒙住了。他把帽子往头顶一推，露出本来面目，这是天飞，但他的额头是有了皱纹，他的红晕被尘土和灰烟涂住；而他的笑脸依旧，依旧是他那闪着智慧光辉、机警神采的大眼睛盯着我，犹如带有芒刺似的刺着我。不过，他的动作沉着了，庄重了。由于他经历了艰苦的生活和纷飞的战火的锻炼，显出他更老练，更成熟，从前偶尔所见的轻浮之气不见了。我双手拉住他的手，紧紧地拉住。我们的谈话大致是这样开始的。

我问：你从哪儿来？

他答：山里……刚下火车……

我说：走，跟我走……

他说：不行，不行……他指着身前等的同伴。（我机灵地闪过一个念头，疑惑等他的这个人是杨靖宇。）

我说：不，我不放你走。

他说：……

没办法，他跟同伴嘀咕几句什么话之后，随我进了一家饭馆。屋里灯光明亮、高朋满座，酒味烟气熏人。我们挤到旮旯小几儿一边，找凳子坐下。他一坐便从怀里掏出来他的宝贝——小烟口袋，从兜里摸出一张破报纸，舒展舒展，折起一边，出个棱棱，经舌尖抿湿过撕下那片皱巴的纸条，用从前白净的柔嫩的而今疤过皱过的红肿的粗劣的污秽的手，手掌遍是疙里疙瘩硬皮老茧的手，手背尽是风裂或冻开而布满血纹儿的手，卷成一支蹩脚的烟，再用右手食、中二指夹着吸起来，深呼吸似的一口口地吸到只剩个小烟屁股，又改为大、食二指捏着吸。其实，这已经不是"吸"而是"燎"了。这样久而久之的连熏带燎，把大、食、中三个指头都弄得焦黄焦黄的，指头尖儿指定是漆黑的了。我隔着小几坐在他对面，几乎脸对脸，挨着他那股近乎灶口燎的、炕缝冒的炊烟一般呛，呛得我喘不过气来。并且，我注意他的吸烟，勾起我无限的感慨：从"大白杆儿"吸到粉包、蓝刀、耕种，从烟卷吸到卷烟，从烟丝、黄烟吸到树叶、蒿草，从标准卷烟纸卷到这样破报纸……唉，天飞啊，可怜而又可敬的天飞啊……他自觉地情愿地而视之如敝屣地丢弃自己那二副的高薪金，那优裕的舒适的生活，而投身穷乡僻壤、刀山火海；他不贪生、不怕死，是生是死早已置之度外……唉，天飞啊，可怜而又可敬的天飞啊……

我悄悄出去，用我外出工作节省下来的生活补助费，从街上烟棚子里给他买回来十盒"大白杆儿"。他一见到禁不住一阵狂喜，连着吸了好几支，才算过了一场满足的惬意的瘾。然而，酒来了，他只喝了一盅酒，连猪蹄子都没来得及啃一口，便起身而辞。

辞，辞，表现十分决绝，不容丝毫和缓。这时，只有这时，我才破例第一次真正认识了天飞，领教了天飞那么一条血肉之躯装的是，这么一副铁打的心肠。

相逢近乎萍水，而相别的确过于突兀——人世多舛，奈之何。

年头久了，久了，有多多少少可留念的言语，都在混沌而迷离的梦般的记忆中含混了，消逝了，当初多么精美的耀眼的动撼心魄的刺绣品，而今仅见它背面的"丝线的毛头"（摹泰纳《梅里美论》语）。我只有从梦中求真，从沙里淘金；毕竟，毕竟求到淘到他的一块真金，他的早年的影化为声，胜过录音机的录音。

"我的老弟，老同学，老同志，咱们的幸会，胜利告终……我的老弟、老同学、老同志，咱们风雨同舟，生死同心，将与人民同庆黎明……"

这是我第一次听他称我"老同志"，可惜声音过于低微，可惜是我一把没把他拉住……怎么没有让他多饮一盅酒，再多照一张合影的相片呢？他走了，望不见了，找不到了。天那么黑……

天飞，你往哪里去了？

1942年在延安，我向你甲班老任同学打听过你的去向。1946年解放长春，我借接收"满映"和"大陆科学院"之机，向抗联领导人之一、苏联红军长春卫戍司令员周保中访问过你的情况。1951年在沈阳，我向以抗联为内容的《星星之火》歌剧寻觅过你的形象。1970年到1975年间，被打到桓仁县蔡我堡，我向抗联老战士老五保默祷过你和抗联烈士们的忠魂，我向抗联根据地之一老秃顶山凭吊过你和抗联烈士们的英灵。

天飞，你往哪里去了？

哈尔滨解放之初，在敌伪的档案里发现大批抗联的照片，我查到杨靖宇烈士的面型和他的手枪，陈翰章烈士的头影和他的作战的路线图，但我查不到有关你的遗迹。现在，我也不知道哈尔滨烈士馆里有没有你的牌位。你的所在，谁能告诉我呢？难道我只有问天吗？问天问地，问天问飞。问你自己吗？

天多么高高，空阔，高高，空阔……鹏鸟飞着，鹏鸟飞着……是飞的，天是飞的……天飞，天飞，飞吧，飞吧……

忆天飞，念抗联烈士；向哈尔滨烈士纪念馆致敬，向北京人民英雄纪念碑致敬，致敬。

1980年8月27日北京，1980年11月23日重改
《哈尔滨日报》副刊《太阳岛》1980年9月24日

乡 思

1980年，春节近了。

北京商业区，店铺开始在装饰门面，悬挂彩纸的花环、三角旗、缨穗子，还有那些"欢度春节"的匾额——写的，画的，剪绸剪绒的，显示工巧编织刺绣的，用金箔儿纸象征大地丰收和棉花球儿代表元宵佳节、缀以美术图案而成的。鞭炮烟火，搭床摆摊上市，间或听到双响的鞭炮声。这个声，使人感到首都正在酝酿着春节的欢乐气氛。

我家住的旅馆，昨天也在大门口挂起两对大红纱灯笼，配以五星灯、荷花灯、走马灯，以及宫灯……也给这古朴的交通单行线小巷增添了预展的灯节景象。

我一家四口，我和老伴，再有大儿子和小女儿。自从落实政策，我这个老教师、老教授被从外省农村调回工作之后，因暂时无房，而住进这旅馆套间——两头卧室，中间客室，过了春节，也住满一整年了。在这期间，常常遭受喧闹的搅扰，不得安宁，尤其是在我做过腹部手术的休养之际，更感无法排遣的烦恼；不得已时，我躲到街上走走，但又怕天冷，容易害感冒；事实上，我已经病过了两次，医生说我有神经性感冒症。不过，旅客们近来愈走愈少，连我的老伴和大儿子也一同远走探亲去了。目前，整个旅馆几乎只剩下了我和我的小女儿，或者说，只剩下了我一个人。我反倒有些空虚起来。

小女儿，有一副令人注目的聪颖的美丽的面容，刚十七岁，一直在农村上学，从未学过外语，去年转过学来，这门课给她造成最大的压力。她要充分利用这个寒假的时机，全力地拼命地补习英文，准备明年投考大学；是个大学迷呢，把命搭上，也不惜似的。因而，日日夜夜，她关门学习。每天，除了吃饭，我再也见不到她的影儿。有时候，我或由于关心她，或为了自慰，走进她的屋,打个照面,而惹出她的嗔怪脸色,一声不吭地在横眉瞪眼睛,意思是说我妨碍她的学习呢。既如此,我就单身独处,即使寂寞,就寂寞吧。

幸而,我有一位四十多年前的上海、延安、北京时的老战友——老演员、老导演,跑来看我。他不像我胡子拉碴,老脸刮得溜光儿净亮,兴致勃勃地滔滔不绝地叙述他导演的一部影片的过程,给我带来了生活的乐趣。由看我,他又看中了旅馆楼顶的平台,给他的工作创造了条件。他认为这平台是一种特有的场地,不是人工的运动场,就是天然的摄影场。并且,根据气象台的传说,春节前后可能降雪,他便带领摄制组全体工作人员提前住进了旅馆。他计划借用平台抢完这部影片最后一场雪景——"乡思"。

为预祝老导演抢拍"乡思"的成功,我告诉小女儿,晚饭不必像往常一样给我打上来,我要请他在食堂饮酒。在饮酒之时,他频频地盯着她,似乎要从她的面容上唤起什么憧憬、什么记忆。他像别的老导演一样,出于长期业务习惯,随时随地在观察品评他的对象,在物色选拔他的演员。倘然,在大街碰上一个意中人,他便要走回头路,追逐人家,边走边端详,面部的轮廓、线条,是不是明显突出,身体是高是矮是胖是瘦,眼睛是大是小,是不是闪烁着光彩、才气,假如拿人家上镜头,适于某一类角色。其实,双方萍水相逢,素不相识,怎么能发生关系,还不是虚掷光阴、空遛一遭儿老狗腿吗?破例冒昧一下,说不定还闹一鼻子灰,灰溜溜的。但,许是癖性或职业病,他从不意识悔改,一贯如此,这样的场面,此时在我家又轮到了我的小女儿。他忽地哼了一声,类似发现她什么优异的特征,适合他的意趣,开口劝她放弃投考大学的志愿,而跟他去拍电影,保证她能够成为一个好演员。她随他怎么高谈阔论,横竖只给他紧鼻子翻白眼儿,个人夙愿绝不为他所动摇。卡在死胡同了,他降低了要求,邀她在"乡思"里充当一名临时演员,排练加摄影只要她牺牲一个钟头的学习时间就足够了。真的通情达理,她照顾父辈的革命友谊,答应他了。

谁知道,事情又变了呢。

第二天,早餐毕,小女儿都没有来得及给我打饭,便追老导演奔到我的房间,那般高高兴兴。居然,他们俩成了忘年交,一起争着抢话说,谁也不让谁的份儿呢。

"教授老兄,你先听我说,咱们先前耳闻的那个华侨旅游团,在昨天夜里到了……没想到，当中有一只从海外飞来的小海鸥，小海鸥……没想到，天涯海角之遥，仅仅咫尺之隔，我有幸碰上一个真正的演员、理想的演员……"

"爸爸，是个漂亮姑娘，比我大一岁，跟我一般高——一米七，高中毕业生，要考音乐学院呢，她同意替我担任'乡思'的临时演员……她在学校的晚会上，演过《刘胡兰》歌舞剧，一定比我演得好。反正，她把我解放了，解放了……"

"小海鸥提出条件：一、与小女儿同住，二、小女儿给她当当向导……她的团长还说，必要时，还要为全团帮帮忙……"

"她有她的条件，我还有我的条件呢，她得教我英文……做向导就做呗，用英语对话，不是也等于学习吗？爸爸，您说是不是……"

这工夫，门开了。一个女服务员拖进来新式的带小轱辘儿的大皮包，一路响着咯吱咯吱的烦人的声音。跟着，一个窈窕的年少女子走进来；不，任性摇摇摆摆地舞进来；不，随随便便甩开膀子腿儿地飞进来。果然，正像老导演所说的一只小海鸥，名副其实的小海鸥。她稍稍一停，惯性地张望张望，意味着刚刚从海上倦游飞回，要瞧瞧是谁个的巢，是不是可以栖息片刻的安全的穴。紧接着，她爆发一阵子嘎嘎的甘甜的笑声，和一串子嘀里嘟噜的婉婉的"Good morning（早安）"。她这一通儿，弄得我这个老派儿有点儿目瞪口呆。而在老导演那个老来少看来呢？他正中下怀地观望着，欣赏着。在审美这一点上，我俩的旨趣全异了。至于小女儿呢？一概无所谓，她唯一的目的在于学习英语，谁管"审美"呢。

她穿着一身印度绸白底褐色花纹的袄裤，衣襟上边别着西弗利钢笔，袖口露出劳莱克斯小型手表，肩头斜挎勃朗尼卡照相机，手拎着洋式手提皮包，金色口，银色面，那么大个儿的，鼓鼓囊囊的，都装些什么？原本天生的好容貌，并没有怎么打扮过，用得着那么多的化妆用品吗？不止那些吧，像这般的女孩儿免不了随身带着一些纸纸棉棉绢绢帕帕一类的东西。小女儿客气地接过来她的手提皮包，但差点儿给它坠到地上，她只好说"sorry（对不起）"回答它的主人的"thank you（谢谢）"。

她的蜡质般细腻、大理石般白皙的脸儿，十分俊秀，妩媚，娇滴滴；披散一头黑发，发梢打卷卷，落到肩膀头，遮住后脖颈；两条黑眉毛，细溜溜，密匝匝，毛梢纠集一起，结成一条线，有些往上发陡，眉梢翘翘起来，要飞似的；两圈圈显眼儿的睫毛，黑长黑长，长得近于舞台所用的扮假的美容品，当中镶嵌着一双灵活的光明的与墨晶晶相仿佛的眼睛。眼角适应眉梢的飞向，也吊得高些，显示豪情多么纵横，英气多么腾腾。她那种尚武的形象果真能够压倒女性的柔情绵绵和藕断丝连吗？莫不是她一旦改装就能够化为巾帼英雄或红色娘子军吗？

结论谁定？小女儿暂时不会表态，她把她作为英文教师而根据教师的工作成绩，才能决定举不举手。老导演，不问可知，他必然举双手肯定。理想的演员他能不肯定吗？肯定，肯定，百分之百的肯定。及至我呢？我纵然认定她是一块美玉，而瑕疵尚多，尚多，所以我与她始终保持距离，暂且避开些，避开些吧。

她很敏感，终于察觉了我的态度，马上按捺不住，便开口了。

"老伯，老导演叫我——小海鸥，您的小女儿——小妹叫我——侨姐，您叫我什么呢？"

"……"

她看我没有明确地回答而有点儿尴尬，不知道怎么的好。讪讪地挨了一小会儿，她索性打开手提皮包，照着小镜子，修饰面容，轮番摆弄日本资生堂的化妆品：底色、眼影、眉墨、口红、颊红、白粉，结果，什么都没有认真地使用过，她的眉眼儿鼻嘴，面颊的小窝窝儿，照样还是她天然的姿色和丽质。对于她来说，任何高级化妆品，根本不值一个钱；她之所以这样地做作，只不过是出自她所处的社会风气、生活习气，或借以解嘲罢了。

"老伯，您怎么不说话？"

"……"

"老伯，您不喜欢我吧？"

"不是，也是……"

"我可不懂得哲理，什么'不是''也是'……"

也是，也是我厌恶她那或多或少的洋气、怪气，甚至带点儿妖气。

"老伯，您喜欢不喜欢由您，由您的便叫我什么嘛。"

"那么，叫你'玉瑕'，或者'瑕玉'吧。"

"什么？'玉霞''玉霞'吗？就是美玉的'玉'、彩霞的'霞'吗？"

"不是，也是……"

"又是哲理！老伯，老教授，您是有学问的人，请您说得通俗些，好吗？"

"也是，也是'玉'，玉石的'玉'，玉瑕的'瑕'，瑕疵的'瑕'；不是，不是美玉，不是'霞'，不是彩霞的'霞'……懂吗？可以吗？"

"……"

现在，该使她哑口无言了。恰好，有人唤她集体参观去，并邀老导演和小女儿同去担任向导。临走时，她仅以泪眼报我微微一笑。好个聪慧的才女——小海鸥。

他们参观回来，吃罢晚饭以后，老导演累得很，休息去了；连小女儿在床上侧歪着，还哼哼呀呀地。唯有小海鸥精力照常旺盛，还坐在客室候我。我一见她，大大出我意外，眼前的她，完全变了样儿：头发剪短，撅起两根小辫儿，袄裤罩上一套解放军式的服装，姿态端庄、严肃，俨然女兵一样。不管她是投我所好还是从她所愿，总之在这样快速一改旧观上看，可以看出她是有脑筋，有思想的。因此，我乐于默默地考虑可否把"瑕"改为"霞"，并躬身细听她讲述她的家史。

是一部水上漂泊记。概括起来说，从黑龙江到乌苏里江、松花江，从渤海到黄海、日本海、东海、南海，到处漂流着她的世世代代的形影和踪迹。她的祖先，以航为业，由舢板、驳船、帆船、拖船而机器船、火轮船，自船夫、水手而水手长、二副、大副……许许多多人水上劳动，许多人丧生水中……家谱记载着他们一一的姓名，生死的年月日时，故里新坟的所在地，遍及海兰泡、符拉迪沃斯托克和伯力，同江、佳木斯和哈尔滨……始自迫于时势和生活，高祖背井离乡，流落异域，而曾祖、祖父、父亲浪迹日本、菲律宾、印度尼西亚、马来西亚和新加坡诸地，灾难重重，从无定居之所。在水上漂泊者的眼里，总是一望无际的、终日终夜沸腾的波浪翻滚的水，即使住到岸上家屋，而于憩息和睡眠之间，犹如存身船舶舱房，耳边仍然萦绕海啸的轰响或细流的潺潺之音，且每每以为身围该是江河湖海，该是汪洋大水；人该置身水上或投身水中，且从小就在水的怀抱里抚育，本该不是拿乳汁喂大而是靠水泡大的。这类人长大了，便本能地意识了水与悲欢离合、生死健残之理，并经常地深受着水的寂寞、单调、凄凉、空虚、陌生和孤单的苦，而引起种种幻想的舍水登陆的归途的渴慕。是以世代害着思国思乡病，世世相传《小白龙》的故事，代代相嘱返国还乡的誓愿。待到中国共产党领导建立了中华人民共和国，父亲终于实践祖辈的遗言，携带一家老小，暂迁香港，准备投身祖国故乡的怀抱，为"四化"贡献力量。故而，她受到父亲的赞许支持，叔伯的解囊相助，把她扮成富翁小姐，参加了旅游行列，才给她与我造成结识的机缘……她以锵锵的语声，委婉的心绪，谈得娓娓动听，动容，并不因为我是哈尔滨人，与她的世系血统多少有着同乡的感情。

"这就是我父亲所说的吗？有缘千里来相会，无缘对面不相逢吗？"她随手从手提皮包里掏出来几张相片，是她今天站在天安门、长城前照的。"老伯，您看，我真是回到了祖国。这不是以往的梦景，幻象。老伯，您看，这还有小妹、老导演，相片是真的吧?!"

"是真的，是真的。你真是回到了祖国，祖国……"

"我怎么没有回到家乡？"

"事实上，你根本还没有回到家乡嘛。"

"不，我说错了。我是说，我已经回到祖国，我怎么没有回到家乡的感觉，仅仅是指'感觉'说的。"

"因为你是在国外生长的，对于祖国极其生疏，对于家乡则更甚。你曾经见过长城、天安门照片吧，但你见过你家乡何种照片吗？我想你是从来没见过的。"

"是的。我只听父亲说过（其实父亲也只听祖父说过），我的家乡寒冷，零下四十摄氏度，是冰雪的家乡。我，我们整个团的成员，都是生长在东南亚的，谁也没有挨过冻，受过寒冷，见过冰雪。当然，我们见过饮料的人造冰，没有见过雪，难道世上竟有人造雪吗？没有，没有吧?! 所以我们都把旅游团叫'观雪团'。我多么渴望见见冰雪，受受寒冷，挨挨冻……这样，我就会有了'感觉''感觉'……老伯，是不是？"

"是，是……"

于是，她通过老导演的介绍，参加了首都群众性的冬泳活动。

我一听，大吃一惊，打起寒战。从太阳所赐的置于火山口的摇篮和襁褓中，吮吸岩浆的滋养，接受圣火的洗礼，经历烘烤熔炼的锻炼，而培育成长的天的娇女，尽管天生的雪肤抵得住热晒的热爱追求，而永久卫护自己雪白的本色，但传统的"乡思"抵得住热化的热心祈求，而长远保持自己冰雪的本性吗？骤然，从沸点跳到冰点，从赤道跃入北冰洋，她的意志与激情，体质与生理禁得住这样两极突变的严峻的考验吗？

当天晚上，她和老导演、小女儿，还有我一起坐在客室电视机前，观看冬泳的录像。开初，荧光屏上出现冰面，冰面之中的游泳池，水波儿平平，如同镜面，绿得有点儿发黑。大约宽二十米、长五十米，是人工凿开供临时使用的，水上还漂着一些碎冰块，岸边又在结冰，隐约可见一溜溜的冰痕、冰纹、冰碴儿。一群参加冬泳的男女，穿着各色各样的游泳衣走过来，由远而近；人们哈气，还似冒着一团团的白烟；冬季已过，而春寒依然那么凛冽。小海鸥在老导演和小女儿的照看下，在当中偏后些，但她比人们早些从肩上拉掉有红花朵的大毛巾，露出一身漆黑游泳衣和洁白皮肤，两色对照，截然显明，醒目。人们先撩撩水，洗洗脸，擦擦臂膀，或随意怎么搞一搞，然后缓缓地下水去。她呢，却干脆地飞跃地一跳，跳下水去，而给镜头留下一个悬空的优美姿势，和入水溅起的一片白色水花儿。于是，我这神经质的人，浑身一阵冷觉，冷飕飕，打起冷战，是不是白色水花儿溅到的身上？！

"冷吧？！"

"冷。"

"冻吧？！"

"冻。"

"为什么我看不出你冷你冻？"

"因为我想的是，家乡的寒冷，家乡的冰冻，所以我也就不感觉那么寒冷，那么冰冻了。家乡总是暖人心的。"

只见她以自由式泳着，有力地交替地甩着双臂，不断地超过人们，飞也似地挺进，宛似河海之间的白子鱼在纵姿游行，火线之上的小快艇在紧急前冲。看来，她善于游泳，也许是个游泳运动员吧；但，是不是个登山运动员，跋过长途白山而趋向自己的向往？她的超人的毅力和斗争性，使我心花怒放，手舞足蹈，以至返老还童，忘乎所以；我要为她的青春妙龄欢唱，为她的勇泳直前所向无敌的气概赞颂……

"我要给你写首诗。"

"呀，诗？可不得了的！老伯，我请问您，您写我什么呢？"

"写你的勇气、锐气、侠气、稚气、憨气、痴气、朝气、神气、浩气……"

"老伯，别说了，别说了。您给我造了那么多的'气'，干吗？依我说，不如只要一个'气'——'霞'气。"

终了，人们都尽快上岸去换衣服；而她仍留在水中，捞住一块冰，才上了岸。老导演和小女儿怕她冷，赶快给她披上大毛巾；她呀，倒把那块冰捂在心口窝，享受一番冰冻的味道。我跟她握握手，觉得还凉丝丝呢。是这只手捞的冰块吗？她回来这么久了，室内的气温还没把它暖过来吗？

"好受吗？"

"好受。"

"那么你有了'感觉''感觉'……"

"'感觉'吗？没有，没有……"

"为什么？"

"因为没有雪。老伯，雪，雪，雪……"

雪，从去冬到今春，的确没有怎么下过，大概一共下过两小场，而在人们不怎么察觉中，有些在高天变成雨滴，有些落地化为水痕，左右一眨眼儿就都不见了。人们都说，比起前年的同时，大不相同，那时下过几场大雪，多少年没有下过那样大的大雪，地上处处是积雪，树上满是树挂，街上电线全是白绒绳，首都简直是一片银白。多少摄影家摄取了多少雪景艺术照片，有的还在展览呢。现时，怎么地，怎么不下雪呢？

雪，真把老导演和小海鸥气坏了，盼死了，他天天与气象台保持联系，打听消息。他说，再不下雪，怎么拍得成这最末一场"乡思"呢？最终没办法，只得用人造雪。她时刻与"观雪团"成员交换意见，听听都有什么主张。她说，看不见雪，怎么能往回返呢？"观雪团"岂不成了"吹牛团""倒霉团"吗？谁要走谁走，她长等短等等不着雪，一定不走，一定不走……

突然，老导演接到气象台一个人电话告知，不过还是当初所说的"春节前后可能降雪"。而今正是春节前夕，理当重视，他便命令整个摄制组全体工作人员摆开阵式，任何人不经批准，不得擅自离开岗位。小海鸥作为临时演员，也不例外，她也按规定的时间化好妆。说心里话，她望雪的急性，比他人只有过之而无不及。她不停地跟着他跑里跑外，跑上跑下，一面观察气象，一面拉小女儿陪我在屋坐坐，听人传递雪的情报：一会儿有人忽传天气雪兆，一会儿又有人忽报飘过几粒雪糁……而她忙来忙去，连一粒雪糁都没看见，多么委屈，她不觉哭泣起来。哭也罢，泣也罢，她始终空盼一场。第二天春节晚上，也是同样。人们曾说"欢度春节"——放鞭，放炮，放焰火。但她、他、他们什么也没有放。她的"欢"、他的"欢"、他们的"欢"呢？

"欢"在第三天晚上，他们都异口同声地喊叫起来，天下雪了，天下雪了……在这喊叫中，她是女高音，领先的声浪，震荡得冲击得旅馆要爆炸，胜似昨夜——春节之夜的全市"欢度春节"的鞭炮齐鸣，活蹦乱跳。老导演争取分分秒秒，同摄制组同志们忙碌得不得了。小海鸥晕晕乎乎，与"观雪团"的人们一同嗷嗷叫。小女儿更是莫名其妙，同她胡诌英语，乱起哄，用两个手指头对她比画着，从自己的眼角往下画了两条道道，羞她逗她哭鼻子的丑样样儿。小海鸥不饶人，可要报复，但打出一拳，落了空，便追小女儿到处乱逃乱撞，桌椅歪歪扭扭嘎巴响，到底没追上，还跌了一跤，把膝盖磕破了，有人赶来搀她，反把人家推掉。谁管得着？管你什么闲事，出血了，自己乐意。娃娃气，可真十足呢。但有人来通知她化妆去，说她迟到了；这一家伙，她才听话，乖乖地跟去了。随着，小女儿也不见了。这一刻，确确实实只剩下我一个人在屋里了。因为休养，又怕感冒，我不敢外出。凭着恍惚的灯光，从玻璃窗外望，我还是可以望见雪影，是稀拉拉的懒洋洋的雪糁，落着，落着。尽管落的是雪糁，大不理想，但我想老导演必然不失良机，争取完成任务，抢出来最后一场"乡思"的雪景；小海鸥也一定获得了她所追求的"感觉"，回到家乡的"感觉"。

当她回到客室的时候，我不次于一个壮丁一跃而起，像欢迎胜利归来的光荣的女战士一样。

"祝贺，祝贺，祝贺你的胜利，你终归缴获了你必须缴获的战利品——'感觉'。"

她的精神颓了，头耷拉下来，浑身解体似的瘫到沙发上。

"没有，没有……"

"真的？"

"老伯，真的。没有，没有……"

"为什么没有？你不是看见雪了吗？"

"看见了，看见了……"

"你不是尝到雪的滋味了吗？"

"老伯，尝到了，尝到了……老伯，我家历代传说的雪，使我觉得它的滋味——甜蜜蜜，甜蜜蜜，比甘蔗还甜呢……可是天然雪掺了人造雪……老伯，老伯，雪是咸的，是咸的……"

难怪她灰心了，失望了，没有感觉到自己所要求的心领神会的"感觉"。

然而，老导演一来，光秃秃的头顶只剩下几根毛发，都竖起来，兴高采烈，扬扬得意，大有不可一世的气概。

"老兄、老教授，告诉你，抢拍成功，完全成功！原来，雪太小太小了，我当机立断，加人造雪。好了，这雪势助我成功……小海鸥，小海鸥，你怎么这么蔫？你怎么这么不高兴？……你听，我要表扬你，你的表演极为成功，应该说，你这个临时演员的表演，已经达到登峰造极的程度。我，我们都给你迷住，谁也没看够。他们要求我，请你来做正式演员；至少，签订合同，让你来拍一部影片，担任主演……"

"不，不。我打算尽快回家了……老导演，谢谢您的好意，大家的好意……"

"这是群众的要求呀。小海鸥，你懂不懂群众观点？"

"不管我懂不懂，请您不要用政治术语压人……"

起先她憋着"雪是咸的"的气，此时又加上"用政治术语压人"的气，二气合一，她就恼了。小嘴紧紧地噘起，噘得高高，如同搁上一颗樱桃。亏得小女儿在座，连忙劝解，不住地"excuse（原谅）""excuse"地哄着她，把她哄得扑哧笑了。啥个喜怒无常的小丫头脾气，还以为在自己的家呢。

老导演如释重负，赶紧趁机向她赔礼道歉了。她弄得反而不好意思起来，用两手把脸儿一捂，也不过捂住了一对眼睛；而双颊的小窝窝，还在外面露着，更鲜明一些，红一些，美一些，像是最美最清香的小小红苹果。

"老导演，您是前辈，革命前辈。我应该尊重您，敬爱您……好吧，好吧……我既蒙您的鉴赏，又受群众的爱护，用我父亲的话说是'感到格外荣幸'……我重感情，更重道义，决不辜负您和群众的希望；我要借用您这部影片这一场的题目——'乡思'，即兴创作另一个'乡思'节目，为您为群众表演……"

"谢谢，谢谢……"

"但有条件……"

"哎呀呀，又是条件。说吧，说吧。"

"一、请小妹帮我助演……
"二呢？"
"二、请老伯务必到场指教。"
"三呢？"
"'三'没有了。不，有，有。三、我赠送老伯一件礼物——一条毛围巾，留个纪念，保险老伯今后不会感冒。我祝老伯延年益寿千万岁。"

小女儿同意帮她助演。我怎么说？刚才，老导演一再要我跟他去，看看他抢拍的镜头；我时时怕感冒，到底也没去。但这阵儿，我什么也不能说，有什么可说的。无论如何，我不能冒犯她那美不胜收的言行；犹如往夜梦中我不能亵渎女灵赠我的那种圣洁的旨酒一模一样；而且我觉得多少有些渗透肺腑的欣慰，加上微微一星星的惬意的醉——近乎陶醉。去就去吧，去吧。

雪夜三更。首都夜空往常由全市各式各色灯光映出彩色光海；现在雪夜阴沉，漫漶，光色混沌，难以辨明，近似长虹彩晕的红橙黄绿蓝靛紫的混合而扩散，在美化苍穹而引人入胜。

雪，大了。稀疏的雪糁稠密起来，还夹杂着雪片片。

老导演并不见景生情，悔恨自己缺乏预知和远见，而一味地在指挥安排灯光的位置，虽然他仍不知道照明的确凿方向，地位。

旅馆主任动员大部分值班职工，打扫平台。因为根据经济核算管理企业的精神，回收人造雪——精盐，以备折价以作年终的奖金，所以很快就把平台打扫干净。然后，他们也和人们围拢四周站着，等着，即使他们也不知道要演的是什么节目。

小海鸥向我奔来，还是穿着那套解放军式的服装，面部也没有化妆；但是，她单单扎起六根小辫儿。怪不怪，不是"五"，不是"七"，为什么偏偏选个"六"？为什么偏偏扎煞着，带弹簧似的，颤颤巍巍地，飘飘然地，咋咋呼呼地？哏，真逗哏。她把她的赠品——一条崭新的毛围巾给我围好，从头顶裹起，围到脖颈，跟罐头似的严实实地加以封闭，连鼻子和嘴也都在里，只给我留下两个眼睛可以活动，照常地随心所欲地活动。"咦，绿色的……""哟，绿色好看，绿色好看。您爱我年少年轻，我酬您以青春——青春之色，还不愉快吗？""噢，青春，青春……""是吧？！您说'青春之美'，'美在青春'的文理，目前我还不能够充分说明我的理解，等我到您的年岁，我才能跟您说说明白。可是，那时候我怎么跟您说呢？……我买黄钱儿纸，写在纸上烧了吧……空头支票，空头支票……我听说共产党员都是唯物主义者……您也是，也是吗？……我想也是，也是……"不知她又从哪儿搬来一把椅子，让我坐定坐牢，好像我是个什么泥玩意儿怕我掉地下摔碎了似的。她这种赤子之心，崇高的品质和情感，感动了我，甚而触动了天和地。天在给她降着玉兰，地在给她织着丝绒毡。我，我呢？我无能为力，无以为报，只能遵守诺言，坚持到终场。但是，突如其来，她靠近我，再靠近我，一把搂住我，跟我贴贴脸儿，贴贴脸儿；这一出子，把我搞蒙，究竟是个小疯子，半彪子，还是个放肆的小妮子，顽皮的小姐姐，还是个当年苦难深重的旧中国"洋泾浜"所谓的"罗曼蒂克""罗曼司"人物，还是个革命新时代初期苏区、解放区乍乍投入队伍的叛变于地主家庭的激情过度而失常的丫鬟儿、使女儿、带犊儿、童养媳——女小鬼……接着，她又严肃地毕恭毕敬地给我行了一个鞠躬礼，受日本风俗影响——双手搁在膝盖上，九十度呢。

"老伯，好了，请回。您到场了，就看得起我了。从此以后，我是您的'霞'——彩霞的'霞'，不是您的'瑕'——瑕疵的'瑕'。您在休养中，注意保重身体。共产党都说，身体是革命的本钱，注意保重身体。请回，请回……"

乍一想，前前后后，对比起来，风马牛不相及，荒唐已极，无非闹剧，滑稽剧，恶作剧——拿我开心，戏谑，作践，叫我惭愧，晦气，疚心……不是，都不是。我受我的生活和理性所启示，像她，她长期处境所感染熏陶的志趣、情理、好恶、动静、作为意识、风格……以至她独特的个性，毕竟无可非议，何必大惊小怪，难道男女老少一律归我因袭的旧习——长期教育职业所养成的惯性——老化僵化模式划一才算是革命的正统标准吗？我从平台被"请回"屋里，忐忑不宁，踱来踱去。一个人，任何一个人，切不可以老大自居，自以为是，莫非一事的合理就能说明凡事的正确吗？归根结底，我又无可奈何地重返平台，偷偷地站在人围后面，翘首而望。

据说，即兴创作"乡思"，由主要的部分——抒情的歌舞已经转入现实表演的尾声——小海鸥与小女儿的末了的对话。

雪，渐渐更大了。雪糁完全变为雪花花，纷纷扬扬，迷迷漫漫。雪花花，雪花花，呈六角形。小海鸥扎起的六根小辫儿，六根小辫儿，不就是摹拟着雪花花吗？而雪花花，雪花花，亘古以来所启蒙的是什么，是什么？是六井吗？六一泉吗？六和塔吗？六郎桥吗？六盘山吗？六合量吗？是六诗的风、雅、颂、赋、比、兴吗？是六经的诗、书、易、礼、春秋、乐吗？是六体的古文、奇字、篆书、隶书、缪篆、虫书吗？是六律的大吕、夹钟、仲吕、林钟、南吕、应钟吗？是六籍的大般若经、金刚经、维摩诘经、楞伽经、圆觉经、楞严经吗？是六才子的庄子、离骚、史记、杜诗、水浒传、西厢记吗？六、六、六六三十六，是三十六策、三十六计、三十六着走为上策、上计、上着吗？

走、走……表演者在走家乡，寒冷的冰雪的家乡，千万里鹅毛大雪，铺天盖地，给她俩戴上雪帽，披上雪衣。雪地平坦、松软，在强烈灯光的照耀下，放散沙粒般的银辉，恍恍惚惚，闪闪灭灭，实在难以捉摸，宛似沙漠大野迎着太阳所反射的一般。她俩所走之处，发出嘎吱嘎吱的响音，留下一溜溜的深脚窝。她俩边溜边被新雪填塞，由模糊而灭迹；特别是风刮过来，便一风吹平了。风——北京的风，是有名的风，几乎一年四季都在横行风流。风，一阵比一阵寒冷，一阵比一阵暴起，啸起，吹得人呛嗓子，喘不上气来，站立不牢，呼扇儿呼扇儿的；人与人面对面，彼此都近于罩上毛玻璃罩儿。风，以排山倒海之势，把天空的飞雪和地面的落雪刮得奇形怪状，变幻莫测，也许有如把白云刮坠，状同柳絮芦花卷卷儿，就地随滚随失，谁也不知哪儿去了；也许有如把波涛汹涌的浪花泡沫收敛，把高峰悬崖瀑布山洪劫夺，腾空而起，布作雪雁的雁字雁阵，飞远飞落，踪影无了，还乡了吗？风，若是再暴、再啸，若是把这个临时舞台吹起吹蹿——流动巡回演出去了，在全市、在全国、在全世界。这种壮观的画面衬托着的她，使观众们依稀辨得出，雪助人兴，人拟雪威，胜过威风凛凛的女将军；人与雪交融、合流，神与形互通、相契，浑然一体。她领小女儿一停，相仿冻住，风也止住，观众们气息也屏住，我也一个样儿。在静静的场上，向大雪弥漫的远方，凝视着，凝视着，她带头，开始对话。

"看！"

"What do you let me to look at？（你让我看什么？）"

"Speak Chinese，please！（请说中国话）"

"你让我看什么？"

"白雪，春雪，瑞雪。雪野，雪原，雪海，雪宇宙。雪豹，白狐，银鼠，斑虎，紫貂，黑貂，松貂。冰雪黑龙江，乌苏里江，松花江。爬犁，爬犁。骤马驴牛爬犁，狗爬犁。人爬犁，拉的拉，撑的撑，铁钎子撑浔冰碴儿乱蹦跶。孩童爬犁，趴在上面，打滑哧溜，尾曳着一溜雪烟随风飘扬呢……"

"看，看！"

"你让我看什么？"

"旧式教堂，洋式教堂，大高楼似的；绿色圆顶顶，大葫芦似的。大铜钟，大铜钟响了，当、当、当……"

"看，看，看！"

"你让我看什么？"

"看，看，看，看我的家乡，亲爱的家乡：海兰泡，符拉迪沃斯托克和伯力，同江，佳木斯和哈尔滨。同乡，您好。同乡，您好。同乡，您好，您好，您好，您好……"

陶醉，陶醉，我陶醉于她的青春的芬芳之气，革命的青春才华、美德、爱国主义的青春活力、魅力，禁不住为我一去不返的往日召唤，为我早年长逝的青春招魂，而与之拥抱，让她的无私的匠才、神手、天工，把我的青春之魂——废墟建起；让她的无邪的温暖、热流、火力，把我的青春之魂——灰烬燃着；燃着，同化，化为同龄同乡的人——家乡民兵、边防卫士，互相媲美，携手共进，并辔齐驱，赴汤蹈火，义无反顾……

时到下半夜，天晓尚早。我与老导演早已商量好，改在今夜欢度春节，通宵达旦，放鞭炮，放焰火，饮酒，吃糖，跳舞，唱歌，玩个快活。我们在客室等小海鸥，一等再等，还没回来呢。小女儿捎信儿说，她在平台，撮雪在堆着什么。堆，堆，愿堆什么就堆什么，让她堆起"乡思"的还乡感吧。小女儿又报信儿说，她还在平台，跟她的同乡——自己堆起来的雪女人儿，贴脸儿，亲嘴儿；她连贴带亲地把人家的脸蛋儿贴瘦了，坑坑洼洼的，嘴儿亲出个大窟窿，连下巴颏儿都脱了臼；当初多好的少女，让她把人家揉磨老了，成了个老奶奶。果不其然儿，她被小女儿硬拉回来的时候，失魂似的闹了满脸儿雪水淌着，淌到唇上，嘴角，她伸出舌头尖儿，舔回嘴里叭嗒着，叭嗒着。小女儿问她什么味儿；她回答"甜的""甜甜的""巧克力似的"。

老导演——老狐狸精，在他看过小海鸥即兴创作的"乡思"之后，更加舍不得这个"理想演员"，便抢先掌握住她的情绪，怂恿着小女儿说服了她，愿意参加拍制一部电影片，条件是：一、影片内容要以国防现代化、军事现代化为主,她要选择的角色是女哨兵、女巡逻兵、女突击手、女坦克兵、女飞机驾驶员,为保卫社会主义祖国、家乡献出自己的青春;二、要我担任顾问;三、要小女儿陪她做个临时演员;四、她暂回家,影片开拍日期要商定。我和老导演一一允许,该签订合同了。可是,小女儿还在犹豫不决,既怕伤了她的理想,又怕误了自己志愿,不知道该怎么说……

"侨姐,侨姐……"

"不要再喊我'侨姐',只喊'姐'。"

"姐,姐——film star(电影明星)。"

"小妹,小妹——student(大学生)。老伯,老伯——老顾问,您喊我什么?"

"霞,霞——同志。"

"还有呢。霞,霞——同乡!"

1980年6月28日

《这一代人》自序

当今之世,大致如此,在生时,作品以作家的命运为命运。

生来,写过两部长篇小说。以抗美援朝为内容的《第三战役》,限于当时个人逆境,无处问世,而于"文化大革命"中被抄戮,现存片纸只字,究有何用,徒予记忆留以创痛标志罢了。《这一代人》幸,尚活人间,而被作者连累,多受委屈,为再版耗损大力地补改样本,同遭抄灭,而今重印与读者见面的初版,亦并非易事。

本书写作,费时较长,从1953年迄1957年始成。其间,曾部分和全部先后刊于《人民文学》《收获》杂志。由于读者和评论家的反映,上海海燕电影制片厂和天马电影制片厂,同愿改编电影,经过浩劫所藏几乎全失,意外残存两厂一批信件,其中以赵丹同志为此做出努力的手迹,尤为可贵,如有机会,我将为这青年时代的挚友写一悼文。同时,各出版社也争相约稿出版,可谓极盛一时矣。最初,准备交给中国青年出版社,而人民文学出版社一再索稿,才不得不予以转让。该社于1958年制毕纸型正要开印时,因我被错划反党分子而作罢,连电影改编在内,同归于尽。1961年,组织上给我平反,实是第二次平反(第一次平反是在1956年,起自我被错批为反党小集团成员之故)。经领导指示,该社负责人示知,出版此书——《这一代人》初版。但后因平反并未落实,而本书印数也不多,故流传于世者寥寥。幸而打倒"四人帮",于1979年初,第三次复查我的错案,得到彻底的改正,感激党中央和中国作家协会,结束了我二十余年的不幸岁月,不幸日夜。于是,我以极大的热情,向人民文学出版社提出《这一代人》再版的请求,直到1980年夏,一年半来,提出口头、书面请求多次,而该社竟无一语作答,无一字作复,无可奈何,我声明收回版权(原无合同约束,不过郑重之意而已),并向中国作家协会书面汇报备案存档，而后我与春风文艺出版社商妥，将原文交之重新印行。

　　…………

　　对于正在写作中的第三部长篇小说《乡曲》，我不自知，时待我否，如承天幸，得以完成。我已不自知，其命运又将如之何。而可知者，死后若干年，作家却以作品的命运为命运，或各有各的命运，后人铁面，历史无私。最后，谢谢春风文艺出版社负责同志和全体同志的革命情谊。

舒群，1980年11月8日北京

《舒群文集4》1982年2月，沈阳春风文艺出版社出版

重新发表《没有祖国的孩子》照片并简略说明

照片为萧耘同志最近所发现者，盖辗转人世已近半世纪矣。1934年春，我自哈尔滨抵青岛。此片乃与倪青华同志合照剪影。是时，我已开始酝酿《没有祖国的孩子》的内容结构。约9月间，青岛地下党组织，全遭蒋介石兰衣社特务破坏，我亦被捕，与党的市委书记高嵩同志被囚一室。在尊敬的高嵩同志的支持与鼓舞下，我完成《没有祖国的孩子》的草稿。

在这里，我首先应向作为山东八路军指挥员之一的、于抗日战争胜利前夕壮烈牺牲的高嵩烈士致谢致敬。当然，包括倪青华、倪鲁平等敬爱的诸同志及其全家人都在内。鲁平、高嵩去世已久，青华而今安在？1935年春，我被释后，走烟台、上海，稿写定，请人呈鲁迅先生而未得，幸逢白薇同志于美华里，转递周扬同志，并经苏灵扬同志亲冒白色恐怖之行，以助我最后若干改正，始于翌年刊于傅东华主编的《文学》五月号，从此开始署"舒群"笔名。迄今我仍在念念不忘，感谢前辈作家负责同志的亲切之情，感谢左联、感谢党的亲切之情。

舒群，1981年2月9日于北京
《东北现代文学史料·第3辑》1981年4月

关于短篇小说的创作问题
——从《少年chén女》谈起

联系"chén女"的问题我随便说说,一定会有错误的,同志们可以批评指正。

小说创作,说容易也容易,说难也难,我这里是说短篇小说。我写篇散文,写篇杂文,写长篇片段,我说也是短篇小说,当然也可以呀。比如《乔厂长上任记》,这是有名的小说了。语言丰富,文笔有力,那不是能够随便掌握的。这里,我不涉及主题思想,就艺术表现,它是长篇片段,再好也是。《三千万》也是,它的长处很多,值得学习,可它也不是短篇小说,人民文学编辑也不承认它是短篇小说。我说不能算。短篇小说要求生活的逻辑性,没看的同志可以翻一翻。第一段,"文化大革命"省长被打倒,落魄了,到一个小饭馆去吃饭,碰到个孩子讨饭,他给了饭,留下了很深的印象。第二段,"文化大革命"结束了,他恢复原职,很留恋这一段情感,又回到了那个小饭馆,并且果然如愿地寻到了那个孩子,可那孩子不承认曾经认识他。是小孩忘记了,还是他认错了?就像过去流行的那篇《叫我怎么办?》一个人两个丈夫,我说,你愿意怎么办就怎么办么。同《省长与乞丐》一样,是认错了,还是忘记了,你叫读者怎么办呢?第三段,给调动工作的副省长饯行,公家请客,那位省长不同意公家报销,应该每人分担,并且自己要替被送行的人负担。这意思明白,他受过第一段的教育。这三段都是孤立的,这当然容易写了,你要有机地把它们联系起来,写到它逻辑的必然发展,这就难了。所以说,写短篇小说容易也容易,难也难。

"chén女"这小说,在动笔之前的酝酿时间是没办法计算的。有的同志讲我写了四个月,其实还有一个月。我参加了人民文学的校对,整整一个月,直到三校最后一遍，不能再改了，加在一起一共五个月。一篇小小的东西，用了五个月，人的一生能写多少东西呢？

这篇小说怎么选这样一个题材，这不是凭空来的，小说创作过程，是形象思维的过程，又是形象思维与逻辑思维不断反复互相作用的过程。前年，我住在北方旅馆，外面下着大雪，服务员告诉我，夜里有个青年自杀了，就在咱们门前。我赶紧跑到楼下，那青年就是在旅馆前面的一个货箱子后面自杀的。当时，心里难受得很，我后来想调查一下，可谁也不愿说闲话，服务员也许不知道，否则也是不爱说闲话。再有一次，是我的小组长给我寄来很重要的一沓材料，全部是关于青少年自杀的。我看到不止流泪，几乎是麻木了。当然，这也不能促使我立刻创作，因为这形象活动的过程是无意识的。什么时候触动了我创作的激情呢？是我女儿的同桌同学的自杀。我掉泪了，她才十六岁啊。以前看的材料，北方旅馆门前自杀的青年，一下子都调动起来了，我觉得这是一个重大的社会问题。艺术家的良心不能让我沉默。不过，光有激情、冲动也不能写小说，但这里是一个开始，一个重要的开始。

我动笔了，写完后我才琢磨，这样写诗歌什么意思呢？这就是我讲的小说创作过程的第二条：想象思维、逻辑思维不断的、反复作用的过程。你总得问问自己，到底有什么效果呢？好比一个木匠抄起斧子，拿起木料，总得指导自己要做一个什么东西吧。否则不就成了废品吗？对人又有什么用处呢？主题思想就这样出来了，简单地说，"chén女"就是要维护、拥护老一辈革命家的领导；要爱护、保护少一代的生长，要把两代人之间的鸿沟缩小、消灭。有人问什么是社会本质，我想这很相似吧。这两代人的鸿沟，抚顺我不知道，北京可是看遍的，例子多得很，包括我自家的。我这样看，老一辈革命家实在是国宝，不是谁可以代替的，可到底他是老年了，到底是日薄西山了，他的生命有限，不能够抱着江山不进坟墓，总要留给后代的。在这一点上，后代是可贵的，少年总是接班人，chén女偏激、怪癖，可本质是好的，是善良的，可以培养、依靠的。否则行吗？得爱护她、保护她，这样社会主义、共产主义才有希望。我写了三遍半，这当中，每一段的反复重要的段落都不下十次，单独拿出来个别教练，才得出这么一个主题思想。

我说难，恐怕要遭到老王卖瓜的嫌疑了。根据我的经验，我认为短篇小说的创作有五难。

第一难：写现实的问题难，越现实越难，越是现实的重大问题越难，越是正面对待这现实的重大问题越难。

这是指现实的社会问题，而且正面对待，我接触到了这个问题，写两代人的距离，又肯定，又否定，又要写出本质，老革命的思想怎么反映？完人，不要要求少年，老革命也难。咱们的毛主席不也是一样吗？文学的发展，再也不能回到十年，也不能回到十七年。十年"高大全"，十七年叫什么呢？"空大全""假大全"？这不行，社会潮流不允许你去创作，去走新路吧，去走现实道路吧，提高一步吧，这难。

"chén女"中，作者要借女教师母女的口表态，妈妈说，党和国家要一天天地光明起来了。女儿说，这不是学校的课堂，不是会场。这是变相反击妈妈，两代人思想的矛盾表现出来了，这是关键性的问题，"所谓一时某种时代思潮、某种社会现象，如果可以比作蜂起、鱼汛、海啸、松涛，那么小chén便是无数蜂群中的一只幼工蜂，无数鱼群中的一条小鱼苗儿，滚滚的浪头之间的一丁点儿小飞沫儿，阵阵风暴所掀起的松树里涛声似的一股小哨音儿。"孩子的偏激、怪癖等等，我们应该看成它是一时的思潮，一时的社会现象，像蜂起、鱼汛、松涛、海啸来势凶猛，终究要过去。应当承认它的存在，表示作者的立场，作者在一定时候得表态的。对老一代呢？用玉芝的话讲，"您还残留着当年红军小鬼的简单化、粗笨、鲁莽；虽然说，您是个老雷锋，您一贯忠于革命事业、人民群众，您的思想水平、文化水平提高了，大提高特提高了……"这都是面对现实的主要问题，正面对这主要问题，是很难的。我这样写，觉得心里得劲，许多老同志看了也给我唱赞美歌。七号文件后，有两种意见，左些的，或叫解放性的。我不要求合两面人的口胃，我是按自己的想法写的，应当有自己的主意，不能看风使舵，这就是要有思想观点。我被打倒过二十多年，我可以有种种借口去写，可我的小说一句也没有。人人都拿我的《厂史以外》游行，倒是提出了很多问题，可现在这小说又入了选集，我感谢党中央对我的改正。从写小说到现在，我自认没有原则错误，包括过去，打倒前后，缺点是有的。这就是写时的主意。

第二难：结构难。

不懂得结构，怎么写小说呢？这是一大关，过了这个关，等于小说完成了一半。结构是形象思维的过程。我女儿同桌同学的自杀，这里面有家庭困难等因素，由此而来，各种形象就向你靠拢，我马上就想起我住的楼群里的拾破烂的女孩子。当时，我和他们谈过话。这里是生活，是生活实有的。这就发展了，虽然死的不是捡破烂的，但你马上就会意识到，就会这样地把一生的经历集中靠拢，让这些死的东西变成有生命的。生命是靠两条线穿起来的：自行车、chén字。没有自行车怎么把人物结合起来呢？没有chén字，怎么加深思想性？这是根本。

第三难：生活的逻辑性，人物、故事、情节。

小说写什么？有人讲就是写人物。没那么简单。人物总是通过言行表现个性，情节也不能和人物分离，光挖掘人物也不行吧？生活的逻辑性是很难的，要合情合理，有说服性，要有起承转合。当然，结构里就包括了起承转合。

以"chén女"为例：起，就是自行车，承转也离不开；合，两人摸自行车，这是生活的发展，逻辑的发展。这自行车、父女、母女都合情合理。特别是chén女，自杀的线索合情合理，要逐步深入揭示原因，才能得出她死的必然性。第七段里，我用了一种象征、形象、抒情的笔法概括说明了这点。

细节也得有逻辑性。比方，怎么能和小姑娘发生联系呢？而且要有自行车？——自行车不能走了，我领她去修理，过去休息没开门，于是上我家拿气管子，一打气，不行，胎破了，这才发展到我借她自行车。没有这逻辑的发展就不行，这样，细节发展就合理了。因为你帮我补了车、借了车，所以我才能在卖瓜子时多找了你两块钱。老干部看到了车子上那三根彩条，意识到后，才更加感到chén女的高尚、纯洁、无愧于人。正因为有这么好的品质，她才有前途，文学上才有力量。这样，老干部才能用自己的汽车，拿上住院费送chén女上医院。当然，也包括chén女的母亲破格录取自己女儿上重点校的感激，这才促成生活的发展，没这些，就架空了。

第四难：创新难。

我对创新很有兴趣。"文革"后，我写了十篇小说，每篇都力求创新，创的都带笑话，都遭意见，不大被人理解。这次创新，我用了个拼音"chén"字，人民文学看了后很感兴趣，很欢迎。我是2月底拿去的，4月的稿都发了。不知硬把谁挤了下来。多数人赞成这个chén字。这个chén字是生活里来的。那时，我从东溪被赶到桓仁去，带着两儿一女，儿子大一点，我就不想了。看着小女儿一路风沙，我心里想，你跟着爸爸风尘仆仆何日是了啊！那时是一种生活的体会了，也没想到这篇东西。没有生活写不了，但应用这个chén字也不是轻而易举的，原来，只有头上的"尘"字，是生活的本来模样，只有这个才能加深，才能和chén女回家时，想到你是姓"陈"，还是"尘""沉"什么，这是过程，要把这几个字联系起来加强力量。没有这个联系到最后有力是有力，但不是强有力，因为你断线了，这也包括了技巧问题。第三个"沉"，是早晨对此，包括连续性，到第四个"晨"，才达到目的。这个"晨"概括了受迫害的我们时代的少年，只有这个时代才有这样的人，这是本质，是典型，这就是创新。

生活来之不易，运用也不易，我希望同志们注意这一点，不要老跟着套套干。《深的湖》，我在文讲所讲过这篇东西，作者很有才华，他的东西很好，只是这篇的逻辑性不让人赞成。我给他这篇起了个名字，叫"杂文加朦胧体"。你猜吧，猜是什么就是什么，反正也带点创新，但是我不赞成这个创新，我倒是赞成他的描写、叙述，概括了多少生活啊。我看了好多外国人的什么派小说，没有一篇使我承认他是创新，只能是偷懒。一个法国大作家写两个小孩在海边走，就完了。也没什么起承转合，我怎么也琢磨不出来是啥意思。

第五难：描写难。

结构出来了，等于完成了一半房架搭起来了，窗门、抹墙功夫还不小呢。怎么安，是啥样的，不是你主观完全能够决定的，因为客观自有个窗子是啥样，放在哪儿好的问题。小说也是这样，这段要描写，要叙述，还是要抒情；我认为主观想怎么样，不是不可以改变，而是有限度的。我这想法也许得不到公认。

小说没有描写是不行的。"chén女"中有两个地方算是描写，一是写早晨的月亮，一是写chén女的模样。单就观察月亮，我吃了好多苦，至少半个月没睡好觉，因为我看到写月亮出笑话的人实在多，我这里有个材料就不念了，这个材料来自某些杂志，来自于三十年代选集，来自于获奖的小说。如果不懂自然科学，就要写得反自然科学，你反马列主义还可以诡辩，你反自然科学这可就铁板钉钉了。上弦月天黑了从西方落下，下弦月是早晨从东方升起，我原来有一些知识，可基础不牢，又观察了半个月才能写成这样。

另外，词汇得做摘录，大作家，外国人，托尔斯泰、契诃夫都这样做的。"chén女"里，我就想写对青年的爱。我写了好多对青春的赞美，我写一句给他们念一句，征求意见。不然怎么样才能如愿呢？要不你老气横秋，要不你发贱。我是靠了经常的积累，经过多少次的反复挑出一点来。我劝有志于此道的同志要做词汇摘录，要做比较经常的练笔。

我就说到这儿吧。

根据舒群讲话整理
1981年6月30日

舒群谈高长虹

1981年4月22日，鲁迅博物馆副馆长陈漱渝到家采访，主要是了解高长虹的问题。在热情地接待之后，对陈漱渝谈了以下这些：你找我算是找对了，对于高长虹在延安和东北的情况，比我更了解的人大约不多了。高长虹徒步进入延安之后，经有关方面酝酿，责成延安鲁艺代为照管。并给了他一个陕甘宁边区文协副主任的名义，当时，文协主任是柯仲平。高对这种安排有所不满，因为，他在狂飙社的地位比柯仲平高。高当时经常给延安《解放日报》第四版投稿，文、史、哲无不涉及，但由于缺乏马列主义基本理论的武装，思路不清。据我回忆，他的文章大约一篇也没有采用。我当时曾接替丁玲，担任《解放日报》第四版主编，出于对高的尊重，退稿时往往会由我亲自出面，因此，跟高接触的机会比较多。1943年底至1945年8月，我任鲁艺文学系主任，高长虹住在鲁艺北面山头的一个窑洞里，我也住在鲁艺校外的窑洞，与高的住处相距不远，因为高由鲁艺照管，所以我常去看他。在我的印象中，高长虹个子很矮，头发半白，身体瘦弱，有点歇斯底里。不过，还保持一点童心。他待人比较真诚，对延安"抢救运动"中出现的扩大化现象十分不满，但运动并没有波及他。1946年初，高长虹离开延安，奔赴东北解放区，途经山西兴县，遇到当时担任晋绥分局宣传部部长张稼夫同志。张稼夫同志告诉我，当时他极力劝高长虹留下，但高执意不从，说日本战败后，需要发展生产，东北有黄金，开采出来可以作为建设资金。他要到东北挖黄金。张稼夫同志挽留无效，就帮高长虹找了一头牲口，送了他一点好茶叶。他们从此分手，没有再见过面。1946年末，东北局迁到哈尔滨，高长虹也到了哈尔滨，被安排在东北局宣传部后院的一间屋里住下，重新给高添置了衣服被褥。每月还多给高发几块钱津贴费，高就到旧书摊上去购买各种字典。高懂得好几种外文，表示从此放弃文学，要编一本中国最好的字典。但这时高实际上已失去从事脑力劳动的能力。沈阳一解放，高第一批进驻沈阳，由东北局安排住在沈阳东北旅社二楼二〇五房间。1949年初的一天，高长虹忽然疯疯癫癫走进我的办公室，要求安排工作，并说经济有些困难。我劝高养好病再工作，送给他一百块钱，又请他吃饭喝了酒。喝酒时，高掉了眼泪，饭后送高回到东北旅社，这是我跟高的最后一次见面。

舒群口述，陈漱渝整理
1981年4月22日

我和子恺

我与子恺先生的相识，是通过什么机缘？是因为美国作家史沫特莱女士还是翻译家戈宝权的介绍？我都已不能记清，记得的只是在1938年的汉口。我们汉口的交往却是短暂的，从春经夏，不过两个月。较长的时间是在桂林，大约跨过了一度春秋。

他比我长十五岁，是我的前辈，我的师长。可他总以平辈待我，当时年轻幼稚的我，竟也跟他称兄道弟。我们一见如故，随之便成为忘年交的酒友、密友。他惯嗜花雕，而我爱喝白酒，我与他同饮，只能陪着他，迁就他的所好。其实，花雕贪多了，也醉人呢。

酒是我们之间交往的桥梁，相系的纽带。不管在汉口还是桂林，无论在他的家还是我的陋室，我们每每长时间地同饮，无休止地交谈，他跟我推心置腹，他对我肝胆相见。如果说，我有老白干烈性的爽直，那么，他就是有花雕酒柔感的真挚。

此刻，他往往要提及那念念不忘的"缘缘堂"。这座他几乎以毕生之力在故乡石门湾建造起来的家园，是他整个物资的财产、精神的财富，犹如他的生命，却在"八一三"后毁于日本的炮火中。讲到动心时，他落泪长叹：我今生今世再不能够重建第二个"缘缘堂"了！还说，我出走是很犹豫的、很反复的，是舍不得的，我的书都在那里呀！我为什么最后下决心带着全家逃亡，把"缘缘堂"丢掉了，不要了呢？别人不理解周作人之所以做汉奸，我理解。周作人就是因为舍不得他北平的"缘缘堂"，因为舍不得，他就没有出走。日本人利用了他，由此变成了汉奸。这是前车之鉴，我无论如何不能做汉奸。精神的、物质的财产我全部丢掉，就是因为不能做汉奸！醺醺酒意中，他反反复复像讲"缘缘堂"一样给我讲的，就是弘一法师。

弘一法师原名李叔同，是中国近代文艺的先驱者，是指引他走上艺术道路的贤师。弘一法师在音乐、美术、戏剧、文学、书法各方面堪称全才。而他承师之传，在艺术的各领域里，也都深有造诣。他的漫画、散文早已遐迩闻名，众所周知。同时，他总结教学实践，写下的大量美术、音乐教材，和众多的艺术理论译著，对我国早期的美术、音乐教育，也贡献卓越。在那个战争的年代，他还携有留声机，带着许多唱片，经常特意邀我到他汉口的家中欣赏音乐，一边放贝多芬第三交响乐，一边饶有兴味地讲解，这个交响乐，原来贝多芬是献给拿破仑的。拿破仑称帝的消息传来，贝多芬愤怒、失望已极，最后改成《英雄交响乐》。第一、第二乐章，主要是表现主人的战马铁蹄和雄才大略……在教给我音乐知识的同时，他还不忘谆谆地引导，交响乐不能像语言那样跟你说得一清二楚，得凭你的音乐修养去感觉，而每个人的音乐感受又是各有不同的。我很愧对他，至今都没有把音乐学好，辜负了他的希望。

弘一法师出家了，他们仍保持着亲密的友谊。对于出家一事，他是这样看的：弘一法师不是因为迷信出家，也不是为做教徒出家，他是把佛教当作学术来研究，是作为学者出家的。弘一法师圆寂后，他为自己倾心敬仰的先师写过一篇小传，寥寥千余字，言简意赅，情浓意挚。发表在什么杂志上，如今已不能记起。

当年，汉口有一条书店集中的文化街，就在这条街的读书生活出版社楼顶上，他与周立波同我，互相帮照过相，我的单人照片是他摄的。很庆幸，虽然历经磨劫，这些照片居然侥幸地保留了下来，如今仍珍藏在我的身边。我和他的合影是周立波拍的，可惜连同其他留影都荡然无存了。因为我的关系，周立波和他有所交往，立波那本很有影响的《晋察冀边区印象记》，是通过我请他设计封面和题的字。汉口民众沸腾的抗战热情激荡着这位画家，他那支惯于写人生人世的乐趣、哀思、雅兴的笔，也投入了讨伐侵略者的战斗。除漫画外，他还写文章，发表在我参与主编的杂志《战地》上。

武汉、广州相继沦陷后，各界名人，特别是文化界人士云集桂林。巴金、欧阳予倩、田汉、夏衍、洪深、胡愈之、宋云彬、杨朔、林林……举不胜举，真可谓群星璀璨、文才荟萃。我1938年10月到桂林。他应桂林两江师范学校之聘，在该校任教，一家人也早于同年6月来到这山清水秀的小城。

我和王鲁彦同住在城内一家楼上的小屋里。王鲁彦和丰先生年岁相仿，他们俩也是挚友，在为人品格上，同样可亲可敬。逃亡途中，大家都生活拮据，而桂林炎热、潮湿，蚊虫扰人。王鲁彦倾尽囊中银钱，只够买回一顶蚊帐，竟把这唯一的蚊帐给我挂到床上，好歹推辞都不行。我们住的小楼有个阳台，每天夜晚，王鲁彦都用那个能看星际的望远镜，在阳台上教我观看星象。

"舒群住南门内火烧场中，其屋半毁，仅其室尚可蔽风雨，但玻璃窗亦已震破。其室四周皆断垣颓壁及瓦砾场，荒凉满目。倘深夜来此，必疑舒群为鬼物。舒群自言，上月大轰炸时非常狼狈，九死一生逃得此身，抢得此被褥。今每晨出门，将被褥放后门外地洞中，夜归取出用之，防敌机再来炸毁也。桂林冬季多雨，近日连绵十余日不晴，地洞被褥必受潮，得不令人生病？吾以此相询，舒群摇首曰：'顾不得了！'呜呼，悠悠苍天，彼何人哉！人生到此，天道宁论矣！"

这是他看望我和王鲁彦时，留下的一则日记。他常来此相晤，一来，就给我带他的画。"访舒群，以画赠之。"画中写一人除草，题目《除蔓草，得大道》。"此青年深沉而力强，吾所敬爱。故预作此画携赠，表示勉励之意。"桂林近一年中，他赠我画不下二十幅，我在他家时，又帮我画过几张像。此外，他住两江，我住市区，相距七十余里，常有书信联系，他给我写的信，至少有二十封。他的信都是用宣纸写的，每封信都如同一篇散文，每一页信纸，哪一张画都可加工裱糊，永垂不朽。因为他不仅是画家，而且是书法家。可惜全部损失在"文革"之中。

城中住屋被毁，我迁居七星岩旁。此时，王鲁彦的一家人已到桂林，他们和艾芜做了我的邻居。巴金似乎也住附近，但离我们稍远些。我那小屋里只有一张竹床，还是我在市内买的，用头顶着，跨过东江浮桥、花桥，运回七星岩。有客人留宿，我就把竹床让出来，自己在旁边临时搭个铺。丰先生从两江师范来到我的住处，也在这张竹床上留过宿。他一家村居两江泮塘岭，他的卧室也是画室，除桌椅外，只有一张床。我住他家，就在画室中另加床铺。他的夫人是淳朴的家庭主妇，默默无闻地终日操持家务。在他十口之众的家里，但见人影晃动，声音却只有两种，他的说话声和一个人的念经声。念经人是他的姐姐，每到黄昏，传来她那在敲打木鱼声中哼出来的听不明白的经文，使我确实感到了这种声韵的凄凉、悲伤。听说，她结婚几天就离了婚，其时已有了身孕。姐姐不愿再嫁人，他也不劝她再婚，一直赡养着这孤儿寡母。而且，无论何种生活待遇，都有意让外甥女比自己的女儿优厚。

晚饭后，他端坐在藤椅上，女儿们循规蹈矩地站在对面，外甥女也排队在内，听他宣讲，大概不外传统所称的"女训"之类吧。但他讲的还包括一些进步思想，比如他说，我主张恋爱自由、婚姻自主，但不主张你们私自与男的通信，公开是可以的，我还不拆你们的信。他是一家之主，在家里可算有无上权威，可他给家里人说话仍很客气，即便是"女训"时，也和颜悦色，从不用训斥、命令的口吻。称得上是一位难得多见的文明先生。

一次，我从市内去泮塘岭，他正好在家，我觉得很奇怪，因为他教书很忙，课外辅导也颇多，白天少有如此清闲。我问：今天怎么这么巧？他笑了笑，将桌上的日记本推到我面前，我记得上面写的是：蒋介石今日到校参观，我归家避之。他之所以避之，是出于文人学士的洁身自好，还是政治上以第三者自居呢？我以为两者兼而有之。但必须肯定，经过武汉、桂林两地抗战热浪的冲击，在和进步文化人士的频频交往中，他的思想已印上了大大小小红色斑点。如果说，他过去的作品更多地表现了人间的情味和对苦难的不平，基本属于人道主义者，那么，他送给我的《除蔓草，得大道》等画幅，以及在武汉、桂林为抗日作的众多散文、漫画，可以说明，此时的他，已跃升为一位有理想、追求进步的爱国主义画家和作家了。

遗憾的是，在出版的《教师日记》中，却不见了上面这则日记。个中缘由，不得而知，但可以设想，大约是因为该书当年在重庆出版之故吧。岳阳失守、长沙一把大火，点燃了桂林的紧张空气。敌情紧迫，何去何从？每个人都要做出抉择。关于他的去向，我时时为之挂心，因为他有一家之累，负担之重、压力之大，他常有所流露。我替他考虑，请他拿定主意，早做准备。

彬然言，舒群君昨日来访，与傅同榻，今晨返桂林。失之交臂，甚是可惜。舒群君留函言"桂林一旦有变，先生家族如何处置？请早为之所。凡我所能，当尽力相助。美意诚可感谢。拟即日赴桂林与之相晤。"

我曾劝他去延安，他没去。为什么呢？他说，我虽然是一个自由主义者，一个无党派的人，但也不是不向往革命，不向往进步。我反反复复考虑了你的话，有时甚至做出了去延安的决定，但转而又否定了自己的想法，因为，如果我们是在红军长征时结识，或者是在苏区结识，你这样劝我，我倒真是有可能上延安。可现在不同，共产党的天下稳定了，我怎么能带一大家去坐享其成呢？像我这样一个没有为共产党出过力的人，去坐享共产党的果实，问心是有愧的。

他决定不去延安，那么，去哪儿呢？这些年来，我无从知道。直到新中国成立的前后，我在沈阳忽然接到他从上海寄来的一封信，信很长，叙述了桂林别后，这些年他颠沛流离、苦不可言的动荡经历，特别提到他曾做过台湾之行。我不知道他的台湾之行是出于生活所迫而奔走，还是由于友情所诱而渡海，但至今还留有深刻而明确的记忆是，他对此行感到十分懊悔。信末表示，重返上海，志在追随先进的共产党人，决心为新社会竭尽全力。

他匆匆而去，又毅然回归，一颗向往光明的心，终于看到了华夏春晖。以后，我们虽不常联系，但我听说，他历任全国政协委员、上海人大代表、中国美术家协会理事和上海分会主席、上海文联副主席、上海国画院院长等职，真正是尽以全力地用汗水浇灌了社会主义文艺的百花园地。

丰子恺先生去世多年了，但他在美术、文学、音乐、书法、翻译等各领域的业绩，令人敬仰，难以磨灭。他给祖国的文艺宝库留下了巨大的精神财富，祖国和人民又岂能将他忘怀呢？

舒群口述，廖倩萍整理

1981年7月

《纵横》1996年第8期

《舒群文集》自序与附记

1982年1月12日，为自己的文集作序，名为《文集自序》：

于浩瀚的时海，风口浪尖，风驰电掣，随波流逝五十个写作年头，而今区区文集，何足为序。但愿声明，凡文集文，一仍其旧，所有缺点错误，亦未改正，聊以存真耳。一向求真，我曾说过这样的真话，当今之世，大致如此：在生时，作品多以作家的命运为命运，而在死后若干年，作家却以作品的命运为命运，或各有各的命运。后人铁石，历史无私。谨以《这一代人》《少年chén女》等卷的序语为序，足矣。

（原载《人民日报》1982年2月4日）

2月15日，为《没有祖国的孩子》作序——《舒群文集》卷一：

本书作为文集卷首，包括我早期的三个短篇小说集《没有祖国的孩子》《战地》《海的彼岸》，皆为年少幼稚之作，或可称之习作。

其一出版于1936年、上海生活书店。其二印行于1937年、上海北新书局。而其三问世情况，却因年久动荡，人事纷繁，几乎忘个干干净净。现在仔细回忆，模糊想起于某年编毕之后，曾交予巴金同志，并且，在解放前的延安，或解放后的什么地方，收到过他的一封信，说他冒着抗日烽火抢救一份清样，特意附上给我保存吧。记得最清楚的是，我当时亲自动手把它装订成册，尤其写有序言感谢巴金同志的厚意而留以纪念。但迨至浩劫之年，连同其他大批文稿均被抄掳以尽。后来，我见其书正式版本的版权页，大概是在1940年前后，地址是桂林文化生活出版社。

兹因《没有祖国的孩子》属于初作，列为卷目首篇，故仍以此名而名卷。

此作迄今，已近五十年。而于"文革"之初，即与我同时被打倒在地，朱笔批示，判为永世不得翻身。我因长期被专被遣，阅历机会殊少，即便批判武斗有所见闻，亦多遗忘殆尽。今仅记得曾见某出版社内部门前高悬横标图说格杀勿论，继之身首异处，碎尸万段，血肉横飞，淋漓尽致，置之大厅，以招广众，叹观止矣。

但在这之前之后，可谓幸甚幸甚。自发表以来，它早被改为剧本、木刻、连环画等等多种，且诸书刊选载频仍。据说近年犹入《中国近代短篇小说选》《中国近代短篇小说》《中国现代文学作品选读》等书，而我见于《本溪文艺》《东北现代文学史料》后者并刊有我的照片与说明殆说明我所附，原文略。

（原载《北方文学》1982年4月号）

小说《少年chén女》二稿修改完毕。作品附记：

一、日记原作，是草书的，是丝绣的，语文别具风格，因有若干文句，难于变作白话，故姑存旧笔，留予后人，盖可窥其遗墨的真迹吧。二、本文于1981年《人民文学》4月号发表。同年《小说月报》第七期转载。根据郑祥安《一幅崭新的社会关系图》（上海《文学报》1981年第十一期），孙犁《读作品记》（天津《新港》1981年第六期），陇生《读近期一些短篇小说的思索》（北京《文艺报》1981年第十七期），江南《论舒群短篇小说的艺术风格》（哈尔滨《北方文学》1982年第一期）等评论，以及热心读者（内有天津某干部四川某社员等读后所感联系个人冤由屈情的陈诉与求助）和友人的意见和启示，作为深入学习研究文学创作，经过长时间的加工修正，是谓二稿。并于6月《东北现代文学史料》（第五辑）上发表。

创作小说《美女陈情》作品附记：

（一）病中，因有前车之鉴，避免贻笑种种纠纷，故予子女写了一份遗嘱，乘兴之所至，又予后代人写了一篇遗嘱式小说。作为东北人，流居东北各地四十余年，并念及被迫害致死于安徽的故友朱光同志，曾于东北留赠诗句"如今身是南归客，回首山川觉有情"，拟投故土冰雪编者发表。而今适经老友介绍天津日报《文艺》双月刊老同志特来约稿，遂付之刊之，尚望读者指正。

（二）本文发表之后，曾转载于《小说月报》（1983年第一期），并见若干评论：陈企霞《人定胜天，党定胜天》——舒群小说《美女陈情》读后（天津日报《文艺》双月刊1982年第六期），鲍昌《思想深邃，文笔旷达》——舒群短篇小说《美女陈情》读后（《天津日报》1983年1月10日），郭志刚《新的呐喊》——读《美女陈情》（《中国青年报》1983年1月13日），张重宪《快语叠璧妙字联珠的语言艺术》——从《美女陈情》的语言特色谈及小说语言（天津日报《文艺》双月刊1983年第二期等），另有较多读者来信，除赞语之外，还指出两处差误，一是原文"大队的党支部书记"改为"区干部"，二是原文"泪囊"改为"泪腺"等，均于此致以敬意谢意。

1983年4月15日，为《舒群文集》第三卷作序：

本卷包括短篇中篇小说两部分。在短篇小说部分，《我们的同伴》写于30年代。文虽欠佳，但纪事之实与附注之旨可取，故编之入卷。（与其同时发现于浩劫之后，残稿断篇之中所存者，尚有一篇《牛郎欲问瘟神事》，原系《毛泽东故事》供稿之一，破碎不堪，有待重作。另有友人同志于桂林图书馆，偶见1938年9月26日汉口大公报所载的《血的短曲之五》，未及复制，暂告阙如）。其余四篇，皆作于80年代。在中篇小说部分，尚缺《满洲的雪》。此篇曾经茅盾同志转予戴望舒主编连载于1938年夏秋之季香港《星岛日报》。早经友人同志们千方百计出谋献策，代为复制，终未实现，奈何。现有四篇，写作年代与上者同，前两篇与后两篇，相隔亦同为四个年代。噫，人之一生，究有几多年代，思之，不胜感激唏嘘系之。

舒群答《人民日报》文艺副刊问

问：您曾编过哪些报纸的文艺副刊？有何体会和经验？您对现在报纸的文艺副刊有些什么看法和建议？

答：按题答卷。

我只编过延安《解放日报》副刊（先刊名《文艺》，后改称"第四版"——综合版）。据我所知，至"八一五"离开延安之前，它共经三位主编，一丁玲，二舒群，三艾思奇。艾已去世，而丁健在，可请问；特别是三任元老编辑陈企霞、黎辛经验丰富，尤可贵。此外，不妨参阅新闻研究所所存的部分初步总结，以及《新文学史料》（本年第二期）、《新观察》（本年第十四期）、《人民文学》（本年第七期）所刊的《延安文艺座谈会的前前后后》《枣国之宴》与《杨家岭夜话》。现在病中，临时所感，何足道哉。

一、副刊编辑部需要一面组织撰稿核心，以便经常供稿和应急特约；一面大开四门，欢迎广大群众"豆芽菜"（毛泽东语，指群众稿件）。

二、编者与其刊应有息息相关、同毁誉共命运的决心，不搞世外桃源，不办地下作坊，甘当"理发员"（毛泽东语，指编辑人）、无名英雄、苦干专家、埋头壮士，"编辑家——革命功臣光荣"。

三、党报副刊，要以党风党性为首，排除个人任何关系利益；不要限于名位、文别排座次、排异体字。以文取人，勿以人取文，唯择优者为上宾。政治上已消灭迷信之习，文艺上将破除种种崇拜之风。大大提倡社会主义精神文明。

四、改稿时，切忌妄自尊大，老子第一，刀笔挥之，无益而有害；必要时，最好与作者协商，经其同意。

五、每发一稿，不仅想到发稿的当日，而且联想到昨日、预想到明日，以尽可能保持其刊一贯的正常性与正确性，以及独具的风格与特色。而凡有关重大原则问题，不得做旁观者、好好先生。当然，犯了错误，必须做严肃的自我批评（不是一两句话不了了之），即使退稿发生问题，亦应作如是观。

六、编辑规划，突破祖传药方；根据读者意见和要求，不断改进而创新。

七、注重文章的现实感与知识性、语言的合法性与精炼价值——一字千金。加强校对，提高待遇，实行奖罚制度。

八、注意反自然界规律现象，例如上弦月、下弦月的大小形象及其出没的时令时辰天色等等，不可胡诌一顿；最后警惕，警惕抄袭。

以上寥寥数语，妥否请教并望内行读者指正。

1982年10月9日

《人民日报》1982年10月9日

舒群谈文学技巧与写作

1983年10月20日，在家里接待郭志刚等人，并同他们谈文学技巧问题：技巧是一代一代作家积累的共同财富，一代比一代提高，丰富。技巧不仅有民族性，在20世纪还有国际性。但各民族交流时，技巧不能完全融合于另一个民族。一般容易把技巧与艺术混同。技巧是什么？是从艺术分离出来的，艺术主要关系到美学的问题，是审美问题。接触到创作，会涉及审美问题。思想性和艺术性的统一，决定于技巧。技巧从属于思想性和艺术性，但在决定思想性和艺术性的统一时，可以反宾为主。我五音不全，否则，可以唱几句评剧。唱戏和跳舞，都需要技巧。例如，对于芭蕾舞来说，那技巧就在脚尖的功夫上，这技巧是有独立性的，无此演不了芭蕾舞。我们的文学艺术作品，多年来所以提不高，原因之一，在于不认识技巧的这些特点。我以前因为强调技巧问题受批判，那时我不会说这两句话，现在学会了说这两句话。

舒群谈写作（1961年1月）。

给合金厂厂史小组成员和文学爱好者讲写作知识，详细诠释什么是典型环境中的典型人物性格。一个成功的性格，要生成在有一定代表性的具体环境，而这种性格又必须是贯穿在这个人物的一切生活当中的，不论他是吃饭、办事、睡觉，这个人物的性格都应该是一致的。否则就谈不到性格刻画的成功。

正在写厂史的过程中，突然苏新军厂长被市里抽走，到乡下去贯彻十二条，为了抢写他的全部史料，与同志们利用他走前、学习回来和晚上休息的时间来采访。因此，晚上六点开始，听他的讲述。回来时候，天已经黑了，被青年搀扶着送回了家。

与常连学到宾馆去看老朋友、文艺红旗主编思基和他的爱人张月华。他们提出了关于写厂史的一些问题。晚归的路上，又谈及如何提炼生活、发现问题，如何在纷乱的生活中来选择最有典型性的细节来刻画人物。

与青年作者谈写作。画家作画有运笔的工夫，作家写文章也得有运笔的工夫，那就是说，你写不能总写，写一会，乏了，或写不下，或写得不如意了，便要站起来走一走，翻一翻书，也说不上就在哪里得到启示了。这就叫作家的运笔。

与青年谈写作。肖洛霍夫是用油画的方法来塑造人物的，而潘诺娃则是采取素描的手法。语言的几何步骤，是由简单到复杂，由复杂到华丽，由华丽到朴素。

与青年谈立志。讲述年轻时如何贫苦，如何借着人家的灯光读书，又如何在门前借着月色读书。强调人要立志。人嘛，总得有点追求的东西，没这个，你是一点劲也没有的。

闲谈中告诉文学爱好者，创作要是没有情绪（冲动），生活要是不到了饱和，那你是绝不会写出好的作品来的。

告诉这些文学爱好者，你们真是想致力于文学创作，就得在车间里好好地跟工人们一起三班倒。在班上，你就不要想它，我还得写什么，怎么写呀，你只管就是干活，弄那么三两个月，那时再写东西。那么，这中间怎么办呢？你们就在每个星期天写它一点东西，哪怕它五百字也好哇！你们上夜班，就把夜班写活了，你是暖壶，也要把它写活了，不想发表，只是锻炼。这样要搞常了，熟了，就巧了。你们现在的努力还是不够的，我在年轻时，那真是都成迷了，当然我写得也不够好了。我最近跟一个比较熟识的同志说笑话，我这几年有些堕落了，好讲些穿了，以前什么叫呢子、料子，我都不认识的，为什么？都光顾搞东西了。直到四十岁那年才开始穿绸子，那还是夏青给我买的。当然，我以前曾一度很有钱的。周立波、艾芜那都是很有钱，也是这个样子，什么东西都没有，只是买书了，想不到那些……写东西，哪怕一句话，一个场面，都应该是有几种方法的，起码得有两三种。

与厂史写作组同志谈写作。要抓紧时间，多读书。要走创作这一条路，你们就必须要多看书。多记住一些节骨眼上的东西。生活是土地，你要写的题材是种子，有了种子下到地里就开花结果，有的则不长，或许长的是一株草。还有肥料问题。肥料当然很多，马列主义是肥料，自然科学是肥料，但文学修养那是一种更重要的、绝对缺少不了的肥料。写东西不管写多少，起码要有一篇是你喜欢的，这篇题材一定是你喜欢的，材料一定是你们掌握的，否则是不行的。

又谈了写作品问题。写作品文学气味一定要浓，不然，那就不行。托尔斯泰作品的文学气息浓，肖洛霍夫的语言就稍有不足。

出席本溪市文联举办的纪念《在延安文艺座谈会上的讲话》发表二十周年座谈会并在座谈会上发言：回顾二十年前参加延安文艺座谈会前后经过以及创作实践中的深刻体会，任何时候都要把深入生活、改造思想摆在技巧前面，不能平列。在这个前提下，业余作者还要多多学习古今中外名著来丰富自己，如《红楼梦》里中国式的表现心理方法，《水浒》描写人物的特点等等，学得多了，慢慢就会应用到写作上去，自己的作品也得到了提高。因而，生活、思想、技巧是产生优秀作品的不可缺少的条件。

与写作组同志谈写作。你们现在就缺文学修养这个东西。得赶快读书，要从书里悟到一些东西，不然，你读了东西也会是淡的。等厂史写完，你们几人下到车间去那么一年，做个老老实实的工人。那才是真正源泉呢！没有这个深入生活的过程，是没法创作的。技巧就是手艺。必须掌握它，以至几套的手艺。

结合最近发表的《在厂史以外》，给文学爱好者讲写作知识：一、写东西，必须是要按照逻辑发展来写。二、写东西，必须得有波折，大波折没有，小波折总得有。三、写东西前后要对照，考虑周密。四、对于人物肖像描写，要找空隙。不是随便的，哪都可以写的。应该到部队去待两年，培养组织纪律性。到报社去待两年，锻炼一下文字的简练。到工人当中去待两年，认真地体会一下工人生活，然后再进行写作。每人都要掌握三套语言，工人的、农民的、知识分子的。

七七事变抗日战争二十五周年纪念日，与同志们谈小说创作：一篇文章，必须要做到简洁，简洁却也是不易做到的，但必须要有这点。二、关于繁简、浓淡、轻重的安排与表现。三、文章要善于展开，否则深入是困难的。四、写文章不能光一线推开，也得有纵深。没有纵深，就会陷于一些场面之中，难免杂乱。五、在一篇文章里，对于某人，在什么积极意义上肯定，什么消极意义上否定，态度是应该明确的，要蕴含其中。

在家同青年同志谈创作。写作基本功不外包括几点：一、纵深，它是面的完了的下面那一段，是使文章向前、向深发展的连贯线。纵深是点包括面的。二、面，是场面，是一线拉开的，但单独来说，它没有纵深。三、简洁，实际就是跳，也叫衔接、过渡。四、每写完一点东西，你得从中体会到一点东西才行。五、读作品，要能举一反三。

受《本溪日报》之邀，到报社去谈办副刊问题，主要谈了以下观点：地方色彩淡一点，时间性弱了一些，科学东西少。剧评也要有地方色彩。报纸副刊，文学气味可以保持，长篇连载要有文学性，但不要太文学。报社要有写作核心，市里要有个核心，群众中也要有核心。有关学术的讨论要有学术性，有独到之见。要多写时代性、政治性强的杂文。要有大胆的创见，不要拾人牙慧，要做时代的批评家。

舒群与合金厂厂史协作组同志谈厂史写作。

1962年11月27日，写作组三名同志来家。对他们讲了几个问题：一、写厂史，要注重史实问题、政治问题、艺术问题。应本着这三点考虑，以防改写费时。二、写东西要解决单薄问题，不管你写谁，你都要变作谁，那你才能有写的，才能写什么像什么。梅里美，写一篇小说，一个地方，他没去过，写完之后去的，但写得都那么像，可了不得。三、从事写作，要认真做生活笔记。你看到什么，就记，越细越好。最好还是要记点有情绪的。每人都要记，祖宗三代地记。深入生活。你们可得好好到车间里去生活一段，最少半年到一年的时间，那你才能有东西写。多读书。你们要系统地读点书，读书时也要做笔记。除了表现精华的以外，特别是语汇要记，你们要记。写点东西，抽空就写点，不成不要紧，绝对是有好处的。

与写作组谈了几个问题，一、写作应该明确的三点在文章里应明确，哪些是自己（作者）说的，哪些是作品人物说的，哪些是客观描写的。二、谈作品，要注意人物同人物的关系，这个上来，那个下去。就是大家常说的那种有机的联系。三、作品要真写点东西，写出点生活，写出点思想，那很不容易，要下苦功夫。

于厚德来家，与张立砚、于厚德谈创作问题。一、结构，结构好不好，不能决定文章好不好，但结构好不好，可以决定文章的成败。二、一点，文艺作品里的那一点东西，不见得在作品中起决定重要作用，也不见得是很大个东西，有时很小的，但它只能在情绪上可以感染你。做到这一点，就行。三、第一章,长篇小说的第一章,是整个作品的堆、底,或者基。以后的若干章与此都有关系的。能不能成,都是可以看得出来的。特别是以后的各个事件、人物,都要与此有关。四、写短的。你们现在写东西,要写短的,就写一件事,一个主题,一种感情,明朗些,就可以。不要写长的,一写长的,你就没有办法掌握了,看不出问题。人家许多作家一辈子都是在写短的,你们为什么就不能呢?和张、于说:那一点,就是小说的精核,是由里向外推的,非常重要。这实际上就是构思,就是文艺规律,就是独特感受,不懂这个,实际就是不懂文艺规律。

  与常连学等谈创作。要创作,必须得抓住关键问题。何谓关键问题呢?《这一代人》第一章,写李惠良找床,这个床就成了关键。《那些昼夜》(最后定名为《第三战役》)第一章"向南"是以"枪"作为关键的。写东西,写一个人、一件事的好写些,两个人、多件事的不好写,特别是人与人的关系,人与事件的关系,都很难做得合情合理。描写,特别是动态的景物描写,很是不易的。静的景物好写些,动的,带有情感的,都是很不好写的。这是需要读书练笔得来的。应该像画家练素描一样地进行练习才行的。那些大家能写那么多东西,就是头脑灵活,反复作用的结果。人家对种种的描写、场面、情景,熟极了,一用就来。头脑一旦有了这种要求,呼之欲出,顺笔而来。

  根据原本溪合金厂厂史写作小组成员常连学的日记、张立砚的访谈整理

难以忘怀的故友艾思奇

人老了，心底里不免时时泛起忆旧的感情。那些过去的事，那些故去的旧友，总是凑着伴儿在脑海里一幕幕地闪过。我因此常常想起为他们写点儿什么，以寄托我对他们的怀念。

几十年的革命生涯，我结交了许多朋友。其中有些并非同行，平素交往也并不很多，却充满着革命的情谊。这种革命的友谊，给我留下的印象是很深刻的。这里我要讲的，就是哲学家艾思奇。

大致是在1937年，我在上海初次认识了这位后来在中国哲学界卓有建树的艾思奇同志。七七事变后，"左联"系统有两批同志根据党的指示撤往内地。我当时和艾芜、沙汀、白朗、罗烽、任白戈等是第一批走的。到南京以后，一些同志去了重庆，我留下等第二批的人到来。不久，李初梨、周扬、艾思奇、周立波、何干之等相继到达。他们文质彬彬，约莫在三十岁左右，是战争把我们联结在一起的。这批人的目的地是延安，又都是初到北方，旅途是够艰难的。于是，我们乘上了去往西安方向的火车。现在人们一提起火车，总有一个严格的"正点"概念，如果晚点了，许多人就会埋怨、恼火。但是，在本来就很腐败的国民党统治时期，再加上战乱，火车根本就无法正常运行，停停走走，像蜗牛在钢轨上爬行，天知道我们要在火车上待多少日子。在车上，没有人管你吃喝，每到一站，饥饿的旅客们就争先恐后，一窝蜂地奔向小食摊，为的是买到一点儿大饼油条之类的食物。那情景，颇有一点儿"冲锋陷阵"的味道。在这种场合，我发现老艾就有点儿无能为力。是啊，一位战斗的革命哲学家，并不一定就处处能适应这种你争我夺的环境。我只记得，他每遇到这种情形，就只好温良恭俭让地站立一旁，两只灼烁的大眼睛，安然地直视着这拥挤的人群。这时，我则毫不迟疑地冲向小摊，因为在同行中，我的年纪最轻，身体也好，又是工人家庭出身的北方人，说实在的，我也不忍心看着同伴们挨饿。等我买回食品，大家一块儿有滋有味地享用时，我心里就有说不出的高兴。从此也给我一个印象：老艾真是老实憨厚！我喜欢他，尊敬他，大概就是从这里开始的。

到西安八路军办事处后，林伯渠同志亲切地接待了我们。伍云甫同志详细地给我们介绍了西安的情况。在这里，我一直和老艾住在一起，我们有了进一步的了解。时值初秋，太阳晒得人暖烘烘的。因为七贤庄（办事处所在地）在特务包围圈中，我们都不好随便远离住地。当时，从延安来了几位大姐，其中有我们景仰的邓大姐，还有贺子珍、陈琮英、蹇先佛等同志，大家聚在一起，谈延安、谈形势，天南海北，话题很多。可老艾话不多，光听，总是像在思考着什么。这时我才发现他原来是一位沉默寡言的人，沉着，稳重。他虽只比我年长三岁，却要比我老成持重得多。不久，老艾他们都到延安去了，我和周立波被派往八路军总部工作，到了晋东南。

1938年春，任弼时同志让我到武汉去参加编辑《战地》杂志。行前，我特地到延安办一些事和组稿（艾思奇专门为《战地》撰写的《文艺创作三要素》就发表在创刊号上）。这是我首次到革命圣地，时间虽然很紧迫，我仍然没有忘记去探望艾思奇同志。那时他正在抗大任教，异地重逢，格外亲热。他一定要留我吃饭，还专门为我叫了一份"小灶"，主食是馒头，菜呢，是一碗白菜熬猪耳朵，另外不知从哪里弄来点儿酒。这在延安，就算不错的了。他一边把自己碗里的猪耳朵夹到我的碗里，一边说很抱歉，没有更好的东西招待你。吃饭间，他给我讲了好些关于前方的战事，也许还有别的一些什么。这顿饭，我一辈子也忘不了。他的情真意切，深深地感染了我。说也奇怪，我当时住的是交际处，吃的要比他们好得多。即使是在新中国成立后，我到中央高级党校拜访他，他也热情地请我吃饭，大盘小碟，当然要比窑洞里的白菜猪耳朵丰盛得多了，但吃的究竟是什么，我确实已经记不清了。唯有那次，居然会在我的记忆中留下那么深刻的印记，这叫人怎么解释呢？

1940年，我从桂林奉命调延安，先是在"鲁艺"，后到"文协"工作。艾思奇是"文协"的主任，因还忙于教学，到机关次数并不很多。他每次到机关谈工作，都来看我。他说话不多，但很严谨，好像每一句话，就是那么三五个字，而意味特别深长。他不是那种一说起来就口若悬河、长篇大论的人。

延安《解放日报》改版的时候，组织上决定让我去主编第四版。在这期间，我和毛泽东同志经常接触。他老人家很关心报纸，亲自领导和过问文艺版的工作，为此，我常常要徒步到杨家岭或是骑着牲口到枣园去向他汇报和请示。他甚至亲自拟定"征稿办法"。那时，毛主席的作风是很民主的。就说那"枣园之宴"，请什么客，比如文化人的名单，他也征求我的意见。每提起一个人，他就谈一点儿看法。记得谈到艾思奇时，毛主席说："艾思奇是好哲学家，好就好在老老实实，诚心诚意做学问。"毛主席对艾思奇的印象是很好的，后来还多次称赞过他。

1943年的秋天，著名的延安整风运动开始了。后来发展到所谓"抢救运动"，问题转而复杂化。起先，我以为认识毛主席，也认识康生，他们都了解我，大概我本人不会有什么事。可是，事情并不妙。有一回，康生拉着我去看陈伯达，说了许多在延安抓"特务"的经验，还说这次问题全解决了。我不解其意。这时，艾思奇同志已经到报社副刊部负责工作，我则无故被停了职。记得有一回，到中央党校礼堂去听"坦白大会"典型报告，只有艾思奇同志陪着我，就两个人。后来我才知道，让老艾陪我，一是让他见见世面，开开脑筋，因为各部门都搞得热火朝天，只有副刊部还没有抓出一个"特务"来。二是显然怀疑我有问题了。随后，我被当作"双料特嫌"打落水中。从此，我同老艾在一个非常特殊的关系中相处着。由于当时还太年轻，没有经历过这样复杂的场面，明明要革命，却变成了"特务"。我百思不得其解，真是食不甘味，夜不成眠。我甚至被迫有过轻生的念头。艾思奇同志作为副刊部的领导，对我是很关心的。他让温济泽同志来"看管"我。老温也是个好心人，"看管"的目的本是要加温添火，而他们则是怕我出事。他自己也经常来看我，开导我说"一个真正的人，一个共产党员，应该像金子一样，真金是不怕火炼的"，一席话使我心里得到莫大的安慰。我至今仍感其言。我本是一个自信的人，这样就更增强了我做一个真正的人的信念。不做官，就去纺线，飞转的纺车伴着我度过那辛酸的但又令人怀恋的岁月。我的纺线技术还真不错，甚至可以赛过心灵手巧的女同志。艾思奇同志有时仍然来看我，在吱吱的纺纱声中，我们再不便交谈什么，不过，我总是报以感激的微笑。虽然笑是苦涩的，却出自内心。

在革命队伍中，处处都有关怀、温暖。1944年的春天，我来到三五九旅的大生产洪流中。干活我是拿手的。这年秋天，艾思奇和王丹一同志到南泥湾参观。他们特意来看望了我。那时，我的问题虽然还没有结论，但心情已经平静许多。在远离延安的南泥湾见到他们，交谈是愉快的，是令人难忘的。

1958年我又一次落难，戴着沉重的"反党分子"帽子到了东北的一家工厂。1962年，我有幸和两位工厂厂长出差进京。事也凑巧，我和艾思奇同志竟奇迹般地在西单长安戏院门口相遇！他还是那样真挚热情，问寒问暖。他的车子就停靠在十字路口南边。他郑重其事地把我领到车子旁，告诉他的夫人王丹一同志下车和我相见。其实，他当时明知我的党籍都丢了，有的人也许会唯恐避之不及，哪能像他这样上前握手问候呢？而我想他一定认为我是冤枉的。可贵啊！我高兴地向两位厂长介绍了这位著名的哲学家，他们也都以为这是一次幸会。此后，天各一方，我再也没有见到过他。

1966年春末，当我在报端看到艾思奇同志逝世的消息时，我的心不禁紧缩起来。真没有想到，几年前长安街头邂逅相遇，竟成了我们的永别。我要知道那次相遇竟是最后的诀别，我该怎样珍惜这难得的时光！至今想来犹觉遗憾。不过可以告慰于英灵的是，在他的追悼会上，肃穆地置放着毛泽东、刘少奇、朱德、周恩来等领导同志的花圈，这也就使我感到宽慰了。

艾思奇同志是一位品质高尚的人。他甘愿在背后为同志做出牺牲，这种见义勇为的精神是不可多得的。我因此常常想到他的为人，想到他对同志的友爱和革命道义，想到他的坦荡无私的胸怀。这难道不是一个共产党员最可宝贵的品德吗？他，永远值得我学习。

1983年11月于北京

《人物》1984年第4期

怀念故友沙蒙同志

我的好友沙蒙同志逝世已二十周年了！回忆起和他相处的日子，音容笑貌，记忆犹新。

我和沙蒙同志的初次相识，是在1935年夏天，通过塞克同志的介绍，在上海小桃源认识的。他当时的名字叫刘尚文。

20世纪30年代的中国，战火纷飞，多少中华儿女在为中国的光明前途而战斗。共同的命运、理想，使我们两人从相识的那天起，友谊就不断地加深。后来，我们两人同住在上海的美华里，当时上海，民不聊生，食不果腹；我们两人呢，我投稿为生，他担任了电影公司临时演员，时而工作，时而无业，也经常挨饿，比我还要困难。有一次，他四天没有吃东西，饿得已经不能起床了，只好目瞪口呆，盯着棚顶，数着苍蝇个数，来忍受而消磨饥饿的时刻，真是度日如年。他的二房东有位小姐，心地善良，以为他病了，问他什么病，他顺口就说了"肺病"。于是，她给他买了两大罐子鱼肝油。他挣扎起来，就把这些鱼肝油一股劲儿都吃光了，吞尽了。这回可"饱"了，他却从此得了胃病。再后来，我们又同住在拉菲德路，我经常写作，他会法俄外语，不时地翻译一些作品，并把我的小说《没有祖国的孩子》编为剧本；同时，他还参加了在上海剧联领导下的小剧场的演出。在演出《太平天国》一剧中，他扮演洪秀全角色，成功地塑造了这一领袖人物的形象，迄今给我留下不忘的回忆。这样，我们两人的生活就可以维持了。正是在这样艰苦的环境中，使得我们两人有了更多、更全面、更亲密的与日俱增的友谊。因此说，我们两人的友谊是知心的友谊、革命的友谊。

1937年，七七事变后，我们分手了。可是第二年，我们又在武汉团聚了，他参加了演剧二队。老朋友重逢，显得格外亲切。这一段时间，我随他们的演出到过长沙、湘潭等地，我们同行同吃同住，对他有了更为深入的理解——他的出身，以及他与塞克同志萍水相逢而相识的过程。

1940年，我先到了延安。延安开始整风，最后"左"到"抢救运动"，终至甄别之——

1944年冬，沙蒙同志也到了延安。他感觉到当时这种难以理解的异常现象，找谁问问呢？无人可问，他只能找我是问。我就把我所知的、实事求是地一一地告诉了他。在当时的客观形势下，我们彼此都敢于直言不讳，这一点是很不易的，为什么呢？这就是长期的友谊形成了相互信任——心无余悸，亲密无间。

1945年，日本帝国主义宣布无条件投降，我们一同参加了延安组成的东北文工团，分任正、副团长，进发东北，艰苦行军，而且必须通过密集白色恐怖的敌占区，随时随地都有生命危险。有一次夜行军，跑步通过严密的封锁线，他总是显得沉着、稳重、不动声色，照看大家。在队伍中，他的年龄最大而身体病弱，但两个月的行军，没有骑过一步牲口，完全靠两条腿，徒步走尽全程；而且，在这之间，他参加了共产党。这对党所表现的信念与决心，无形中成为全团学习的榜样。

到了东北以后，组织上调我到东宣部工作，他接任了团长。当时大连已解放，他奉命带团到大连进行慰问演出，但由于客观原因以及当地政府的挽留，而延误了归期，受到了领导同志的批评。他一句话也没有解释，虚心地、诚恳地接受了批评，并做了个人检讨。

在哈尔滨、齐齐哈尔工作了一个时期后，东宣部调他和大部分团员到了长影。本来让他担任行政领导工作，但他认为自己更适于业务工作，于是就做了导演，愿为社会主义电影事业献出自己的毕生之力。在他所导演的电影中，《上甘岭》早已成为公认的名片，直到现在公映，经久不衰，仍受群众欢迎，而他也理所当然地成为我国著名的电影导演之一。

1957年，在他遭到不白之冤的同时，我也受到相似打击，而去东北。后来，他被调到北影，我因公到京，意外邂逅，喜不胜喜。我们一起探讨电影问题，交换意见，滔滔不绝，并相约拟定计划，两人合作共编共导一部电影，此乃真心实意之誓，而非徒托空谈之举。

迨至1964年6月，我又一次来到北京。我到他家看他，一见面，我们两人旧话重提，兴致勃勃，越谈越有劲。不知不觉，两个多小时过去了，我才起身告辞。临行时，他对我说："咱们要合作，要从快从速，我觉得身体现在很坏，日子不会长了。"我当时认为他是随便说说，没想到这竟是他的永远的送别之辞。我从北京回来，仅仅几日，他就去世了。这个消息真是令我难以相信，但又不得不相信，为之奈何。他用自己的半生之力，为中国的电影事业做出了宝贵的贡献，而他的生命却像流星一闪而过；他这样匆匆地离开我、离开人世，当然会感到遗憾无穷，难怪他停止呼吸之后，而心仍在跳动——岂肯甘心从此永诀……

沙蒙同志不像学员，不像导演，不像艺术家，也不像知识分子；他这位知识分子，有农民的朴素，有工人的踏实，有战士的赤诚，故而对党对同志，恪守忠贞道义，对社会主义电影事业，坚持阵地，不懈努力，并为之奋斗到底。然而，大器晚成，夙志在现、丰碑在望之际，溘然长逝，使我悲痛，悲痛二十年了，仍将悲痛下去，难有息止之日……

舒群口述，李双丽整理

1984年6月13日

伟人一简

人生易老天难老……天，还是当年的天，而当年的伟人——毛主席却永逝了，七年了。

今天，伟大的中国共产党更在高举马列主义、毛泽东思想红旗；特别是党的十二届二中全会，颁布了整党的决定，号召防止和清除文学的精神污染。这是我国社会主义文学健康发展之幸。

抚今追昔，远在1942年至1943年，于延安《解放日报》主编第四版期间，由于适值党报改版、文艺座谈会、全党整风之年，而承毛主席亲自过问、指导、决定该版重大的编辑工作之际，我躬逢优遇，频频聆听他推心置腹的耳提面命；并曾获至宝藏了至为可贵的具有历史价值的珍品，主要的是他为数较多的亲笔的墨迹。

不曾想到我于1958年惨遭意外的不白之冤，遂恐其与我被逐沉沦而湮没，尔后即将部分呈递中央档案馆，使其永伴天长地久于不朽，而另部分随身浪迹江湖河海，誓言力戒绝不借之妄求任何名节，但愿聊以自慰历来历历的耿耿之心、眷眷之情。然而，我错了，错了。迨至浩劫之季，批斗、打砸抢轮番不止，家无宁日，掘地丈许，破棚及孔，被抄一空，几丧我与二子三条命，以至革命珍藏安得幸免遭殃。无理可言，我仅于夜阑人静之时，私自慨然叹之，人生终生之失之疚，莫过于此，奈何奈何！噫，唯有祝之未来千百年，有朝一日，失者再现于天壤人间而已。

现在，应邀纪念毛主席诞辰九十周年，追忆重写佚文《中南海的夜》之间，我偶于9月16日清晨，凭借烁烁明灯，翻拣被抄退还的残余片纸只字、断编残简，从中突兀一闪天光，犹如天助我以至诚至慧，竟至发现他的一帧敷以银辉、盎然嫣然、腾腾跃然的书简照片。

舒群同志：

前日我们所谈关于文艺方针诸问题，拟请代为搜集反面的意见（各种各色），如有所得，请随时示知为盼！

毛泽东
四月十三日

句句字字，颗颗珠玑，玉痕金锋，耀眼夺目，依然富有强大生命力，昂然挺拔纸上；十六开连史纸页，六B软铅笔所书者。其时，限于客观条件，他已惯用此等纸笔；但此等纸笔质量，日久天长，易于磨损磨混，难于保藏，传之久远。而他当日只知以身许党许共产主义、许国许人民大众，为之深究哲理兵法，降龙伏虎，破旧立新，不惜濒危履险，忘食废寝，呕心沥血，鞠躬尽瘁，置生死于度外，何尝想过什么遗之后世而垂之青史呢？过去，他写过多少评文、批语，经排印毕，岂非皆成弃置废纸而泯灭以尽吗？恍然一瞬，似乎并见已失的信封，其左侧顶端，仍旧存有他当时所画的特快信件器标——"+++"。凡属此类信件，小通信员随收随送，快马加鞭，快送收信人，索取收条，返回交差，才算完成任务。曾由小通信员送的信，虽说尚存本影，但我再三思忆，却记不清"所谈"所指，究系5月2日《在延安文艺座谈会上的讲话》的"引言"会议，抑为这前后的个别谈话或属二者兼有；同时，我也记不清"搜集"的是些什么，以及或口头或书面、毕竟如何汇报的了。

不过，我由此信倒联想起另一类似的信，那是在5月23日《在延安文艺座谈会上的讲话》的"结论"会议之后，重要的内容是：他要我走访各种不同的反映等等。而与其有关的始终过程的一切细节，也都忘却了。

现在，只剩下一个完整的印象，一如既往，我牢牢地记着这约一个月之内的前后两封信，堪称连理并蒂式的不可分的书丹真迹。但被无情的刀斧砍断了二者联系的纽带，终于一孤一单了。

踏遍青山人未老，尚望祖国各地如有存者，从速献出，使之成双合璧，我将不胜感激之至……

《人民日报》1983年12月6日

舒群谈《胜似春光》

舒群同志的短篇小说《胜似春光》在《新观察》今年第十六期发表后，引起了文学爱好者的注意。最近，我们访问了这位年过古稀的老作家。

舒群同志说，《胜似春光》是"文化大革命"中写的，后来散失了，现在把它重新写出来交《新观察》发表。《小说选刊》和《羊城晚报》予以转载，这说明文章写得还可以，我感到很欣慰。但是，有没有不足之处呢？有。在朱光之死的处理上，我本来想通过他的死否定"文化大革命"，批评毛泽东同志，但是，写的时候总是很拘谨，生怕有损于毛主席，结果这些问题就没能正面写到。当时如果放开点写，效果恐怕比现在要好。

舒群同志说，《胜似春光》写的是真人真事，因此，如何处理典型真实与具体真实的关系，成为创作中必须解决的首要问题。接着，他深有感触地说，《毛泽东故事》今年上半年他写了六篇，发表了四篇，《胜似春光》是其中之一。另外两篇没有写成，下半年写第七篇，也没有写成，这三篇，作为回忆录富富有余，作为小说则大大不足。问题就出在典型真实与具体真实的关系上。他说，小说要求典型的真实，这是公认的创作原则，而《胜似春光》写的是具体的真实。不能一味追求典型化而背离具体真实。但如果过分拘泥于具体真实，就会破坏典型真实，具体真实又要达到典型真实的效果，这实在太困难了。说到这里，舒群同志领我们来到他的书房，墙上挂的是朱光书赠舒群同志的条幅，上写"四载风云塞北行，肩钜跋涉愧才成，如今身是南归客，回首山川觉有情"。舒群同志说，这幅字确实是在毛主席家写的，主席也确实改过下款，改成"朱光一九四九年秋于南下之日"，可是在小说里写的却是"朱光于一九四九年建国前夕，古都中南海书癖家之家"，这就是在不根本违背具体真实的前提下所做的适当的艺术虚构，既基本保持了具体真实，又照顾到创作的典型化效果。

前卫生部副部长黄树则同志看了《毛泽东故事》中的几篇之后，在《新观察》今年第四期上著文写道："舒群的作品有其独特的文风，这是读过他的作品的人都知道的。而他写的这几篇毛泽东故事，除去保有那独特的文风之外，更有他的非同凡响的创新。靠他的极为丰富的想象，靠他的运用自如的浪漫主义手法，他把我们所熟悉的革命领袖以及当代的历史背景重现于我们的眼前，使我们看到一幅色彩更浓，更能深入人心的画图。可以说，他的大胆的艺术加工，远远超过了现在一般写革命领袖的文艺作品。他没有脱离历史的现实，也没有把革命领袖神化，而是通过他的这种创新的艺术加工，使我们对革命领袖的形象更感到逼真，更感到亲切。"舒群同志在写革命领袖方面能够取得这样突出的艺术成就不是偶然的。按舒群同志自己的说法，这首先是"历史的幸运"。他曾经和毛泽东同志等老一辈革命家有过密切的交往，他熟悉他们，热爱他们。早在20世纪50年代，他就有在文学作品中表现革命领袖的抱负，并为此做了长期的准备和酝酿。在谈到《胜似春光》的创作过程时，舒群同志说，写小说是很苦的，饭也吃不下，觉也睡不着。写完了，打开看看，不是那么回事，再改；打开看看，还不是那么回事，又改；无数次看，无数次改，直到看着那么回事了，心里踏实了，这才拿去发表。

《胜似春光》写了毛主席和朱光同志的深厚情谊，对于朱光同志，青年读者可能不大熟悉。我们谈话时，恰逢他的女儿朱嫩苹同志和女婿王力平同志探望舒群同志，我们请他们介绍了朱光同志的生平事迹。

早在少年时代，朱光同志就参加了党领导下的学生运动，1926年入团，1927年参加广州起义，后来在上海从事革命文化工作。1927年，他加入中国共产党，第二年上井冈山；1934年随红四方面军长征。张国焘疯狂迫害知识分子，有"才子"之称的朱光戴着手铐脚镣，爬雪山过草地，九死一生到达陕北。此后，他相继担任中宣部秘书长、八路军一二九师政治部宣传部长，齐齐哈尔、长春市委书记等职。1949年，朱光随解放大军南下，任广州市委书记、市长。1960年他调任对外文委副主任，1966年1月任安徽省副省长，同年5月，"文化大革命"开始，这位坚强的革命战士受尽迫害，1969年含恨而死。我们的访问就要结束了，朱嫩苹同志含着热泪对我们说："看了《胜似春光》，我们一家人都非常激动。爸爸的老战友们写过一些回忆爸爸的文章，但都没有舒群叔叔写得这样生动、这样传神。我们的年纪比较小，对老一辈人的思想、感情、生活和业绩不熟悉、不了解，很希望看到更多像《胜似春光》这样的作品。"

《小说选刊》1985年第2期

序 一

拟稿冗长，刷之从简。

是书之成，成于老友黄树则同志的督促、戈扬同志的鼓动，以及诸多读者同志的赞许与要求。我曾先向他们（她们）致谢致敬。全书区区数页，何须青睐；而从阅历访查、创作重写、发表出版迄今，近半个世纪，逾我半生部分年华，可谓久也。

本来，初衷目的，在于学习试作试新，在于歌颂党及其领袖毛泽东同志；岂料事实适得其反——本人本稿命途多舛多殃，危机四伏迭起……1955年肃反、1958年反右扫尾巴，人遭不白之冤，先被指为"舒罗白反党小集团成员"，后被划为"反党分子"；1966年"文化大革命"，稿受抹黑之诬，被定为"老反党分子打着红旗反红旗"。总之，祸不单行，罪有双降。在打砸抢之际，勇夫群起，武士辈出之际，险夺我与二子三条命，竟掳我稿七十万字；本稿除《藕藕》《延安童话》两篇外，几占其半——三十万字，可谓多也。

"四人帮"垮台，落实政策之后，几年来，追忆补佚，仅得八篇（尚不足所佚三分之一），或仿旧貌，或增新颜，多类笔记小说，而少似话本风骚了吧！盖时过境迁，往事隔世，真情实感失之殆尽，绘影绘声久之渐疏，虽投以全力，但力已竭，老矣苦矣。唯可慰者，尚受知我者与不知我者的编者爱护；现不避"老王卖瓜"之嫌。举个例，《胜似春光》首刊于《新观察》，随之先后转载于《新晚报》（香港）、《羊城晚报》、《小说选刊》以及《一九八四年全国短篇小说佳作集》（上海文艺出版社）、《一九八四年短篇小说选》（人民文学出版社）等等。幸甚幸甚——群言众议题名，甚过孤家独揽金榜。

附录数篇,谨供参阅。

舒　群
1985年8月21日

片断摘文

世上事，我素来孤陋寡闻，知之甚少甚少。

当年，从井冈山做起点，以瑞金为首府的中央苏区，名扬天下，中外咸知，达七年之久。其间，多所创见创新创举创建，创立中华苏维埃共和国的雏形，创始毛泽东思想的萌芽。不过，我却未见流传文学创作的篇章；盖"尚武"犹有不逮，而何暇以顾"崇文"之故吧?! 惜哉，时为贵，逝而难追也。

早年，于《毛泽东故事》中，曾包括《伟大的党的诞生》《活捉张辉瓒》《何叔衡烈士》以及《遵义女》等篇，而后遭劫被抄失之。迄今，追忆补佚亦无成，深以为憾；无奈，唯生摘录，聊以自慰耳。

一、谢觉哉《第一次会见毛泽东同志》

1920年8月，一个炎热的日子，我在湖南省城通俗教育馆报纸编辑会议上初次见到毛泽东同志。时湖南刚赶走张敬尧，何叔衡同志任通俗教育馆馆长，约我去编通俗报。我历任农村小学教员，见闻不广，没有编过报。毛泽东同志的发言，我还不能全部领会。会后，毛泽东同志到我的房里坐了一会儿。才会面，谈话不多，但他那谦虚与诚恳的态度，简要的语言，给我印象很深。通俗教育馆的房子，已记不清楚了，但毛泽东同志当时坐的地方和姿势，我脑子里记忆犹新，假如我能画的话，可以无遗憾地画出来。

一个夜晚，黑云蔽天作欲雨状，忽闻毛泽东同志和何叔衡同志即要动身赴上海，我颇感到他俩的行动"突然"，他俩又拒绝我们送上轮船。后来知道：这就是他俩去参加中国共产党第一次代表大会——伟大的中国共产党诞生的大会。到今天恰恰是三十一周年。

在决定要毛泽东同志去湘赣边区搞武装的那天晚上，毛泽东同志和其他几位同志化装成农民出发了。临行对我说："谢胡子，这大屋住不得了，防止敌人来一网打尽。"我们也就很快离开了那个大屋。

二、谢觉哉《浏阳遇险》

1927年准备秋收起义的时候，毛泽东同志以中央特派员资格并受湖南省委的委托，到铜鼓去领导驻军起义。一块去的共有三个人，走到浏阳时，被团防军逮捕了。

团防军押着他们走，毛泽东同志在路上故意装作腿痛，一步一步地拐，落在后面。他掏出一把钱来，对团防军说："朋友，拿去喝茶吧！"那些人接了钱，他就走。没有走出几丈远，那些人喊起来，其中有一个人追到了他跟前，他只得站住，又给了追的人一点儿钱，并且说："没有了，朋友，再见吧！"等他走上前面的岭上的时候，追他的那个人才大喊起来："跑了，跑了！"跟着大队就从他后面追来；毛泽东同志急忙走下岭，躺在一个水沟里。他听见追的人在喊："明明看见他向这里跑，怎么不见了？"到处搜寻，只是没有找到他躺的那个地方。

麻烦还并没有完。走了一天，到了一个市镇，那地方情况也有些紧张了。毛泽东同志没有行李，身上穿一件短褂，一个汗衫，他便把短褂脱下来扎成包袱模样，横背在肩上。每走到一家店门口时，就问："老板，歇得客吗？"老板眼睛一睁："歇不得！"连碰几个钉子。走到街尾最后一家店时，他索性不问了，走进去坐下，大声喊："老板，打水来洗脚！"老板无可奈何，只得由他住下。第二天，他到了准备起义的驻军里，于是轰动世界的湘、赣、闽、粤的工农革命运动，就从此开始了。

三、曹州辉《一九三一年间》
（一个红军电台干部的日记）

1月1日，晴，于龙岗附近。

反围剿斗争已经进行几天了。

昨天，白匪军主力第十八师张辉瓒部孤军深入，进窜到我苏区腹地——龙岗。我军趁敌立脚未稳，集中了优势兵力向敌人展开围歼：红三军打正面，四军打右翼，三军团打左翼，十二军包抄敌人后路。一举将敌人全部消灭，敌师长张辉瓒被我活捉。敌两个旅和一个师部共九千余人均被俘获，不漏一人一枪。我们红六十四师已全部改装，把梭镖和八百多支土造的"单打一"，全换成五响快枪——汉阳造了。

同志们都兴高采烈地说："今年过年不比往年，蒋介石给我们送来丰盛的礼物……"

1月2日，晴，于东韶附近。

蒋介石的"围剿"（第一次围剿）破产了。究竟是谁围剿了谁呢？五天以内我们取得两大胜利，"吃掉"敌人一个半师。其他各路敌人也纷纷败出苏区。听说敌人的总兵力有十万多呢。

1月11日，晴，于小布。

今天上午开学，朱总司令还亲来给我们讲了话，他勉励我们克服困难，努力学习。在建设红军通信事业上要发挥"黄埔第一期"的作用。全体同学都非常兴奋。

7月5日，晴，于康都镇。

今天收到从赣南后方台发来的电报，据说敌人企图趁我军出击闽赣边的时候，一举侵占我赣南根据地。故总部决定迅速转回赣南，大家准备行动。

下午毛委员参加我们电台的支部大会。毛委员除对电台工作做了指示外，并解决了电台领导同志间闹不团结的问题。若不是毛委员亲自出马来解决，我这个支部书记实在难当。

四、廉臣《随军西行见闻录》

记者向业医，服务于南京军者四年，前年随南京军五十九师于江西东黄陂之役，被俘于红军。被俘之初，自思绝无生还之望，但自被押解至红色区域后方之瑞金后，因我系军医，押于红军卫生部，红军卫生部长贺诚亲自谈话。当时因红军中军医甚少，他们要我在红军医院服务，并称愿照五十九师之月薪，且每月还可寄回六十元安家费。我系被俘之身，何能自主，唯红军尚有信用，除每月支薪外，即每月之安家费，亦曾得着家母信按月收到。自此以后，我几次被遣至石城之红军预备医院，时而调回瑞金之卫生部。红军中最高人物如毛泽东、朱德、林彪、彭德怀及共产党中央局等红色区域要人，亦曾屡为诊病。这些名闻全国的红色要人，我初以为凶暴异常，岂知一见之后，大出意外。我第一次为毛泽东与朱德诊病时，毛泽东似乎一介书生，常衣灰布学生装，暇时手执唐诗，极善词令。我为之诊病时，招待极谦。朱德则一望而知为武人，年将五十，身衣灰布军装，虽患疟疾，但仍力疾办公，状甚忙碌。我入室为之诊病时，仍在执笔批阅军报。见我到，方搁笔。人亦和气，且言谈间毫无傲慢。这两个红军领袖人物，实与我未见时之想象，完全不同。

五、钟光《在毛主席身边的时候》

1934年9月，红军要开始长征的一个晚上，组织上派我（当时是医助）去护理毛主席，并由傅连暲同志领我去接受任务。

一路上，我的脸在发烧，心脏也在急促地跳动，不知这是因为一个普通的红军医务工作者能够随在毛主席身边的光荣感呢，还是因为一个十七岁的孩子怕担不起这重大的任务而惶恐。总之，我是怀着又高兴又不安的心绪走进了毛主席的房间。

当时主席住在瑞金东南三四十里远的一个村庄里（村名记不起），屋里有一张老百姓吃饭用的小桌子，上面放着一把小茶壶和几个土碗，几把高矮不齐的竹椅摆放在墙边。介绍过后，毛主席亲热地让座并递给我一碗茶（其实是白开水），又拿出些糖果饼干（胜利品）来。一个革命不久的毛孩子，能够受到主席亲自的招待，真不知如何是好了，两手不时地在裤子上擦掉手心里的汗水。我拘束地拣了把椅子坐下，摆在眼前的那些用花纸包着的糖果，虽不是很稀奇珍贵的东西，但对我来讲，以前确实还没有见过，虽然没有使我流出口水，可也确实想吃。但我的手怎么也伸不出去，心想：这是别人送给主席的礼品，一个担负护理工作的医务人员，怎能分吃他的东西呢！于是想吃的念头就打消了。

后来，主席亲切而温和地问我有多大年纪，家里多少人，是什么文化程度，并说："这里工作不多，除了给我看看有时发生的小毛病，还要搞些卫生工作和照顾警卫人员。"这些问话我都一一做了回答。或许因为我回答得简单，不然就可能是看我年轻，主席又笑着向我说："你要时常到部队里去，也可能参加打仗，你怕不怕？有什么意见吗？"老实说，当和主席谈话之前，我就怕回答不上，可是，这句问话我却用不着考虑，便说："我就是为了消灭反动派参加红军的，你到哪我就去哪！一定完成党给的任务！"可能主席觉得我说得很天真，也很坚决，便满意地笑着说："好啊！那么你就准备一下吧！"

六、谢觉哉《忆叔衡同志》

提到式山、实嗣，总不免记起她俩的父亲——何老头——叔衡同志。

叔衡、梦周、凌波、我，年纪差不多，同里同学同事，朋友而赛过兄弟，后来同参加革命，同做共产党员。

常戏言："谁先死，谁就应该替谁作传。"我说："何老五死，我的挽联是成语四句：

既痛逝者，行自念也！
名之所至，谤亦随之。

你说如何？"叔衡同志说："很好。"叔衡同志很笃实，又很刚介，随时随地，有人很喜欢他，总也有人很不喜欢他。这状况，似乎一直继续到他的死。

还在党的十六周年纪念会上，对牺牲的同志志哀，主席数到叔衡同志名字，我震惊叔衡同志的死已经证实。顿时脑子里涌现着叔衡同志临死时声音与容貌的倔强样子，涌现着1934年9月最后一次分手的情形：一间破旧的瓦房子，摆着几桌自养的猪鸡肉和自种的菜蔬，不知从哪里弄到了鱼——这是机关里的结束宴会。我从大军突围，他留在当地打游击。过惯了患难中分手，患难中相逢，又患难中分手的我俩，虽然不知道会面何时，但都保持着严肃与沉默。饭后他用马送我归住处，并赠我一把心爱的钢刀。

叔衡同志死的地点是福建，时间是1934年冬或1935年春。怎样死的，有两说，一说"叔衡同志被俘，在瑞金到汀州道上，叔衡同志反抗虎狼士兵的侮辱，不肯走，被杀死"，一说"被包围在山上，围者逼近了，特务员拖他走，叔衡同志说：我不能走了，我为苏维埃流最后一滴血！掏出手枪自击而死"。"为苏维埃流最后一滴血"，这话是和我说过的；且正合乎叔衡同志"见危不乱"的果决精神。所以后一说是很可信的。

在我还未认识毛泽东同志时，叔衡告诉我，毛润之是个怎样了不起的人物。他说："润之说我'不能谋而能断'，这话道着了。"叔衡同志以不能谋自谦，故很能虚怀接受人家的意见；但也以能断自负，每在危疑震撼、人们犹豫的时候，他能不顾人家反对，不要人家赞助，毅然走自己的路，站在人们的前面。

毛泽东同志又说过："何胡子是感情一堆！"不是一堆骨和肉，而是一堆感情；热烈的感情四射着，触着就要被他感动。叔衡同志确是如此。他的感情是统制在高度的正义感下面的。

七、谢觉哉《哭凌波同志》——《补记》

关于叔衡同志殉难情况，现已查清楚。

邓子恢同志说："1935年2月底，我们——叔衡、秋白、子恢……被送出封锁线，护送队长某，非本地人，不熟地形，夜里走，天将晓，入一村庄休息，正在煮饭，被敌人发现，三路包围来，知不能敌，上山逃。秋白及几个女的，坐担架，不能走，藏在树林里，被搜捕了。叔衡同志初尚能鼓起勇气走，后来走不动了，面色全白，说：'子恢！枪杀我吧！我不能走了，我为苏维埃流最后一滴血。'我（子恢）要特务员架着他走。走至一大悬崖处，叔衡抓特务员的枪要自杀，特务员护枪，手一松，叔衡同志趁势向崖下一跃，坠崖死了。我们走下山，不二里，过一小河，凭河把敌人打退。初不知有河险可扼，如知道，叔衡同志也许可勉强走到，不至于死。叔衡同志殉难地点，是长汀县水口附近。"

李六如同志说："红军长征，江西苏区沦为游击区时，叔衡同志随队伍驻雩都公馆乡，党派他帮助乡政府做动员工作，每天扶一根拐杖，朝出暮归，口不言劳，六十岁以上的老人做这种工作，我们当时的心里是很难过的，就在该乡工作时，党要他同秋白同志出白区，时脚上没有鞋子穿，穿一双破鞋子，动身的晚上来问我：'六如！你有鞋子吗？'我把江口贸易局局长陈祥生送的一双胶皮鞋给他。他长叹一声：'咳！六如，不料我这副老骨头，还要送到白区去啊！'他一面说，一面流下泪来，紧紧地握着我的手。"

八、张闻天《从福建事变到遵义会议》(《遵义会议文献》)

当时关于长征前一切准备工作，均由李德、博古、周恩来三人所主持的最高"三人团"决定，我只是依照最高"三人团"的通知行事，我记得他们规定了中央政府可以携带的中级干部数目字，我就提出了名单交他们批准。至于高级干部，则一律由最高"三人团"决定。瞿秋白同志曾向我要求同走，我表示同情，曾向博古提出，博古反对。

九、秦邦宪《在中央政治局会议上的发言（节录）》 (《遵义会议文献》)

当时"三人团"处理一切（博、李、周）。干部的处理我负全责。长征过程中毛主席起来反对错领导，从湘南争论到遵义会议。长征军事计划全错的，使军队有消灭危险，所以能保存下来进行二万五千里长征，因为遵义会议，毛主席挽救了党，挽救了军队。教条宗派统治开始完结，基本上解决问题，组织上也做了结论。

十、刘伯承《回顾长征》

从1934年10月，到1936年10月的整整两年中，中国工农红军离开了原来的根据地，举行了震惊世界的二万五千里长征。长征中，红军斩关夺隘，抢险飞渡，杀退了千万追兵阻敌，翻越了高耸入云的雪山，跋涉了渺无人烟的草原，其神勇艰苦的精神，充分显示了共产主义运动无比顽强的生命力，表现了共产党领导的军队无坚不摧的战斗力量。

但是，为什么要举行长征？红军为什么能够胜利地完成这个伟大的壮举？其中却有许多经验教训值得记取。

1985年12月2日

舒群与持永只仁的谈话

1985年10月7日
［日本］持永只仁记录
［日本］岸富美子提供
金益洙译
本日谈话只整理了有关东影在兴山时代的部分。

舒群：做梦也没有想到，突然有这样的机会见面。快要到四十年了，我现在虽然还健康，经历了很多事情，岁月渐渐流失，我也到了七十二岁的年龄。

持永只仁：不，看不出那样。看来很健康，同初次见时没有大的变化。胡须也是当年的样子。

舒群：不。我现在有一种病，叫体位性低血压。在中国患有这个病的人，一百个人中间大概有四五个人，就是站起、坐下、躺下时，血压都有变化。最近，大体上算是好的。可是我还是要小心啊。

今天你们来得真好，我要说很多话，可是又怕忘了。忘之前先说一下吧。

将要到四十年了。我做了很多对日本朋友对不起的事。一直记在心里，没有机会对日本朋友说这些话。如果庆祝东影建厂三十五周年的时候通知了你们，怎么也会和大家见面。可是东影的人说："考虑您的身体欠佳，没有通知您参加。"我是对他们提出意见了。无论如何，应该通知原东影有关系的人。

听说，预定来年召开四十年庆典，我想可能的话要参加。看现在的身体情况，没有问题。

持永只仁：能够这样见面，也是因为呼吁了我们的关系。那时，您的讲话，给我强烈的印象，至今留在我的心中。如果是别人讲的话，不一定有那么多的人一起行动起来。

至今，我是多次往返中国和日本之间。这一次我是到电影学院工作，这个事，我认为也是那时关系的继续。

舒群：我要说那时的事了。我记得，你确实是专家里最年轻的人，你应该比我小六岁吧？

持永只仁：是那样。

舒群：啊，没有忘记，还有内田吐梦先生，还有一个藤村，其他人是想不起来了。

持永只仁：还有本村庄十二先生。

舒群：是呀，都单独见过面。我想把我心里的话都说出来。现在这二位身体都健康吗？

持永只仁：内田吐梦先生去世了。

舒群：啊，大导演。是很优秀的人。

持永只仁：木村庄十二先生很健康。

舒群：是吗？

持永只仁：那时，内田、本村两位导演和我们一起活动，在心理上对我们是种支持。

舒群：请向大家传达我的意思。

现在可以说了，不，不说就不行了。应该做准备，为党的电影史更早一点儿明确才是。已经走过四十年了，这事不改变是不行了。

最初，田方、许珂、老钱（筱璋）带介绍信接收"满映"来的。当时，"满映"的事是东北局文化部负责的。我是接受文化部的任务来的。

一是负责接收"大陆科学院"，那里有一全套的《四库全书》。"大陆科学院"是为军事目的而建立的科学院，院长是位陆军中将，他早已回到日本去了。副院长是位真正的科学家，是民间人士，他之下集中了很多科学家。我们是希望他们与我们合作。

苏联也做过此种尝试，可是，他们用高压终于失败了。于是，我出面接触。

当时东北局文化部的意思是把东影的任务交给袁牧之，可是，当要执行时，他被撤了下去，这个任务落在我的身上。

我是搞文学的，不知道电影的事情。但是这是组织交给我的任务，我接受了这个任务，然后和大家接触的。

张辛实有些胆小，但还是个一定能完成任务的优秀男子。

就这样，大致解决了东影的问题。文化部派别人到"大陆科学院"，然而此人是个书呆子，不是实行派，因此，把好事办坏了。在这紧急情况下，我又去抓"大陆科学院"的事。

副院长提出了三点要求：

一、承认日本国天皇的尊严；

二、承认现在科学院职员的待遇；

三、承认狗的待遇。

我是全部答应了这人要求。副院长好像非常爱犬。然后在长春第一家大饭店里宴请全体职员。副院长的想法是：只要接受这三个条件，苏联也好，中国也好，都可以。

情况骤变，开始了战略转移。"大陆科学院"的工作，开始进行顺利，后来因为我忙于东影的事，那里工作中断了。这是很遗憾的事。如果那项工作完成了，会促进中国军事进步快十到二十年。如果，袁牧之完成他的任务，就……

（舒群先生遗憾地用手拍打双膝。）

舒群：袁牧之、张辛实都去世了。应该更早一点儿汇集历史材料。现在胡昶在全力研究这段历史，我是很支持这件事的。

在兴山时，建设就已经开始了。不久，因为我有别的任务，没有同大家见面就离开了东影。

这后，东北局文化部，对日本朋友做毫无道理的事情，因为我无法忍受，向当时的文化部提出过抗议。可事情已无法挽回了。太难为你们了。

（舒群先把自己的秘书派去整理《四库全书》。我想大家都知道，《四库全书》是清朝乾隆年间编成的一部大型丛书。它是一部庞大的手抄本书籍。共有七部或八部。当时，伪满洲国的一部据说转到了沈阳。现在知道，在北京、沈阳和日本都有收藏。其他几部在什么地方就不清楚了。）

《长春文史资料》第67辑

舒群答客二问

作者介绍：舒群同志，我国著名作家，全国政协委员，现与丁玲同志共同主编大型大学刊物《中国》。20世纪30年代活跃于东北文坛，40年代曾在哈做文艺界领导工作。曾多次为"我和哈尔滨"专程撰稿，受到国内外众多读者的普遍关注。

一 问

客：我今天是为有关冯咏秋先生一些事来访的。

舒：多年来，我做过多次回答。

客：能再回答我一次吗？

舒：简单的话，可以。

客：您怎样评价他这个人？

舒：当时，我认为他是"左倾名士派"，是一个有正义感的人。

客：现在呢？

舒：我仍然这样认为。30年代后，我没有再见到他。

客：他是"牵牛房"[①]的主人吗？

舒：他是"牵牛房"的主人。

客：关于"牵牛房"的地址，其说不一，请您证明它究竟在哈尔滨何处。

舒：……萧红文，由于笔简而致误。薛雯（冯仲云同志夫人）出之回忆而有差。其实，"牵牛房"地点简单明确，它在新城大街接近东南拐角的临街东侧。

---

① "牵牛房"是地下党和进步文化人秘密集会的地方，因房主人黄田、袁时洁夫妇喜欢牵牛花，每当夏季盛开红、蓝、白、黄各色的牵牛花，甚为好看。"牵牛房"故此得名。

客：能否再说得具体一些？

舒：以前，我曾应中共哈市委党史工作委员会王式斌之邀，回答问题之后，附过一纸"牵牛房"附近街道草图，可由他请位专家根据草图再绘一幅标准图，公布于世。

客：那么，就能了此"公案"了？

舒：但愿如此。

二　问

客：明年（指1986年），关于金剑啸烈士遇难五十周年纪念活动的情况，您知道吗？

舒：略知。

客：怎么"略知"？

舒：我接到过一些信件，并表过态，其中包括一个建议。

客：能否说说您表的态和"建议"吗？

舒：我作为过去剑啸的老战友、哈尔滨的老居民，完全赞成此举。剑啸生前的贡献，具有诗文音戏美多方面的业绩，他不仅是多才的文艺家，而且是多智的报人。据此，应在省、市党委有关部门领导下，由省、市文艺界，新闻界等单位具体落实，组织一个有金伦同志（剑啸女儿）参加的临时组织——即"金剑啸烈士殉国五十周年纪念筹备会（处）"。

客：不包括他在外地的老朋友们吗？

舒：不包括，例如塞克、姜椿芳、罗烽、白朗、萧军、舒群等，届时，可以应邀参加会议与活动，如事前经费困难，也会有人乐于捐助的。我在此声明，我并不是他们每一位的代言人。

客：您的谈话，可以发表吗？

舒：可以。

客：何处为宜？

舒：《哈尔滨日报》。

《哈尔滨日报》1986年1月9日

序 二

前序迄今，又已七个月多。

这期间，我坚持完成了《十二月二十六日》小说，其实不过了结了一个多年的夙愿而已，并未拟公之于世，但出之个人情感的勃兴与故人友谊的怂恿，遂临时附之卷尾，其虑其情之跌宕、忐忑，请一阅其文的前言与后记，便可见一斑了。

最为感奋的是，承张凤珠同志热心关注，特邀黄树则同志付出巨大劳动，写作一篇专著。他们两位，同为我的老友，按情情深，论文文贵，情文双重倍重，置于卷首，乃理所当然也。

舒　群

1986年4月5日清明节

一个话本书目的更正

宋代罗烨《醉翁谈录》一书，所列百余话本书目，出自说书人口述，多有讹舛。孙楷第《中国通俗小说书目》（北京图书馆中国大辞典编纂处出版、作家出版社重印），仅注疑误三目（《姜女寻夫》《大朝国寺》《徐京落章》），其余一概照录。而其中《石头孙立》一目之误，最为严重；长期以来，一误再误，误则不止。

（一）胡士莹《古代白话小说选》（中国青年出版社）序言："我们可以在宋话本的目录中，看到不少后来集中在《水浒》中的英雄的名字为《花和尚》《武行者》《石头孙立》等等。"

（二）程毅中《宋元话本》（中华书局）："我们在《宣和遗事》里曾看到宋江三十六人的故事，还在《醉翁谈录》里看到《石头孙立》《青面兽》《花和尚》《武行者》等小说篇目，在元人杂剧里还有许多水浒戏，到了元代末就产生了长篇小说《水浒传》。"

（三）胡士莹《话本小说概论》（中华书局）："我们可以推想元代以前的水浒故事，如《醉翁谈录》所载的《石头孙立》《青面兽》《武行者》《花和尚》等，可能就是当时单行的短篇词话本，经过施耐庵的'集撰'，仍保留着词话原貌。"又，"《水浒传》的作者施耐庵还从自己比较进步的立场观点出发，在汲取宋元话本的材料时，做了比较严格的选择。宋罗烨《醉翁谈录》早已著录了《武行者》《石头孙立》《青面兽》《花和尚》《李从吉》《拦路虎》《徐京落草》等有关水浒故事的说话名目。"此类等等述说之外，并加以引文与论断："谭正璧谓：疑即《水浒》故事中的孙立。但在《大宋宣和遗事》《忠义水浒传》以及其他各书中，孙立的绰号是'病尉迟'，而都不叫'石头'。""据《宣和遗事》记载，孙立是为反对'花石纲'而起义的，那么，他于'病尉迟'以外,有着另一个绰号——'石头',是可能的。"

（四）赵景深在中国民间文学工作者第二次代表大会发言,题为《民间文学在文学史上的地位》（见1959年3月24日《解放日报》发表的摘要）"元代作家施耐庵撰著的长篇小说《水浒传》就是在宋元话本《宣和遗事》《武行者》《花和尚》《石头孙立》以及其他说唱文学的基础上整理改编而成的。"其后,于1977年10月1日,并为《话本小说概论》作序:"（此书）……也随处可以看出著者的独到之处。例如他谈到宋代已佚的话本《石头孙立》,以花石纲的大石头起绰号,正说明斗争的尖锐性。这些话发前人所未发,不仅让我们有新鲜之感,并且显示了阶级斗争,说明宋徽宗创立"花石纲",大肆搜刮,引起了民间的激愤。"这显然是,认为孙立的另一个绰号——'石头'"为妙,肯定不已。赞叹不绝。

论理说,治学之道,首先贵在实事求是,否则,则易陷迷津,误入歧途,一切笔墨之劳,徒成无稽之谈,臆造杜撰之词。以上诸家有关《石头孙立》的论述,亦即如此按,《宣和遗事》以及各种版本《水浒传》,孙立只有"病尉迟"一个绰号,而没有第二个,不允许牵强附会,以讹传讹;《醉翁谈录》所见的《青面兽》《花和尚》《武行者》等属于"补刀"类,"杆棒"类,与《水浒传》人物相符,而《石头孙立》却列入"公案"类,与《水浒传》孙立相异,何故？

几经考证研究,现已得到结论:所谓"石头"者,不过"实投"谐音之误,所谓《石头孙立》者,乃是《实投孙立》话本之目也。

《实投孙立》话本,出自北宋刘斧《青琐高议》（董氏诵芬室刻本,中华书局排印本）的底本——祖本（或者反之）。请见其书卷之四《王实》、副题《孙立为王氏报冤》。其文附录于下,以便鉴定。

国朝王实,字子厚,随州市人也。少尚气,多与无赖少年子,连臂出入娼家酒肆,散耗家财,不自检束。久之得罪于父母,见轻于乡党,衣冠视之甚薄,不与之交言。实仰面长叹曰:"大丈夫生世不谐,见弃如此!"乃尽窃家之金,北入帝都,折节自克,入太学为生员。苦志不自休息,尊谨师友,同志称美。为文又有新意,庠校往往名占上游,颇为时辈心服。一举进士至省下。庆历初,父告疾,实驰去。中道得父书去:"家有不可言者事,吾由是得疾。吾计必死,言之丑也,非父子不可闻。能依父所告,子能振之,吾死无恨。吾所不足者，不见子也。"言词深切，实大伤心。实至家，日夜号泣，形躯骨立。既久，家事尤零替，除服，更不以文学为意。多与市西狗屠孙立为酒友，乡人阴笑。实闻，益与立往来不绝。时时以钱帛遗立，立多拒而不受，间或受少许。人或问立曰："实士人也，与子厚，而以物贶，子多拒之，何也？"立拊髀叹曰："遇吾薄者答之，待吾厚者报之重。彼酒食相慕，心强语笑，第相取容，此市里之交也。实之待我，意隆而情至，吾乃一屠者，而实如此，彼以国士遇我，吾当以国士报之，则吾亦不知死所也。"一日实召立，自携醪醵出郭，山溪林木之下，幕天席地对饮，酒半酣，实起白立曰："实有至恨，填结臆膈间久矣。今日欲对吾弟剖之，可乎？"立曰："愿闻之也。"实曰："吾向不检，走都下为太学生，欲学古入官以为亲荣。不意吾父久樱沉，家颇乏阙，吾母为一匪人乃同里张本行贿，因循浸渍，卒为家丑。吾之还，匪人尚阴出入吾舍。彼匪人尤凶恶，力若熊虎，吾欲伺便杀之，力非彼敌，则吾虚死无益也。吾欲奉公而行之，则暴亲之恶，其罪尤大。吾欲自死，痛父之遗言不雪。念匪人非子莫敢敌也，吾欲以此？君何如也？"立曰："知兄之怀久矣。余死亦分定焉。兄知吾能敌彼，愿画报之，幸勿泄也。"乃各散去。他日，立登张本门，呼本出，语之曰："子恃富而淫良人家妇，岂有为人而蹈禽兽之事乎？吾今便以刀刺汝腹中以杀子，此懦弱者所为，非壮士也。今吾与子角胜，力穷而不能心服者，乃杀之，不则便杀子矣。"立取刀插于地，袒衣攘臂。本知势不可却，亦袒衣，立大言谓观者曰："敢助我，我必杀之；有敢助本者，吾亦杀之。"两人角力，手足交斗，连臂愈疾，面血淋漓，仆而复起，自寅至午，本卧而求救。立乃取刃谓之曰："子服未？"本曰："服矣。子救吾乎？吾以千金报子。"立曰："不可。"本曰："与子非冤也，子杀吾，子亦随手死矣。"立笑曰："将为子壮勇之士，何多言惜命如此，乃妄人耳。"叱本伸颈受刃，本知不免，乃回顾其门中子弟曰："非立杀吾也，乃实教之也。"言绝，立断其颈，破脑取其心，以祭实父墓。乃投刀就公府自陈，太守视其谳，恻然。立曰："杀人立也，固甘死，愿不旁其枝，即立死何恨焉。"本之子告公府曰："杀父非立本心，受教于实。"太守曰："罪已本死，何及他人也。"立曰："诚如太守言，不可详言之也。立虽糜烂狱吏手，终不尽言也。"太守曰："真义士也。"召狱吏受之曰："缓其枷械，可厚具酒馔。"后日旬余，至太守庭下，立曰："立无子，适妻孕已八九月矣，女与男不可知也，愿延月余之命，得见妻所诞子，使父子一见归泉下，不忘厚谊。"太守乃缓其狱。其妻果生子,太守使抱所生子就狱见立,立祝其妻曰:"吾不数日当死东市,令子送吾数步,以尽父子之意。"太守闻,为之泣下。立就诛,太守登楼望之,观者多挥涕。

附记:多年来,笔者编著《中国话本书目》一书,并承彭定安同志增订,曾景云、李双丽同志录正,将待出版,尚望专家指正。本文摘自其中一目,重加整理而成。

《文学遗产》1986年第6期

思 念

　　剑啸烈士是我的老战友，在那祖国沦丧、民族危亡的苦难岁月里，我俩曾在日寇铁蹄下的塞北边城——哈尔滨，迎着腥风血雨并肩战斗，从事党的反满抗日宣传活动。多年来我常常想到他、怀念他。他那年轻挺秀、充满活力的形象是那样清晰地、深深地印在了我的记忆之中……

　　曾记得，1936年盛夏，剑啸在东北被日寇杀害、英勇就义的噩耗传到了上海，萧军、萧红、罗烽、白朗、金人、姜椿芳、塞克和我，这些剑啸昔日的故友们，都为之震惊！为之义愤！心情沉痛地怀念着我们的战友——金剑啸同志。为了纪念他的牺牲，诸友们商定，力争于翌年8月——剑啸殉国周年——将其遗作歌颂东北抗联的长诗《兴安岭的风雪》出版发行，每人撰写追忆悼念文字，藉此祭奠英灵。（《兴安岭的风雪》小集子，冲破了敌人的白色恐怖，克服了重重困难，终于1937年8月在上海如期出版发行了。）

　　曾记得，1938年我在延安时除罗烽、白朗、萧军、塞克等同志外，从未会到过哈尔滨的旧友。一次偶遇我在哈尔滨旧时的一位同学，真是喜出望外！但在骤然间，却使我想起了我的老战友——剑啸，因为我的这位同学对文艺素有全面的爱好，而剑啸在文艺上恰恰是全才，所以我便想到了他。

　　曾记得，1946年我在东北文工团，曾与王大化同志一起工作了一段时间。他是毛主席《在延安文艺座谈会上的讲话》光辉思想的卓越的实践者。我对大化在文艺上的成就深为敬重，对大化在创作上的才华和勤奋又十分赞赏，把他看作学习的楷模。至今我仍然十分珍视与大化在共同战斗中结下的革命情谊。在与大化朝夕相处的日子里，我又常常想起我的老战友——剑啸，因为大化在艺术上的造诣和多方面的才华，与剑啸酷似，所以我总是这样认为：论贡献，剑啸与大化同为革命舍生忘死，论才华，剑啸也不下于大化。因此，在我的头脑里，总是默默地把剑啸看作是大化的前身。

曾记得，抗战胜利后的1946年，我从延安重返阔别十二年的故乡——哈尔滨，那松花江两岸的秀丽景色依然是那样使我入迷，使我陶醉……可爱的家乡啊，我又重回到了你的怀抱。然而我的老战友——剑啸，却为了祖国的锦绣河山不受玷污，在故乡的土地上英勇战斗到流尽最后一滴血！

我在故乡哈尔滨，每当经过我与剑啸过去曾涉足过的地方，便会使我立即想起剑啸，往事浮现在眼前：

在松花江岸边的长椅上，我俩曾谈过心，听他倾诉过与敌寇血战到底的铿锵誓言，在"牵牛房"，我们会过面，听他轻声哼唱过《囚徒之歌》，在马迭尔[①]等地他给我们排过戏；每当我走过道外桃花巷的教堂附近时，就会唤起我当年与剑啸相识的记忆，就在这里我结识了这位风流潇洒、身着西装、围着黑纱领巾、蓄着长发的青年，他那双透过近视镜片的大眼睛炯炯有神。我望到由此拐进去的胡同，就记起了他家旧时的情景，每当我路过道外同记商场的时候，我总是不自主地放慢或停住了脚步，寻找1934年春，我与剑啸最后告别的足迹。当年我俩曾在这里洒泪惜别，互相勉励，互赠衷言，记得当时我们彼此共同的信念是：告别是暂时的，胜利重逢的一天总会来到的。然而我却万万没有想到这暂时的告别竟成为我们的永诀了！

今天，在向"四化"阔步进军的新长征路上，我们每个活着的战士，是不会忘记死去的先烈的。我的老战友——剑啸，你安息吧！我的老战友——金剑啸烈士永垂不朽！

1979年深秋，北京
舒群口述，里栋整理
《东北现代文学史料·第3辑》1981年4月

---

① "马迭尔"是俄国人在哈尔滨道里中央大街经营开设的高级饭店，内有舞厅、剧场、酒吧等设施。1933年春，由中共地下党员罗烽、金剑啸领导的《星星剧团》曾借用"马迭尔"的剧场排过戏，剑啸任导演，演员有萧军、萧红、白朗、舒群等。

我在东影的经历

党对电影的领导，从20世纪30年代左翼电影就开始了的。但那时是全面的领导。延安时代以延安电影团为主的电影活动，是我党最早建立的自己的电影机构。延安电影团拍摄的一些新闻纪录影片在我国电影历史上具有极其重要的地位，是一批极其珍贵的史料。延安电影团为我国电影事业做出了重要贡献。党全面领导电影，正式建立自己的电影基地，那是从东北电影制片厂成立开始的。东北电影制片厂的建立过程，充分体现了党对电影事业是非常重视和关心的。

抗日战争胜利以后，党在延安就考虑了接收伪"满映"的设备器材、建立自己的电影基地的问题。当时我所领导的延安干部团第八中队，里面包括许多艺术家，既有搞话剧、文学、音乐的，也有搞电影的。我是这个队的队长，沙蒙是副队长，田方是党支部书记。队里有王家乙、林农、欧阳儒秋、颜一烟、何文今、张棣昌、林白、李牧、田风、于蓝、荏苏、杜粹远、刘炽、李凝、张平、李百万等人。我们于1945年11月2日到达东北局所在地沈阳，改称东北文艺工作团。这时东北局把我留在东北局宣传部工作，我先兼任一段团长，后来由沙蒙任团长，张平任副团长。因为不久北满有了东北文艺工作二团，东北文艺工作团遂于1945年12月在本溪改称东北文艺工作一团。东北文工一团在东北开展的文艺宣传活动，在当时是影响很大的。

为了接收原"满映"的设备器材，田方最先去长春进行接收准备。他在1945年11月就去了长春。1946年4月苏联红军撤退，我们要正式进行接管。东北局宣传部长凯丰同志在梅河口确定由袁牧之负责接收原"满映"，我负责接收伪满的"大陆科学院"。苏联红军撤走后，当晚我军同国民党的铁石部队交战，我军从长春四周逐渐推向市区，这时我们随东北局进入长春市内。东北局住在"满炭"的楼里；东北局宣传部住在对面的小灰楼里。在即将分头进行接管的时候，袁牧之同志提出他难以胜任这个任务，这使凯丰同志很为难，为此他又召集会议，重新研究安排接收事宜。凯丰提出让我去接收原"满映"，我问他"大陆科学院"怎么办，因为那里有一套珍贵的四库全书，对"大陆科学院"所掌握的军事尖端技术我们还不了解，凯丰考虑后说，你还是去接收原"满映"，"大陆科学院"可找个人代理。这样，我就把接收"大陆科学院"的任务交由张松如去完成，我负责去接收原"满映"。当时周保中同志参加了这个会，他签署了接管命令，名字先空着，确定后是现填上去的。大约在4月18日我拿着周保中司令签署的命令到了原"满映"，进行正式接管，这时原"满映"中的进步职工已组织起来"东北电影公司"。张辛实任总经理，王启民任副总经理。还有其他几个靠近我们的人，如江浩、马守清、于彦夫等。我听了他们两天汇报，他们介绍了许多情况，这使我对公司情况有了初步了解。

不久，东北战局发生急剧变化，国民党不断增兵东北，很快占领了铁路沿线的大中城市，内战局面形成了。这时东北局决定将接收的器材运往后方解放区。我从了解的情况中意识到，要把电影厂的机器搬走，要先解决日本人的问题。因为当时技术主要掌握在日本人手里。我们不掌握日本人，就掌握不了技术。我把这个见解向凯丰同志做了汇报，他同意我的看法，批准了我做日本人工作的一些设想。我除了召集全公司的职员开会进行动员外，为了争取日本人，还单独给日本人开了会，进行思想教育，动员他们随我们后迁，指出后迁的好处和必要性，这起了决定性的作用。除个别人以外，几乎全体日本人都随我们迁出长春，去到兴山。

搬迁工作是分三批进行的。我进行了总的动员和总的组织工作，具体工作是由田方、许珂、钱筱璋等人进行的。我是随东北局在5月23日第三批搬出长春的。那天我怕车子出毛病，我给那个司机发了双月薪金。可那天他偏把车子弄坏了，这误了我的大事。没有办法，我赶到东北局找到凯丰同志的小车。由我和荏苏带车到小白楼，把张辛实、江浩、张敏（即凌元）和两个年轻姑娘一起接出来。因为车子小挤不下，两个警卫员跨在脚踏板上。这样有些想随我们走的演员如浦克、李映就没有接出来。到车站我们本想返回去再接他们，但不行了，特务已在市内开始打枪了，这样他们未能随我们搬出。每想到这，我总有种内疚之感，总觉得对不起他们。那天凯丰没有车，是步行到车站的。

搬迁工作进行得很顺利，动作之快是出乎意料之外的。在搬迁工作中，部队给了很大的帮助，从接收他们就负责警卫，搬迁他们是很强的劳动力，并派战士一直押运到哈尔滨。最初想撤到哈尔滨就停下，到了哈尔滨后形势不稳，又撤到佳木斯，最后到了兴山。

兴山当时也遭到战争破坏，几乎找不到完整的房屋可以使用。这样我们就自己动手，将一些破坏轻的房舍修复起来，权做厂房。不久，吴印成率领的延安电影团也来到东北。经过近四个月的筹备，1946年10月1日将东北电影公司改名为东北电影制片厂，我任厂长，张辛实任副厂长，袁牧之任顾问。

建厂后，根据东北局宣传部的指示，确定以拍新闻纪录片为主，这个方针是正确的。在那拍摄的一批新闻纪录片及其他几个片种的第一部影片，在我国电影史上都有重要价值。

1947年初，我辞去东影厂长的职务，由袁牧之接任厂长。从此我把主要精力转移到东北大学和其他方面的工作。

我在东影的经历虽然不长，但我感到很有意义，因此，许多事还有很深的印象。

胡昶根据谈话记录整理并经本人过目

《忆东影》1986年9月

我的创作观

您要我给您刊说些有关创作的话,是对我的支持及鼓舞。我当感谢。不过,我想来想去,还是不敢答应——力不胜任。

告诉您——好友,一句话可以概括我的创作观:不学孙悟空七十二变,不仿修我道者三头六臂,不盲目膜拜"创作自由"的堂翁,不假冒标榜"四项原则"的金石。

再到北京,请来面叙,为快。

敬礼

舒 群
12月3日

枯萎的橄榄枝

克里姆林宫最近对西方发动了一个大规模的"和平攻势"。先是勃列日涅夫在苏共二十六大上的总结报告中大唱"缓和"的高调，侈谈什么要"保住缓和"，使缓和"获得第二次呼吸"，并且抛出了所谓"旨在巩固和平、加深缓和及限制军备竞赛"的八项建议。按着，勃列日涅夫又分别写信给美国和西欧各国政府首脑，兜售他的"新建议"。莫斯科的这些动作，引起了国际舆论的种种议论。表示怀疑者有之，提出非议者有之，冷嘲热讽者有之。有的称之为"骗人的把戏"，有的名之曰"狡猾的大杂烩"，有的则把它叫作"改变了形式的和平攻势"。总之，这批莫斯科牌的新瓶里装的旧酒，看来行情并不那么俏。

勃列日涅夫的"新建议"包括的名堂着实不少。什么在欧洲扩大"军事信任措施"的范围啦，什么苏联准备在远东与中、日、美同类措施"进行具体谈判"啦，什么"不反对把阿富汗有关问题同波斯湾的安全问题结合起来进行讨论"啦，什么苏联"准备同美国立即举行"关于限制战略武器谈判并"准备进行有关限制任何种类武器的谈判"啦，什么就"限制部署新的潜艇"和禁止潜艇导弹进一步现代化达成协议啦，什么"现在就决定延缓在欧洲部署北约国家和苏联的中程导弹核武器"啦，什么建立一个"权威的国际委员会"以"指出防止核灾难的极其必要性"啦，什么召开安理会成员国首脑"特别会议"，以"寻求使国际气氛健康化和避免发生战争的钥匙"啦，等等。勃列日涅夫抛出这些建议，无非是要表示苏联愿意缓和，愿意谈判，愿意裁军。但是，人们只要仔细分析一下，就不难看出，苏联的新建议有的是老调重弹，有的不过是宣传，有的则是企图限制对手，保持自己的优势，或者作为同对方讨价还价的筹码，没有多少现实的意义。

苏联当局为什么要在当前煞费苦心地发动这样一个"和平攻势"呢？背景

是很清楚的，目的也是很明显的。

人们知道，苏联自从在1971年苏共二十四大上提出所谓"和平纲领"以来，积极推行"缓和"战略，在"缓和"幌子的掩盖下加紧扩军备战和全球扩张，得到了不少好处。正是因为这样，苏联的"缓和"骗局同时也就为越来越多的人所看穿。特别是在20世纪70年代后期苏联支持越南侵略柬埔寨以及它自己公开武装入侵阿富汗以后，不仅第三世界的国家反对苏联霸权主义的趋势有所加强，西方国家对苏联的警惕性也日益提高。美国对苏联的政策趋向强硬。美国及其盟国联合抗苏的倾向有所发展。西方各国正在切实加强军事准备和战略合作，以图抵消苏联迅速膨胀的军事实力，遏制苏联全球扩张的势头。总之，东西方对抗加剧了，军备竞赛升级了，国际局势持续紧张。莫斯科喧嚣一时的所谓"缓和不可逆转"的口号落了空，苏联的处境空前孤立。它再也不能像70年代下半期那样肆无忌惮地打着"缓和"的幌子侵略扩张了。勃列日涅夫也不得不承认国际紧张局势"大大加强"，"国际地平线上空乌云翻滚"，局势是"复杂而充满风暴的"，东西方在"激烈斗争"，苏联在国内外都遇到了"不少困难"。因此，苏联当局认为很有必要重新抓起"缓和"的旗帜，摆出一副愿意和解的姿态，以求改变一下它的形象，这不仅为了摆脱它在国际上的孤立处境，同时也是想借此在国内安抚人心。

事情很明白，苏联最近发动的和平攻势，并不意味着它的政策有任何实质性的变化，苏联并未改变它争霸世界的战略目标和在重大国际问题上的基本立场，而只不过是企图继续推行其假裁军、真扩军，假缓和、真扩张的一贯策略。苏联显然看到了西方各种力量在联合抗苏中，由于战略利益和战略地位不同，在需要互相依赖的同时也存在着一些分歧和矛盾；而且有一些人对缓和仍然抱有某种幻想。因此它力图在西方国家之间进行离间，往联合抗苏的格局中打进楔子。勃列日涅夫在他的报告中，对待西方不同的国家，调子很不一样，有软有硬，有拉有压，特别是露骨地挑拨西欧国家同美国的关系。他在竭力渲染"欧洲大陆两个体系国家之间和平合作的发展"的同时，指责美国要进行"毁灭欧洲文明"的"有限"核战争，而且要"使北约伙伴牢固地同自己抱成一团"，让它们分摊军事费用，参加美国的"军事准备"，为美国"征服世界"效劳。他还强调在西欧部署美国新的核导弹对西欧国家的安全与和平将带来"新的严重危险"。苏联的用心一下子就被不少人识破。西方言论纷纷指出：勃列日涅夫的"目的是要使美国减缓其战备步伐，分裂美国与其盟国的关系"，他的建议"只是为了在西方世界制造分裂""打乱西方阵营的一致步调"。现在就断言苏联的和平攻势必将彻底破产为时尚早，但是可以预言，既然苏联争夺世界霸权的扩张主义立场没有改变，它的"缓和"把戏是越来越难以骗人了。

《人民日报》3月18日

报告文学

西北特区抗战动员记

一 抗战动员的工作

去年10月初，特区党委在华北战事紧张的情形下（当时大同雁门关已失守）召开了全特区活动分子会议，指出特区已开始成为直接抗战地区的形势及任务，指出我们应在11、12两个月内，迅速完成特区紧急抗战动员工作（如整理自卫军、少先队、保安队，征收救国公粮等）。

延安县的紧急抗战动员工作，是从10月18号开始的，到11月8号已经有二十天了。兹将这二十天的工作写在下面。

一、传达和布置情形：延安县委会曾召集县级干部及各区书记、区长、军事部长等联席会议，讨论目前形势及我们的任务与工作。在区支内，也是同样召开了活动分子会议，讨论上述问题，让干部及党员都能对目前抗战形势及任务有正确的认识与完成任务的决心。

各群众团体（工会、农民会、青救会、妇联会等）也召集了各自的委员会，讨论布置抗战动员工作，并以村为单位，召开群众会议，向群众传达，组织经过训练的宣传队，到农村中宣传解释，提高群众抗战动员的热情。

经过了这一传达布置后，在党内与广大群众中，造成了热烈抗战动员的空气。各个乡村的农民，都纷纷议论抗日的事情，传说八路军前线抗战的胜利，讨论参加自卫军缴纳救国公粮问题，南区东一二区的牧羊小孩，天天在山上唱着抗日的歌曲。各处都是抗战动员的呼声。

二、整理自卫军工作：在这一工作中许多党员和妇女，起了模范的作用。比如东二区六乡妇女李玉兰，她听见了目前抗战紧急的形势，日本鬼子快打过来了，她就自己报名要参加自卫军，并要打一个矛子。结果影响了全村的青年成年妇女，也纷纷参加自卫军，就在她们那一村里，组成了一班女自卫军，都有精良的武装。从全县自卫军的整理成绩来说，我们完成的已经超过了特区党委所指定的数目，可看下表：

特别党委规定数目	完成数目	超过数目
普通自卫军五〇〇〇	七一二五	二一二五
基本自卫军二五〇〇	二六三八	一三八
武装三〇〇〇	三一六四	一六四

三、整理少先队工作：延安县少先队员共有六千名，在这次整理中，输送五百个十八岁以上的少先队员到自卫军中去。

四、归队运动工作：我们号召留在农村的老战士归队，参加抗战工作，特区党委原定延安县在一个月内，召集一百五十人。但我们在六天内便召集了二百四十余个老战士归队。

五、征收救国公粮工作：各区正互相订立比赛条约，争先更多地完成，北二区四乡已完成十二石，西区二乡已完成六石。

六、优待抗日军人家属工作：关于抗日军人家属冬衣问题，曾动员群众募集了八百元，内务部又发给了四百五十元。

七、其他如募捐慰劳八路军的毛袜子毛手套工作，锄奸工作，亦都有相当成绩。

一般地说，延安县过去二十天的抗战动员工作，是收到了很多的成绩。

二　归队工作

由于河北山西绥远战线上的失利，使得日寇的侵略势力已迫近特区，目前特区已成为直接抗战地区。我们必须加紧进行一切抗战动员工作并发动广大群众自愿地到前线，参加正在与日寇作战的第八路军及其后方留守部队，这是巩固后方抗日根据地，保卫战区的紧急义务。因此党及政府对于过去留在农村的旧战士，有归队运动的号召。这一工作决定在延安安塞二县进行。延安县于10月27日，即开始布置执行这一工作。

在不到一星期的短时期内，集中了归队的战士二百四十余名，超过了原定计划的数目（一百五十名）九十余名，并且早早地提前完成。为什么能这样提早完成呢？主要的原因可分作下列数项来说：

（一）过去宣传工作的影响：在我们开始归队工作以前，我们的党已经进行了广泛的抗战动员的宣传，大部分的群众，对于目前的危迫形势及我们的紧急任务，多有了相当的认识与了解，特别是红军胜利消息的传达及自卫军少先队的整理，更大大地提高了人民武装的热情，因此在我们提出了"全民总武装，每个乡村不留一个老战士"的口号以后，能在群众中造成热烈的空气，使这一口号能受到离队战士拥护与接受，例如西区五乡的一个老战士说："在你们提出边区人民总动员武装的时候，我们早就知道了我们是要归队的，这是应该的事情，所以我们早就有了归队的准备。"

（二）归队宣传工作的影响：保安司令及县政府每个区派有突击队，在各村庄的群众会上做了有力的宣传鼓动，并且还动员了妇女、娃娃去鼓动爸爸、丈夫、哥哥、儿子归队。

（三）切实地进行了优待抗日军人家属工作的影响：对于军人家属困难问题的解决，使归队的战士能安心上前线，这是非常必要的。我们曾动员了群众，提早帮助抗日军人家属秋收，并在群众中募集了八百元，解决了抗日军人家属的冬衣问题。

（四）模范归队战士所起的作用：过去有些回家在政府工作的干部首先实行报名归队，对一般战士起了领导的作用，还有许多归队的战士对未归队的战士进行了一些宣传，这也有很大的推动作用。

（五）对归队战士的鼓励和欢送：动员了群众对归队的战士举行热烈的慰劳，如请吃饭、送瓜子、送衣服及钱（东一区五乡南北区北一乡）等，并在集中出发的时候，沿途都有群众敲锣打鼓、唱歌、喊口号欢送，大大地提高了他们的抗战热情。

由于以上的这些原因，使我们对这工作能够很快地完成。

三　整理少先队

在目前抗战形势日趋紧张的时候，为了争取最后的胜利，为了巩固后方保卫特区，我们提出了扩大自卫军，凡是十八岁以上的青年群众，要他加入自卫军去，增强特区的群众武装力量。

这一号召和决定下去后，为了目前特区一切青年组织在抗战动员中的中心工作之一，也是边区每个人民和青年群众在争取抗战胜利巩固后方的主要任务之一。

于是，西北青年救国会为了执行这一工作，决定去年11月与12月为整理少先队，凡是十八岁以上的队员都输送到自卫队的阵营中去，并且整理和重新建立少先队的日常生活。

虽然今天还是这一工作的开始，但是经过我们这次的检查，首先在延安县是得到初步的成绩了。

延安县经过各区的活动分子和少先队大小队长会议的结果，各区乡的青年及少先队员都明白了目前的形势和青年的任务，都了解了扩大自卫军与整理少先队的重要。延安县少先队的人数共有七千名，自去年"九一八"到现在，只西区、中区、东二区、北一区以及盘龙区就扩大了四百三十五个少先队员，输送了五百个十八岁以上的队员到自卫军去。东二区一乡有整个少先队加入了自卫队。

四　中区抗战动员的形态

现在把延安中区第三乡抗战动员的一些情形写列如下。

（甲）抗战动员中的热烈情绪有以下两方面表现出来。

一、群众的了解程度。在县区委政治问题传达后，全乡已造成一片抗战热烈空气，在广泛的群众中，已有极普遍的舆论，如青年儿童到处唱抗日歌曲，群众在收庄稼时，行走时，晚间大家小家纷纷议论，有的地方是争论，有的地方是讨论。总之他们讲的是："特区已成直接抗战区了，日本快要把山西占完了，绥远包头也没了，这都是许多军队打得不好，如像八路军那样打法，日本鬼子还能打到山西！那他早已就回宫大吉。""如果国民党政府到今天还不让百姓参加抗战，仍旧镇压和剥削人民，因此百姓是很怕他们不帮他们，因此他才打败仗！""延安就是抗战的中心地，日本飞机有可能来轰炸，我们应小心防备。""我们应把自卫军整理好，防止土匪和反革命分子、汉奸的破坏和捣乱。""八路军在前方打仗，我们好好地训练，准备出动补充八路军，才能战胜日鬼子。"庙沟朱家沟妇女在这次动员中说："我们要开自己的代表会，传达目前抗战动员工作。日本来了，八路军打胜仗，我们慰劳毛手套毛袜，还要在妇女中做广泛宣传工作。"刘建基同志，他儿子在前方，他对村中人说："目前抗战胜利的，只有第八路军，它是以前的红军，我这次慰劳六只毛袜子毛手套给八路军，天冷了，有了毛手套毛袜子，不受冷冻地打日本。"马占荣同志，本是最穷苦的，这次抗战动员中说："我出四毛洋给军属解决衣服问题，我可多卖几回石炭。"说后激奋了村中人，你五毛，我七毛，集合了四元五毛，诸如此类之事，不胜枚举，这种情形，足以证明抗战动员中的了解程度和热烈精神了。

二、抗战动员中的具体表现。

1. 为了解决军属的冬衣问题发动募捐，原定二十五元，在动员中完成了三十一元八毫；原定慰劳八路军毛手套毛袜子九十二双，结果不仅完成任务而且超过一些，现在集中交来，胡俊马同志先慰劳了六双，接着庙沟沙家沟等村也有出六双的，其余四双三双二双的也很多，如此的例子也不在少数。

2. 这次整理自卫军，不仅将旧有的整理好，并且新扩充五十六名，内有大足妇女十六名，少先队送来参加自卫军的四十名，现在成为一连三排十二班，内有模范自卫军二班二十人。现已开过两次班的联席会议，三次排的会议。支部派人去训练，并能按时集合调动，按时上操。现在五分之四都有武装，还有三个铁匠，正在给他们打武装。他们的戒严工作做得很好，最近几天工夫逮捕可疑不带路条的四五人，并已准备严密清查农村来往之人。

3. 全乡在各组织中号召过去回家脱离部队的战士归队了，并召回了过去民团团丁四五名也送到延安，现在乡中只丢下四名真正残疾老战士，没归队。

4. 今年的秋收都很早收割了，特别是八路军及工作人员的庄稼，比群众收得早，并没有浪费丝毫粒粟。现在各组织中已讨论过，各农村宣传队将宣传过征收救国公粮的意义。起初因解释得不清楚，所以不能按实数报告，发觉后，随即派人解释，根据最近情形，慎重估计秋收，除种菜、瓜、洋芋、麦子，以及困难的少数抗日军人家属没办法交纳外，还可以足收十二石。群众一致欢呼说："这不是捐款也不是害债，是赏给打日本的前后方军队吃的，征收是没问题，一定能完成任务。"

5. 关于群众宣传教育工作，组织了一个宣传队，经过两次训练到各农村宣传过三次，效力是非常之大。在这次动员中，更提高了群众文化程度，如二百八十五识字组员当中，即有识字三百个的三十人，识字一百八十个的六十人，识字一百个的四十二人，识字七十个的四十八人，内有妇女一百三十人，妇女识字二百至三百的有四十五人，统共有三十名识字不多。

6. 妇女在这次动员中，一致能参加，能自动开会，讨论自己的工作，如放足、识字和选举代表，以及婚姻问题等，妇女的代表主任和干事，经常能开会，能在工农妇女群众中做工作，并能发动妇女群众去反对男子吃洋烟，打毁男子洋烟灯的事极多。

以上这些成绩，都证明了群众抗日情绪的热烈，很短之时间完成这次成绩，这说明了我们政治动员传达解释的深入。

（乙）为什么能够得到这样的成绩呢？

一、党的策略和决定能在各种组织系统中去具体传达和讨论，乡区政府经常定期检讨自己工作，青年俱乐部每七天开一次讨论，检查自己的工作和政治传达，自卫军班排连的会议中，农民委员会的开会中，工会（区工会）的开会中，以及妇女代表会中都经常地能检讨自己工作与政治问题。

二、他们能够灵活地采用会报及检查工作制度，如哪个村哪个小组，在组织中传达不好、不深入或传达错了，随即派人去解释，所以没有坏现象出现并且能把一切的工作联系起来。

三、过去的工作基础好，他的支部小组的生活能自动地过去，干事党员中明确分工，集体讨论，检查报告等制度的存在，模范小组模范党员的鼓励流动训练班不停地开，每种工作正确地估计。和先后工作的困难，开展自我批评与思想斗争，这些都一件一件继续保存发扬。在这三个基本条件之下顺利地完成上述的任务。

五　锄奸运动

日本帝国主义对中国的进攻，不仅调动了大量武力，实行猛烈的侵略。而且在我们全国布满了特务机关，专门收买汉奸，深入各地活动。在特区当然也是一样，它不仅是利用先遣队土匪来扰乱和破坏我们，而且遣派了不少的汉奸混在特区内，隐藏在群众中，这显然地比土匪还要有害，更值得我们严重注意。因此我们要保卫特区，巩固抗日后方，必须要广泛地开展锄奸运动，这是我们当前的迫切任务之一，是争取抗战胜利重要条件之一。

（一）最近汉奸的活动情形

在特区内，汉奸的主要工作是刺探政治上军事上的消息报告日本，勾通日本的先遣队土匪，造谣扰乱，破坏抗日工作，破坏抗日模范地区的特区。他们的活动方式与方法是怎样的一种情形呢？根据最近一月余来的一些材料，可分下列数项来说：

1. 利用群众的落后意识，进行组织和扩大各种迷信团体，如哥老会、佛教会、一心堂等，做汉奸活动。最近在关中的庆阳淳邑破获了汉奸机关。在搜查出的秘密文件内，即有利用这些团体活动的许多事实。西峰镇的佛教会劝人加入说："日本兵来了不被杀，一人加入可保一身，一家加入可保全家之安。"再如定边，从四川来的同善社公开宣传"过去中国是侵略日本，所以日本现在当侵略我们，中国归还日本是应当的"。延安干谷驿天主堂人说："谁要加入天主堂，日本来了就不杀进来了，有天主堂保佑。"这种各色各样的荒谬论调相当地流行，主要的是汉奸们所散布出来的。

2. 伪装各种的职业者，混入群众隐蔽自己，进行汉奸活动，如定边有伪装小商人的，以做生意为名，深入乡间，其实是打听军情，破坏抗日工作，还有许多外来的医生，卖药的，开照相馆的等等，实际上是汉奸。近来已捉拿了许多个，都供认不讳。

3. 冒充红军，无恶不作，以破坏红军在群众中的信仰。在特区内发现不少假借红军名义抢劫群众财物的事情；中宜哥老会冒充红军勒逼群众捐款借粮，企图造成对红军的不满。

4. 捏造谣言，散布民族失败主义，阻止群众参加抗日工作。如一心堂说"打日本送死，加入了一心堂可保不去打仗"，又有的汉奸说"横直是不能打胜日本的，即是打胜了也还有其他的共产主义"等等，以减低人民抗日的热情，丧失对抗战的信心。在延安县整理自卫军的时候，东一区的汉奸造谣说："因为毛主席和南京冲突，所以要整理自卫军，看我们的兵丁。"

5. 此外还勾引地方武装，煽动逃跑。如延安县北一区冯庄的豪绅引诱自卫军逃跑六人，红军归队战士在县集中后，哥老会在里面鼓吹开小差，甚至还有企图刺杀红军首长的，如西峰镇的佛教会。

（二）汉奸的社会根源

汉奸的主要根源，是建筑在豪绅地主的基础上，因为过去在苏维埃运动中，他们的土地财产曾被没收，有的被驱逐出境，在今天统一战线的情形下，他们逐渐回来，这些人大部分是看重自己的利益超过国家的利益，对阶级的仇恨甚于民族的仇恨，在本质上就带有很浓厚的反革命色彩的。其次是一些土匪流氓地痞及落后分子，他们大部分是因为生活及无知的关系而被利用的。最后是托洛茨基派，也同样尽着汉奸的利用。这些都是在我们反汉奸的斗争中所应该注意的主要对象。

（三）肃清汉奸活动的方法

1. 特别加紧群众的宣传教育工作，提高他们对抗日战争胜利的信心与政治警觉性，使汉奸的每一活动与反动宣传能够立即在群众中发现。

2. 动员特区的广大群众普遍地组织锄奸团，经常揭发汉奸活动方法与方式，从日常生活中领导群众与汉奸做斗争，并与保安处工作取得密切联系。

3. 动员自卫军少先队儿童团在各要道设立检查岗，实行严密检查，使汉奸土匪不能轻易混入特区活动。

4. 详细调查往来行人，特别要注意豪绅地主地痞流氓分子及新近回家的人。

5. 严密各种革命团体的组织，不使一个汉奸分子混入，但同时要注意不要犯了关门主义的错误。

6. 应该清楚认识，现在特区内运动的土匪是日寇的别动队，是豪绅所结合的，必须坚决采取军事消灭的办法。仅只对于个别土匪群众，可用政治争取。

六　征收救国公粮

在目前日本帝国主义进攻的紧急情况之下，我们要进行的抗战动员工作很多，我现在只来谈征取救国公粮的动员吧。

号召每个特区的人民，自觉地热烈地缴纳救国公粮，供给前线部队和留守部队的给养，这是我们保卫特区一个最重大的任务，自10月19号特区政府颁布了征收救国公粮的布告以后，到今天已经整整地有一个月了，现在请你们大家来看看安塞县关于征收救国公粮的一些模范的例子吧。

安塞县二区三乡有个支部书记，他叫作吴炳秀，他家里本来只打得有十石粮食，但是他为要在全乡中起模范作用，他自动报告他家里打了三十石粮食，并且按二十石粮食的数目缴纳救国公粮。

安塞县二区三乡有个残疾战士，他今年开荒打了四石粮，他说："我现在不能到前方去打日本，我只有把我吃的粮，余下来的多缴一些给政府。"

安塞县二区三乡的群众说，现在政府所征收救国公粮数目太少，我们愿意多缴些给政府。

安塞县四区一乡中抗日军人家属，他们都一致决定多缴救国公粮给政府。

同志们！这些模范例子，是值得我们大大地发扬的。这表示了特区人民对于救国公粮深刻的认识和特区人民对保卫特区真诚的态度。

七　秋收工作

为了保证抗日军队的给养，为了保证今年春耕不会白费了人力财力，今年的秋收工作是抗战动员中最主要的工作之一。

今年的秋收工作的中心口号是"争取按时收割""武装保护秋收""不糟蹋一颗粮食""首先帮助缺乏劳动力的军属及工作人员家属收割粮食"等。在这个口号下，我们的中心工作是：

（一）首先将春耕委员会转变为秋收委员会，如委员不够的，便立即充实起来，不健全的便加以改造，使秋收委员会的工作真正加强。

（二）把耕田队转变为秋收队，并适当地分配好，哪几个耕田队帮助哪几家缺乏劳动力的军属及工作人员家属收割粮食，有事先计划。

（三）为了解决抗日军人及工作人员家属秋收劳动力的困难，秋收时首先赞助军属及工作人员家属收割，然后收割自己粮食。

（四）建立严格的工作检查制度。乡的耕田小组是每天检查一次，乡的耕田队三天开会检查一次。不仅是检查耕田队本身工作，还要检查耕田队是否切实地帮助了军属及工作人员家属。检查的方式，不一定要开会，我们是采用问话的或其他方式，在检查当中，如果发现好的例子，马上去发扬，坏的便给予批评与教育。

（五）大量地发动军属及工作人员的家属自己收割粮食。在必要时，召集军属联欢会议，讨论秋收工作，克服军属及工作人员家属中个别依赖政府和群众优待的不良倾向。

（六）关于红军公田（外籍红军）的粮食，详细地调查，到底某村有多少公田，应收获多少粮食。反对政府坐视不管的现象。

（七）为了使军属及工作人员家属比一般群众收获更好一些，如抗日军人家属收成不好时，宣传鼓动帮助他们的耕田队自动地将自己的收成一部分交军属及工属使用。

（八）党与政府对这个问题的领导，是保证这个任务完成的必要条件，如果仅依靠耕田队和优待委员会去推动是不可能来全部完成任务的。这一工作做得好不好，是靠我们的党和干部来决定的。我想在这里提出几个问题：

1. 首先在党的小组会议和群众团体会议中，详细地讨论和说明今年秋收工作的重要性，指出这是保证抗战胜利的必要条件之一。

2. 首先发动我们的党员与干部，特别是军属和工属中的党员做模范。比如群众中的党员先提出帮军属秋收，军属中间的党员提出不要公家和群众帮助等口号，来进行比赛。

3. 在秋收工作中发扬模范例子，坏的例子则发动广大群众来进行批评教育。这一点是很重要的，特别是区乡政府。

4. 用竞赛的方式来比赛，谁收得早收得多收得快，发动区与区、乡与乡、村与村，甚至个人与个人的竞赛，军属工属中间也采用这种方式。

八　妇女青年和儿童

安塞县开始选举各界妇女联合会

在此抗战动员时期，安塞的妇女也动员起来了。一区一三两乡妇女联系代表已选举完竣，在这两乡以村为单位召开了全乡妇女群众大会，大会上报告了目前抗战的形势及我们后方妇女的任务，妇女部愿意参加战时的后方工作，她们在参加乡妇女代表会的普选中，按每二十名妇女选一名代表，成立各界联合会。一乡已选出十四名代表。在开会时妇女群众情绪非常热烈，特别听了日寇的残暴行为，尤其是对妇女的奸淫屠杀，大家都气愤得不得了，所以有些大脚妇女都自动参加自卫军，即刻组织了两排人。还有小脚妇女组织了缝衣队、洗衣队、慰劳队、看护队等，热烈参加战时一切后方工作。三区四乡妇联代表也选出了，其他各区正在热烈地选举中。

小娃娃卖柴慰劳红军

延安南区一乡麻庄有个儿童，名叫马小娃，年仅十四岁，听到了大家说，要慰劳八路军八万双袜子手套打日本，她非常高兴，鼓动自己爸爸去收庄稼，自己跑到山上砍了一担柴，第二天挑到延安城内来卖，又买了一双毛袜子，交给当地政府，转送第八路军将士。在她这一模范影响下，该乡一百双毛袜子手套的任务，不到十多天的工夫，就超过了原定数目十双。

此外还有西区以及其他各区的儿童，都自动地鼓动爸爸来慰劳八路军，这些光荣模范例子，还多得很哩！

延市的小先生

自"九一八"儿童大检阅后，大大提高了延市儿童的工作热忱，大家都踊跃参加儿童工作，在这时期扩大四个小先生，连原有的共是九十二个，教会每个学生一般的五十至四百个字。现在决定了下月为竞赛月，大家都为五十个字，每个小先生扩大一个学生而加入竞赛。

小小年纪多厉害

安定中区三乡徐家崖列宁小学校学生徐旭娃小同志，年八岁，于本年6月入校，仅两月，识会汉字三百余，新文字半数以上，学会新歌四五个，每日到校学习，非常努力。同时还有本校学生张保玉、郝银虎，年十二岁。入校年余能写信，新文字能够拼音，算术唱歌体育等为本校学生的模范。

九　民主政府之选举

县级选举中检讨与特区政府选举的布置

特区县级选举，已于10月30日全部完成。选委会于本月15日上午9时召开县级选举的总结会议，除对县级选举工作加以检讨外，并布置了正在进行宣传的特区选举。结论指出了这次县级选举中的收获是：

一、扩大了我们的政治影响，群众对于选举自己的县主席，表示非常愉快。而且友区人民（如关中）也自动地派代表来参加，表示羡慕。二、保证了县主席中百分之百是工农分子，县代表中工农占百分之九十七以上。三、在选举的过程中对行政工作大大地推进了一步，如整理自卫军、少先队，扩大合作社基金等。四、群众对这一次民主普选的了解比区乡选举时进步，这次群众对成分查得很紧，要求自己查票等都表现着群众对选举的注意。五、彻底地打击了豪绅地主的阴谋，保证了共产党政策的执行。提高了群众对党的信仰，在县选中已听不见谁投降谁的谣言。六、群众在这次选举中更清楚地认识了统一战线，已了解共产党是抗日的发动机，是站在工农利益方面的，政权的改变不过是为了实现抗日。七、这一次选举纠正了区乡选举的缺点，重新开了乡民代表大会，吸收了很多群众的意见。

总结在指出这次经验教训以后，对今后的特区选举工作布置如下：一、选举与抗战与群众的生活要严密地联系起来。我们在抗战中的任务和工作要在选民大会上提出讨论。二、领导群众热烈地讨论政府的施政纲领，发扬群众批评政府的热情。三、特区政府主席及代表的候选人，要发动群众热烈讨论，把候选人的革命历史在群众中宣布，克服群众的部落观念。四、更进一步地扩大我们的政治影响，尽量吸收友区人民自动来参加我们选举。五、注意吸收新的群众领袖，尤其是妇女领袖。六、选举时集合单位，为了吸收全部选民参加，可以尽量缩小，选举单位则为避免候补代表起见，要请政府主席团修正选举法，改以县为单位。七、选举筹备委员会早日成立。八、加强选委会的领导力量。九、选举时同时要检查选举决议案的执行情形，选民大会有权改造各级政府。十、对于当选代表实行慰劳及欢送运动，给予当选者以精神的鼓励。十一、继续研究选举须知。十二、抓紧工人，使他能起核心作用，多选工人为代表。十三、宣传队要特别利用文字、图画等宣传方式。

红宜县代表大会的经过——一致通过今后六大工作

红宜县代表大会，于10月20日举行，在这个大会中，进行对过去工作的检查与今后工作计划。大会经过三天的时间，在大会中，得到了全县人民的拥护，在会场附近的人民，打锣打鼓来举行庆祝，并收到各区慰劳品甚多，计匾额二十一幅，布满了整个的会场，白面八十八斤，小米三斗七升，十三斤，菜蔬八十五斤，柴九百八十斤，鸡一只，鸡蛋二十五个，以及其他食物。大会第一天为政治报告，第二天为县政府主席过去的工作报告，在第一报告后，均经过大会与小组会详细的讨论，到会者热烈发表意见，第三天通过了如下六大工作：

（一）抗战动员

1. 实行优待抗日战士家属及工作人员的家属。2. 扩大自卫少先队，并要武装健全实行戒严工作。3. 肃清捣乱地方治安的散匪。4. 征收救国公粮供给抗战给养。5. 各区扩大保安队，依据县指示的数目执行。6. 拥护八路军胜利，动员慰劳袜子手套。

（二）实行国防教育

1. 在安河渠成立一处专校。2. 各区成立小学校，学生以十五名为最低限度。各农村普遍组织识字组。3. 各区今冬要成立冬学。

（三）经济建设

1. 成立合作社扩大股金。2. 庆元红一二等区实行养蜂。3. 开发红一二区的森林。4. 培植森林，栽种果树，挖药材等。5. 修筑各区通行的要路。6. 兴办各区所有的水地。7. 建筑乡镇市的住宅。8. 兴办工商业。9. 多开荒地。10. 红一区成立一座油房，由群众集股办。

（四）提高妇女政治文化水平，反对买卖婚姻，实行婚姻自由

（五）改善人民生活

1. 增加工资，减少工作时间。2. 保证人民所得到的利益，实行登记土地。3. 实行救济老弱残疾灾民等。4. 充实赤峰区的义仓。

（六）禁止吸食鸦片及赌博等事

十　合作社运动的发展

在抗战动员的紧急任务之下，国民经济部对于特区合作社极力改造整顿，以求发展巩固，适合抗战经济动员的要求。近来各地合作社工作大加活跃起来，有了新的发展与进步。兹分述于下：

陕甘宁分区

该分区各县，区合作社，7、8两月新扩大社员五一四〇人，九七〇三股，股金七四二〇.六元，连旧有的计算在内现有社员九八三四人，二二六五三股，股金一二二四.六元（都已由苏票转变为法币）。共合作社五五处，正式营业的有四七处，尚有八个区未开始营业。另有七个区还未有合作社，准备立即建立起来并进行营业。国家商店一处，原先只有基金六百元，自5月起营业以来，供给了各合作社许多货物，起了很大的调剂作用，共赚红利二千三百余元。又借财政部内务部大洋六千元，现在共有营业资金九千余元，有运输队骡子三十余头及骆驼三十头，经常由盐池驮盐出售及运货。现已决定该商店改组成分区合作社，受特区合作总社领导，积极号召群众入股，扩大股金，今后营业当更能热烈发展。

延安市群众消费合作社

该社自5月至9月，五个月营业共资金四千七百余元，实赚红利四百七十余元。除弥补以前损失外，每股分红利一角，已于10月16日开第二期社员大会，到会社员一百余人。在大会上一致决定该社并入特区合作总社，有许多社员声明自愿不分此次红利，并且每人再添数角，合成每股一元（过去每股三角）作为合作社基金，现在大家正在踊跃添认股款。

延安南区模范合作社

该社10月12日开社员大会，到会社员六十三名，三个月来共买卖八百余元，卖给社员的货九百九十余元，实得红利一百二十余元。内提出五元作优红费，留公积金三千余元，余八十余元按股分给社员。群众已感到自己买到了便宜货，现在又分到红利，表示十分高兴。

十一　国防教育运动

办冬学运动

特别区关于冬学运动的决定如下：

一、全特区在今冬兴办冬学四百个。在人口较稀的地方，每个学校最少要有十个人以上，较密的十五个以上，最密的廿五个以上。

二、冬学教育中心是实施国防教育，使大家了解抗战形势，与共产党十大纲领，和怎样创造特区为抗战与民主模范等问题。

三、文化方面达到三个月内识五百个字，举办时间要三个月，一律于11月25日起到12月5日止全部开学。

四、为了保证上面任务完成，决定在延安师范、鲁迅师范学校动员二百三十个学生出发各地担任冬学教员及帮助建立冬学工作，该批人员已于18日起相继向各地出发。

怎样来使今年的冬学完成国防教育的作用与任务呢？

第一，要在目前整个抗战动员中，来做详细的解释工作，动员大多数秋收秋耕完毕后的劳苦人民和失学青年加入冬学。在最近抗战动员中，某些地方，发现有些汉奸行为的分子捣乱破坏，在冬学举办中，不可避免亦会发生这种现象，因此在动员群众加入冬学去宣传解释中，一定要随时去揭破那些坏分子的欺骗破坏，使群众懂得加入冬学是我们自己受教育读书识字的最好机会，读书识字，是为了要加强群众抗战力量，也是为了要解除我们不识字的文盲的痛苦。

第二，冬学的进行要与目前抗战动员联系起来，在过去选举运动中，无形地取消教育工作，这是不对的。这就是因为不了解各种工作任务的联系性，把这一件工作与另一件工作对立。我们固然要用一切力量来进行抗战的政治军事经济各种紧急动员，但可不能放弃经常性的工作，我们只应该以这种经常的教育工作，去促成抗战的紧急动员，这就是说，要使现在的教育成为抗战的教育，这种抗战教育，同样是争取抗战胜利重要的条件。

第三，冬学的举办，是在抗战的紧张时期，冬学的课程，应该包含着充分的抗战内容。但是它必须做到消灭文盲提高人民文化水平的最基本的任务，我们的口号是争取每个冬学学员至少做到学会五百字，能读，能写，能用。在政治上要做到能了解十大纲领，并要用各种鼓励与教育的方法，保证每个冬学学员都要参加目前抗战动员的各种工作，去促成共产党特区和政府所号召的各个任务。

第四，为了要很好地完成今年冬学的任务，各地共产党员和各地政府，必须用力去领导这个工作，去配备适当的干部，切实地解决教员以及冬学内生活上等等困难问题。一切只做空计划，不去具体领导，解决实际问题，不去检查督促，我们必须坚决反对，反对空洞计划和不做实际工作或轻视教育工作，乃是完成冬学任务的先决条件。

识字运动

关中淳耀、亦水、新正、宁县等四县在10月份决定消灭三千文盲，后来经过活动分子会上的动员，各县愿意超过这预定数目一千人，合计消灭文盲四千人，但实际的结果，还要大大超过。

现在将各县所收获的成绩分述于下：

一、新正：全县共计夜校九十四处，识字组二个区，计一百三十三组，参加识字的人数（实际进行识字）一千八百一十二人。

二、赤水：全县夜校共有五十一处并建立了识字促进会，人数共二千三百五十人，内有妇女五百〇二名。

三、淳耀：全县识字组组员共二千二百人，内有妇女三百七十人。前些时候因为农忙，只有三分之二进行识字，最近都完全进行。他们因为在9月份曾经发动过识字，所以最多的已认了三百余字，并且群众情绪很好，实行了小先生制。

四、宁县：各级识字促进会成立了，全县有四个模范乡，比较好些，半月每个人认够四十余字，全乡参加识字运动人数尚没有详细的统计，约在千人左右。

志丹保安区四乡9月份识字运动月内，在该识字促进会员领导下，组织宣传队深入农村宣传识字的意义，特别是说明，在全国抗战形势下，每个人都要识字学习救国的知识，所以该乡的青年儿童，都热烈地纷纷加入学校，在五日的工夫就扩大了学生二十余名，并且扩大了二十五个识字小组，组员一百三十九名，内有女的九个小组，大约七十名。

扩大学校的成绩

延安县在暑假期前的统计，全县共有学校八所，学生一二〇名。当各学校举行放暑假时，青年救国会趁着这个机会，做了一个暑假动员工作（扩大学校，学生），今天我们再来检查一下，新扩大了学校十处（一区一，二区三，四区一，五区三），学生每处不下十五名，算起来是一百五十多名，现在新扩大到的这十处学校，都早日开学了，从来没有入过学校的小孩，都争先恐后地到学校里来了。

儿童的创作

在今年"九一八"儿童大检阅的时候，小同志们曾举行作文比赛，为了不少的文章，都是很有兴趣，现在在此发表一篇：

我的工作

我们知道，无论士农工商都有他们的工作，那么，我们儿童也有儿童的工作。儿童的工作是什么呢？就是宣传工作。

第一，给我们的爸爸、妈妈、哥哥、姊姊、弟弟、妹妹说日本鬼子的可恶，说日本鬼子的野心，说日本为什么要打中国。

第二，宣传读书的好处，和不读书的坏处，叫家里一切的男女都要读书识字。

第三，宣传卫生的重要，不但要自己家里的人讲卫生，还要宣传别人讲卫生。

延安小学校张福仓作

十二　晋西北动员之开展

晋西北十三县——从临县、兴县、静乐、岚县，向北去到岢岚五寨、保德、河曲、偏关、宁武、神池、平鲁、朔县，管涔山迂回盘结着，使这里成为高出海面三千尺的多山地带。

这里土地硗薄，人口稀少。因气候寒冷，普通小麦稻子等都不能种植；输出品即以本地出产之小麦、胡麻油为大宗。山药蛋——马铃薯为此地居民主要食品。

文化程度落后，因后来山西的地方治安比较完善，土匪较少，且未经过国内战争，人民生活比较安定，所以人民自己没有组织，民间没有枪炮等武器；不比山东、河南，村村有枪，常和土匪散兵作战。这里的一般民众，是特别散漫懦弱的。

但革命的浪潮并不会因"人口稀少""特别贫穷"与"散漫懦弱"等而息止；它同样以汹涌澎湃的姿态而涌现！

"牺盟会""公道团"是山西当局主持的两大领导民众的团体；"公道团"在过去是为防共而设立的，"牺盟会"则是阎主任积极倡导守土抗战以后才产生的抗日团体。直到今日，这两大公开活动的团体，是在山西当局领导下一个秘密的组织——"自强同志会"的指挥之下的。但在实际工作上，"公道团"自是"公道团"，"牺盟会"自是"牺盟会"，"自强同志会"并没有什么实际的领导作用。"牺盟会"一般是积极地在抗日统一战线原则下为民族革命而奋斗。虽然它的会员也大多数是随便按户口登记的，但有些地方也能动员部分群众。"公道团"则是一般绅士和豪富们的团体，团员是十八岁以上三十岁以下而无不良嗜好的人民一律加入。

当敌人打到雁门关时，阎主任就把雁北诸县划为"战区"，准予成立"动委会"。但在敌人蹂躏下，正常状态的动员工作已不可能。及敌人攻入关内，在忻口、崞县一带大战时，晋西北十三县方相继划为"战区"。此后因为平型关、雁门关南北游击战的广泛开展，使敌人应接不暇，敌人在晋主力由娘子关经太原而南侵，晋西北方得暂时缓和，动员工作也在这时期内逐渐开展。

武装民众的工作是紧急的：在经过战争的县份，日本帝国主义的炮火做了最有效的唤起民众的工作，由于敌人在朔县城三千余民众的大屠杀，经过神池时的骚扰，神池县的民众在两月内成立了两千余人的游击队，朔县的民众团困住城内的日兵，八路军在前面冲锋，老百姓在后面运子弹，收拾俘获品，八路军担任警戒，民众下手挖掘，把朔县四周的道路、桥梁，完全断绝了！崞县、原平在残酷的屠杀焚烧之后，人民执着大刀、梭镖、手榴弹，遍地都起来了。崞县崖底村一个二百户人家的村庄，民众自动地聚集了一百五十人的游击队。

在还没有经过战争的地方，人民听到朔县、宁武等地日军屠杀的事实，妇女老头都说："反正是死，干吧！"每个人都觉醒了，五寨县由于"动员会"的积极工作，"抗日人民自卫军"在两月内一连召集了三期，每期一千来人。各县自卫军都是每期训练两月，兴县、岢岚等处，第一期一千多人，现在训练完毕，第二期将于一月开始。河曲、保德因有日本特务机关的暗中破坏，坏官怀绅的阻碍，自卫军被解散，至今尚只四五百人。但一般说来，晋西北各地的抗日的人民武装，是普遍地建立起来了。而且这种组织与武装是前所未有的，这力量也是无穷尽的。可知唯有在抗战中，中国人民所潜伏的伟力才会被发掘出来。

"抗日自卫军"是由"动委会"发动组织的，而直接的领导与训练者，大半是从前在太原训练过的"国民兵军官教导团""绥靖公署"所属的县长或大队长，"牺盟会"和八路军等。

人民武装起来，山西省政府规定的"抗战军人家属优待条例"也逐渐实行了，抗战军人直系亲属免除临时摊派及服役，停止还债，地租减少四分之一，替抗战军人家属收获、耕耘的服役队也慢慢组织起来了。特别贫困的实行了"个别救济"。

哪里来的钱粮实行"个别救济"，供给人民武装的食用呢？

"合理负担！"在阎锡山的"有钱出钱、有力出力"的号召下，按照省政府所定合理负担条例，各县都成立了"抗日经济委员会"，实行按合理负担摊派抗日经费。目前一般摊派法，是按全县民众百分之三十以上或三千元财产以上的富户，分作三等九级，按累进法来摊派。现在开始实行，有些村长因自己与亲属是头等富户，他便把应摊款项平均分派到贫苦人家的身上。但贫民和自卫军便到大队部、"牺盟会""动委会"，去和村长讲理。"合理负担"也就逐渐"合理"。现在某些县份的"动委会"正在进行调查，将来按照各家的财产，每年生产量的多少，除去全家生活费外（按一般标准），就所余部分的多少而依累进法摊派。

"自卫军""游击队"，"合理负担"……这些名词引起了晋西北民众的极大注意，在每一个乡村妇孺的口头咕哝着。这三个新的东西，动荡了整个晋西北的乡野，建造着晋西北这块土地上的抗日的壁垒！

附 录

特区政府颁抗日军人优待条例

中华民族此次对日抗战，悲壮惨烈，亘古未有，前方将士报国之忠，赴义之勇，实足以动天地而泣鬼神，安居在后方的民众们，倘一念到前方将士牺牲如此惨重，试问尚有何物可以爱惜，何事值得留恋？保护全民族生命财产而抗敌而受伤殉难的将士，应当替他们分担一点家庭的责任，照顾他们的妻儿，本府为了安慰已死将士之灵，激励抗战将士之志，特颁布抗日军人优待条例。

第一条，凡参加抗日战争将士及其家属均受本条例之优待。

第二条，各县县政府应随时调查登记抗日军人家属经济情况呈请特区民政厅。

第三条，抗日军人在服务期间应受下列各项优待。

一、本人及其家属免纳特区一切捐税。

二、家属所居住的公家房屋免纳租金。

三、本人及其家属享受公家商店百分之一减价优待，当必需品缺乏时有优先购买之权。

四、抗日军人乘坐轮船火车汽车，其费用由公家发给。

五、子弟读书免纳一切费用。

六、因伤病须休养时，休养费用由公家供给。

第四条，抗日军人服务五年以上年满四十五岁者可退职休养，公家补助其终身生活，本人不愿退伍，愿继续服务者，应得特殊优待。由民政厅发给特别优待证书。

第五条，抗日军人家属缺乏劳动耕种之土地，特区人民得尽代耕代收之义务。

第六条，抗日军人在战争中牺牲或在服务中因劳病故者，依下列各项抚恤之。

一、凡死亡将士应将其死亡时间、地点、战役、功绩由政府汇集公布。

二、死亡将士之遗物应由政府收集在革命国史博物馆中陈列以供纪念。

三、死亡战士应由当地政府帮助收殓并立纪念碑。

第七条，抗日军人死亡或残疾者，其家属优待办法如下：

一、凡子弟妹幼小的免费入政府设立之抗日军人遗族学校直到年满十八岁由政府介绍职业为止。

二、仍继续享受本条例关于优待抗日军人家属之规定。

第八条，抗日军人因战受伤残疾得入残疾院休养，一切生活费用由国家供给，不愿居残疾院者由政府按年给养终身抚恤费，其详细办法由特区政府民政厅以命令定之。

第九条，本条例自公布之日起施行。

抗日自卫军组织条例

第一条，为动员特区人民实行对日抗战，特颁布本条例。

第二条，抗日自卫军系特区内半军事性质的群众抗日武装组织，同时是抗日的后备军。

第三条，抗日自卫军的任务：（甲）保卫特区。（乙）配合保安队或单独负责消灭汉奸土匪搜索零星匪徒捕捉侦探。（丙）担任警戒，设备盘查哨。（丁）侦察敌情递送情报。（戊）经常进行抗战训练，负担战时有关军事的工作。

第四条，抗日自卫军的队员：（甲）凡特区的劳动公民，自愿执行抗日自卫军的任务与遵守抗日自卫军的纪律，年龄在十八岁以上四十五岁以下身体强健者，均有加入抗日自卫军的光荣权利。（乙）适合甲项条件之妇女得按编制组织单独之妇女班排，但小足妇女不得参加。（丙）自卫军之男女队员均须经自卫军连部审查合格后方得为正式队员。

第五条，抗日自卫军的编制：（甲）抗日自卫军按班排连营编制。以营为最高单位。（乙）自卫军队员八人至十二人编成一班，设正、副班长各一人，二班至四班为一排……设正、副排长各一人，二排至四排为一连，设正、副连长各一人，二连至四连为一营，设正、副营长各一人。（丙）各正、副排连营长负责军事指挥及教育。（丁）每乡或地域接近之两个乡编成一个自卫军连，每区编成一个自卫军营（营即设在区政府所在地）。（戊）为适应抗战和指挥模范作用起见，各自卫军连得按情况编制基干自卫军班或排，自卫军营得编制基干自卫军连或排。（己）每乡或地域接近之两个乡内的妇女自卫军得按乙项之规定编成妇女抗日自卫军之班排连。选任妇女为正、副班排连长。连为最高军事单位，各乡妇女须受同乡之男子自卫军连部指挥。

第六条，抗日自卫军的武器：（甲）每个自卫军队员均自备一件武器（如土枪刀矛铁斧等）。（乙）各基干队员之武器须由自卫军营连部制备发给，必要时得由保安司令部发给一部分新式武器。

第七条，自卫军各级首长之选任：（甲）自卫军正、副营长由特区保安司令部任免之。（乙）自卫军正、副连长由自卫军连队员大会选出，经县保安大队审查委任之并呈报特区保安司令部批准。（丙）自卫军正、副排长由自卫军排队员大会选出，经自卫军营部审查委任之并呈报县保安大队部批准。（丁）自卫军正、副班长由自卫班队员大会选出，经自卫军连部审查委任之，并呈报自卫军营部批准。（戊）各正、副班排连长不称职时，得按乙丙丁三项关于委任规定之同等手续罢免之，其后继人选由各级队员大会选出，按乙丙丁三项规定委任之。

第八条，自卫军必须有自觉的严谨的纪律，由特区保安司令部另行制定公布之。

第九条，对整个抗日自卫军之领导，指挥训练，统由保安司令部负责，随时由保安司令部以命令行之。

第十条，本条例自公布之日起施行，本条例如有未尽处由特区政府修改之。

西线随征记

我走向了战场

在这"魔鬼"与"暴徒"的世界上,终于开始了我们被压迫民族争取解放的斗争,终于响起了人类正义的号令!

"八一三"那天,我还在上海,过着那像西湖水面一样平静的生活。可是,只有那一天啊。那一天以后,我的生活,便似茫茫的海洋被暴风卷起了巨波。

在不眠的长夜里,我会爬上楼脊去看黄浦江上的炮火,曾在旷大的房间内独自徘徊,曾写了一首长诗《在祖国》,其中有这样的一段:

我仿佛将要骑上一匹野马,
在辽阔的天下奔驰,
我的去处,遥遥而无止,
我的去处,任随我的马蹄!

然而,又一天以后,我在诗的页外却又默默地写了两句:

男儿不怕死,
我要战场去。

从此,我已经确定了自己未来的另一种生活。从此,又复活了几年前我一枪一马在东北、在战场的记忆。可惜我不能够再探知我仍在东北的父亲地址;不然,我要写一页短简去，告诉他：父亲，你所盼待我归去的时候，近了，很近了。

我生活上一切必要的东西，甚至曾被我保留几年从不离过我身边的纪念品，都一一地抛弃了，就是我以血所集成的十几万字未发表的文稿，也不得不移至友人的家里。现在，那文稿，随着上海一样地陷入魔手，随着难民一样地遭受了不幸的命运吧？——如果是真的，那真是损失了我十几万滴的血。血，该是如何的珍贵的呢！然而，中国人的血，在日本的暴力下，已经流成了无数的长河！

在夕阳刚落的时候，聚集了十几个友；我们同是流亡东北以外的东北流亡儿女。我们在露天的桌边，互相地碰着酒杯。我们的脸上，表现着"最后的晚餐"的神情，可是，我们唱着比"英雄交响乐"更壮烈的歌曲。天黑了，我们每个人都仍在留恋着不散，仿佛这一别以后谁也不敢预定我们再见的时日，也许更不知谁生谁死，永无再见的一瞬！

我临行的那天，汽车把我送出租界以后才感受了租界以内的和平景象，租界以外的战争气氛：那是同样的中国土地，无一线之隔却有天堂地狱之别！

从上海到南京的途上，松江铁桥被炸毁了，旅客要步行三四里，换上另一列车，继续进行。当夜色深沉的时候，人影离乱地集成无数的人丛，包裹行李丢满路边，被遗下的孩子哭着，呼唤着自己的母亲，同时，母亲已经哑了喉咙，仍在寻找着自己的孩子，这种悲凉的情景，我相信会深深地感动而又浸入每个有着人性的灵魂。而日本却仍以此为不足，更常常派来飞机轰炸，难道日本军阀完全失去了人性而只有人形吗？

在南京，我住了十几天。在平津流亡同学会，我会见了一些旧日的友人，也新识了一些流亡的青年，他们那种愁苦与愤怒的脸色，仿佛是在说明日本杀害中国人的屠刀近了，几乎近到每个中国人的身边！同时，我也更深知日本军阀的残酷与无耻。他们派出轰炸南京的飞机，一批接连着一批，竟占有了整日的时间。其实，他们所轰炸的也不过是无抵抗的破旧的民房、无辜的逃难老妇与幼儿像轰炸中国其它地方一样。因此，我想到他们不但要灭亡中国，灭亡正义，而是要灭绝中国的儿女，灭绝全人类，让世界上只有樱花树存在，只有大和民族存在。

9月19日，也许是日本轰炸南京最厉害的一天。我在国府路的友人家里，也几乎被炸死；两个炸弹的爆炸地，距我仅有十几公尺。不过，邻家却有很大的伤亡，那些零碎的骨肉，都很清楚地从我眼前移过；最后我亲去看了一次仍在母亲怀抱中的一个死后的幼儿。当时,我想世界上如果有一个正义的法庭,让那幼儿的母亲去控诉,谁能不承认日本军阀是杀人的罪犯而判以死刑呢?可是,我只看见她那连成珠串的泪水,只听见她那泣不成声的哭声,仰着脸,默无一言,仿佛不得不默认她的幼儿是一个无辜的殉难者,自己是一个"不幸"的母亲。日本几年来,几次地侵略中国,进攻中国,不知造成了多少她那样"不幸"的母亲;如果有一个正确的统计,更不知要拖长多少数字。——也许惊动了一切像钢铁所铸成的人心。因此,我疑心日本军阀必是禽兽所生,全无骨肉之情!

浦口铜山间的一段旅途,也成了恐怖的世界;被日机威胁的列车,不得不常常停止。到铜山以后,才觉得两肩轻快些,呼吸几口平安的气息。不过,在朦胧的夜色中,车站附近仍遗有日机炸过的弹痕,阔大而且深陷。这又是多少人葬身的墓地呢?我没有探询过,只是悄悄地登上陇海路的车厢,去向西安了。

于是,南京在我的背后,更加远了,远了。我不曾想到与南京这次别后,现在它竟沦入太阳的旗下!啊,日本的屠刀,已经深入了中国!难道他们只记得田中的"奏章"而忘掉拿破仑远征莫斯科也有惨败的一日吗?而且,现在的中国,也不是印度,只有一个洗瓦吉,更不是阿比西尼亚,只有一个塞拉西。

曾以杨贵妃而著名的临潼,更因"西安事变"而成为中国史上的纪念地;现在我所看见的也不过是一片荒凉的景色而已!也许只有五岳之一的华山,仍可使人留恋一刻;虽然它不及泰山的名声之大。

一路,除去穿天杨与土窑而外,我完全感觉自己是在索伦与八达岭的风尘中。可惜索伦与八达岭今日已不是我从前的游览之所,而是被铁蹄蹂躏的地方了!

到了西安的时候,我看着那类似北平的城郭,使我记起了西太后逃来此地的故事。她终于屈辱地重归北平,可是我不愿中国今日也有人屈辱地重归南京;并且也不可能!因为北平日本驱使曹锟成立了伪中华民国政府,且公布了几个原则:一、不承认蒋介石政府;二、解散国民党;三、中日"满"成立反共同盟;四、中日"满"经济合作;五、复兴孔教。(据12月13日汉口英文楚报载。)所以我们必定抗战到底,争取最后的胜利;以凯旋之歌,唱着重归南京、北平以及一切的失地。

在我走进第八路军驻西安办事处以后,我更深地感受着自己是在走向了战场。

最后我得到毛泽东先生允许,让我以记者的资格,参加了第八路军。——日本的炮火所引起我的愿望,终于渐在实现了。

新识者与同行者

在办事处，以很短的时间我新识了很多的友人；其中我最熟识的是两个女人：一个是"长征中三十女人"之一的贺子珍女士，一个是"中国之友"的史沫特莱女士。这两个名字，我想在青年的记忆中，已经熟知了吧？前者是毛泽东的夫人，也是一个"老兵"，后者是《大地的女儿》的作者。

几天前，我早已知道贺子珍从肤施来了。我很愿与她相识一次；可是，我的个性，又不愿自动地去探访任何一个陌生人。不过，有一次偶然的机会，在一家开演《保卫卢沟桥》的剧院里，与她相遇了，又相识了。当时，我们都在看剧，并没有谈些什么。我们的谈话，还是几天以后在办事处的院门前相见的那一次。我们两人都是倚着土墙而立，让阳光温暖着肢体。她好像不自觉似的开始了一句问话："你要到前方去了吗？"

"是的。"

"哪一天走呢？"

"明天，后天。"

话停了，我们两人仿佛都有一种同一的寂寞之感；新识者的心情，也许都会这样吧？我这为了破除寂寞，同时也是为了探知些关于她的从前的事迹，我想她一定有很多动人的故事告诉给我。可是，结果，我只知道她在"征途"的生活十几年了，与毛泽东结婚已有九年，然后便因为我一句话触动了她的感情，使她感到几分伤心。我记得我那句话是这样问了她："你生过孩子吗？""生过，生过六七个呀！""那么，你的孩子呢？""在肤施吗？""现在只有一个在肤施，其余的都是生了，就给人了，生了，就给人了！"

这"生了，就给人了"使她脸上热烈的感情，渐渐地淡了，惨淡了，眼里充满了泪水。我们的谈话停了一下，我立刻把我们的谈话引向另一方面去，谈到她最近的生活。她说："……我的伤不好，我的精神自然也不会太好……"

于是，我知道了她的头上、身上，还有七处手榴弹的伤痕。"怎么没有医好呢？"我问。"医好，很麻烦！现在还有弹片没有取出。""现在你可以到医院去让医生用手术啊！""用手术要很多钱呢！"我听了她这句话，我的感情突然冲动了："你如果肯的话，我可以找我的朋友帮助你去医治；我想我的朋友都很情愿的……"我的话还没有说完，她似乎有什么感触了，便向我告辞了："我们再谈吧！"

她匆匆地别了我，跑回自己的房间去。我呢，仍留在原处，呆呆地站了很久，我感觉她不但是一个"老兵"，而且她有着一个二十七岁的人所不该有的纯洁的灵魂。

以后我们还有几次的谈话；在我感觉我们中间已经有了很好的友谊。在我们别后，我还在想念着她，祝福她平安。

一个人有优点，同时，也有弱点，或是缺点；她自然也是一样。然而她的弱点与缺点，始终没被我发见。

我与史沫特列是因为教她几天中国话渐渐熟识了。

她很爱中国，在她听见中国胜利的消息的时候，她总要以中国话反问一句："大胜利？"

然后她便狂笑起来，好像她所希望的已经获得了，好像是她最大的欢快。

不过，她也忧郁，当她独自静坐，或是徘徊的时候。那是她也许记起了自己身前的一些的凄凉的故事吧？因为她生长在美国工人的家庭，她的母亲在饥饿中死去了；从此我们可以知道"黄金世界"的一般生活，也并不像好莱坞银幕上所写的一样。又因为她早婚，失了少女时的幸福；她的丈夫，是印度人，是婆罗门教的贵族，也是一个革命者，几年前，已经远离了她，且娶了一个德国的女人，生了小孩，现在在苏联，是一个教授。从此我们也可以知道她遭受这一打击，是怎样地伤害了她的心，热情的心。此外，也许还有值得她忧郁的故事，那便不是我所知道的了。

在她做起工作的时候，便忘记了一切，甚至自己的存在。她工作的时间，最多有过一天十几个小时，不管旅途上已经如何疲劳，或是饭后，或是夜深，总是守在她那打字机的近边像一个音乐家打钢琴一样有兴趣地打着，不断地打着。她这种工作精神，是值得我们每个青年学习的。不过我看她常常失眠，却担心工作损伤了她的健康；所以我常常劝她休息："明天再打吧！""不，明天还有很多呢！""你要病了。"

她摇了摇头，表示自己为工作而断送了生命，也没有一丝的遗憾。因此，她的身体，渐渐地衰弱了。我们学习她工作精神的青年，这一点不得不慎重地加以注意。

以后，她是我的同行者之一。她以外，还有立波先生。我们三人在征途上随着第八路军同行一千多里，同寝同食，将近三个月。

立波现在要深入日军的阵地去。临行前他留给我一首诗："潇洒临风日，悲歌沉醉时。残春怀盛季，余勇上征骑。同行逾两月，劳燕忽东西。男儿无别泪，书此报依依。"这首诗，我觉得很好，写在这里，留逾我们别前的纪念吧！希望他平安地去，再平安地归来，让我们仍然在一起，随着我们的祖国同生死！

出发前的月夜

如果不是国难的时候，我要一游西安附近的名胜与古迹；这也许是我离去西安以后，最大的遗憾吧？

在陇海路上很短的时间，便到了潼关。这潼关的古城，在古时，是像雁门关、娘子关一样喻之为绝人的断壁；而今雁门关、娘子关已隔不住那蹂躏中国的铁蹄。不知潼关是否仍是今日战争中的一重地？——如果是，我们要以中国儿女的骨肉保护它以往的光荣！

临近黄河岸边的时候，我看见那混浊的波流，浮荡着一种使人感到几分凄凉的气息；它不像松花江水面那样的澄清，有着一种诱人的色质。然而现在已经不再是我们自由航行的地方，也许正因为这样，我认为松花江比黄河美丽。在岸上，等待着渡船等待了很久，无形中使人感到像原始航行一样的艰难。幸而有一偶然的机会，一只军用的渡船把我们同行的几个人载过了彼岸，不然也许要等到第二天。

在黄河的彼岸，在岸边的沙土上，躺着很多为民族为国家尽了最大力量的伤后的战士，在等待幸福之船把他们送过去。可是有人告诉我，他们有的等待两天了，无衣无食而且有着伤痕，在露天下荒郊一样的地上，忍受着无情的风雨；如果他们仍有知觉存在，他们能不感到他们并没有负疚于国家而国家负疚于他们太大吗？同时，这使正在开赴前方的战士能不减低几分勇气吗？所以我想对于救护工作要彻底改善一次！

风陵渡口的黄昏下，积留着很多的军用品，充满了逃来后方的难民，去向前方的战士，牛马车辆都簇拥着一条狭小的沙路，让一片沙尘随着飞往宿巢的老鸦，向四野飘散。战时所特有的一种气味，深深地透入了我的鼻孔；这种气味，在西班牙也可以同样地领受吧？——虽然，一是来自东京，一是来自弗朗哥之手。

同蒲车辆，像从昂昂溪到齐齐哈尔的车辆一样；所以我登上同蒲车以后，在半眠的神情中，无意地想象自己又一度从昂昂溪去齐齐哈尔，或是从齐齐哈尔去昂昂溪了。然而，事实是在太原；从今思往，谁能不有几分苦痛？幸而车上遇见了一些陌生人，他们谈着战场上的故事。我一面在听着他们的话声，一面让时间从我身边偷偷地走过了。

在我看见太原的灯火的时候，已经是两天以后的深夜了。在朦胧的月光下，还有太原城楼的模糊的暗影——中国大的城市，特有的一种标记。进城以后，我沿路看见了被日机炸过的房屋：塌倒的墙壁，零落的砖瓦。这战场的痕迹，已经见之于未战的太原。因此，我想到中国还有几个完整的城市呢？

在太原住了不过五天，便临近了出发前的月夜。第八路军驻晋办事处的院内，一切都已寂静了。我在屋里徘徊着，等候史沫特莱回来，告诉他们要出发的消息。窗外的月光，透入了窗纸，清幽而明朗；这和平时代的气象，为什么仍重见于今夜呢？他们回来之后，我们便忙动起来。于是，这美好的月夜，在我们忙动中破碎了。

"穿起军衣试试吧！"立波好像特别感到了军人生活的兴趣，他穿起了新制的军衣，挂上了皮包。史沫特莱忙着整理自己的东西甚至没有说一句话的机会。

我呢，悄悄地写了一首诗："我怀着战士的心而来，我将又怀着战士的心而去。来时，我一无所有，也一无所求，我只是为了祖国复仇！去时，我将也一无所有，更一无所求，我也只是为了祖国复仇！复仇后，我愿我的祖国自由，复仇后，我更愿自己也自由！"

初认的一个人

在日机轰炸中，我离开了太原。离开不满两个月的时候，太原，在版图上便变了原色而成了中国的失地之一。不过我并没有失意，我想只要不动摇我们抗战的决心，只要中国每寸的土地，都留下马德里的战绩，我相信最后的胜利，是我们的。

坐了十几小时的汽车，到××的时候已经是夜深了。第二天，到第八路军总指挥部去，要步行二十几里。可是，我曾在西安，打一次篮球伤了脚，直到这时候，也还没有养好，所以我不得不骑上一匹准备载行李的骡子。我以外，还有十几个同行者，都在我身前身后步行。几年来，我久已不惯骑行，感到比步行还不舒服。当同行者休息的时候，我更要休息。第一次休息过后，便行上一座高山；山下完全是一片秋色下的田野，杂着一些农家的远影。——我感觉确是离了都市而来近了乡村。可是这乡村也许比都市更高涨着抗日的情绪吧？在沿路的墙上，有很多第八路军的标语："打倒日本帝国主义""改善人民生活""实行合理负担"。在转过一处山弯的时候，我立刻发现前面来近了的三个人，都穿着同样的军服，都是同样的兵士的模样，所不同的是有两个人分握了三匹马的缰绳，另一人空着手。当史沫特莱与那个空着手的人的视线连起一条的时候，亲切地打了一下招呼；然后她给他介绍我与立波两个人："新闻记者。"随着她又把他介绍给我们："彭德怀。"

如果不是她给我们介绍，即使我们与彭德怀先生相遇了，也必定想不到他是彭德怀。

彭德怀与史沫特莱经过一刻谈话以后，他向我与立波问："你们都到总部去吗？""是的，到总部去。你到哪儿去呢？""我到卫立煌那里去。""几天回来？""很快很快就回来。"

这时候，我的骡子已经把我拖开了，它再不听从我重归原地，同时我的脚痛也不便下来，于是只好向他打了一下别时的招呼："回来，再谈吧！"

于是我任随我的骡子拖走了，可是不出十几步远的地方，它又自动地停下了。我再让它转头回去，它也不肯，所以这次那个初认的人，只给我留下一层模糊的淡影。

以后，与彭德怀也不曾有过更深的认识；因为他不常在总部而常在外面为工作奔忙，相见的时候很少很少。

不过据史沫特莱谈过一些关于他的往事，给我留下一些不忘的记忆。

彭德怀去后，我们仍继续着那段短短的行程。另外的一些同行者，有很多人这样问我："那个人是谁？"

当我告诉他们那个人就是彭德怀的时候，他们都不由自主地疑问了一句："是彭德怀？"

在我给他们以肯定的回答以后，每个人都长吁了一口气，仿佛表示着当时没有更深地认识一下彭德怀,在别后而成了一种遗憾。

"彭德怀有多大岁数呢?"

"看样子也不过四十多岁吧?"

"……"

"……"

他们在谈话中,描写着彭德怀的一切;也许还不知道路途在他们的脚下已经过去几里了。

剪成的一幅剪影

同行者中的一个人,告诉我前面透出几点斑白的小村,就是第八路军的总指挥部;这时候,相距还有三四里远吧?日机的响声由远而近了。同行者都一个一个地散开了。我也只好忍着脚痛,从骡上跳下来,准备逃避。可是日机从高空中,无意地飞过了山脊。于是我们又集合起来,走着,走着未尽的旅途。不过每个人之间拖长了一些距离。

走进那个小村的时候,我们先到了政治部。那是一家乡村稀有的华丽的房屋,门外与窗前都刻书着中国古代式的书壁,美丽而且新鲜,仿佛我从前游逛"故宫"所见的色质一样。我走进去以后,看见有一些人在阳光下取暖,谈着什么。史沫特莱把我以记者的名义介绍给他们,同时,她也把他们一一地介绍给我。可惜他们的人数太多,使我不能在一刻以内,完全记住他们的姓名与任务。然而在中国的习惯上,我又不便另问一次;所以只有等待以后新来的机会吧。现在我敢确定其中是有任弼时先生;我记得自己与他谈了几句话:"从什么地方来?""最初是从上海,这次是从西安,经过了太原,到此地!""上海我们打得怎样?""还好。""'八一三'的时候,你在上海吗?""是的,在上海。"我自知自己不适于一个记者的职务,除去我自己占有的房间以外,不适于任何的陌生的环境,而且,我最不愿见的就是很多的陌生人,既不能破除谈话中的寂寞空气,更不能从寂寞中引起紧张的情绪。在这种情形下我只好问他一句:"工作很忙吗?""不很忙。"

据说他从前是留苏的学生,曾任过上海某大学的教授,现在是政治部主任。我与他虽然只有几句简短的谈话,但是他那浓黑的短髭,珠一般圆而又珠一般明亮的眼睛,立刻给我留下一种深刻的印象。在我看来,那该是他外表上唯一的特征,很够小说中的人物与舞台上的角色;使人看见他以后永远可以记住他。

以后我们常常见面,也常常谈话,所以他成为我在第八路军中比较熟识的一人;我相信如果不是我们年岁上、生活上有着距离,我们可以成为很好的朋友,可以谈一谈学术的问题,甚至私人的秘密。有时候他的脸上透出一种青年之友的神情,使人感到他的热情,也有时候,他保留着一种最大的沉默,使人无形中感到他的冷酷;总之,他充满着像一个诗人一样的多变的感情。不过他好像永远保持着一点——神经的敏感性;这也许是一个政治家所必有的吧?

中国的"爱人"

朱德先生的名字,已经深深地印在青年的记忆中了吧?

在我到第八路军总指挥部的第一天的黄昏里,便看见了他。那时候,他正在篮球场与很多的青年打着篮球。不必有人介绍,我立刻就辨认出他来;因为他的脸孔与流传外面的相片一样,嘴边与眼角还有几条深深的皱纹,仿佛一面在记着他的年岁,一面在说明着他过去的事迹。他像青年一样跑着,跳着,扑着篮球。我看他总是张着口,保持着一种欢快的笑容。可是,我所见的他的相片,积蓄着一种尊严,一种无情与冷酷,与我这次所见的他的本人,正是相反。因此我感觉他在动态与静态中好像是完全不相同的人。所以我有一次问他:"看你的相片为什么那样凶呢?"

他便默然地笑了。

我第二次见他,是第二天去访问他。他正在院内刮脸,当他看见史沫特莱、立波与我的时候,他立刻站起来招待我们,好像不要等到刮完脸,便要与我们开始谈话。史沫特莱给我们互相介绍一下以后,我们都要他去刮脸,坐在一条长凳上等候着他。后来,他领我们走进房间去。开始我们谈了些不必要的话,消去了我一杯茶、一支烟的时间;随后我们谈到目前战局的形势,他说:"我们不管暂时的一部战事如何失败,我们胜利的形势总是一天一天地在发展。现在,我们必定保持必胜的信心,保持持久战的决心,最后的胜利必然在中国而不在日本!"

他的手,总是相交地伸入袖口,很坚决地指示出了中国战局的前途。"日军所占的也不过是铁路沿线的城市，他们的战线愈长，他们的困难也愈多。只要我们经常袭击他们的后方，破坏他们的交通，使他们无法运输一切军用品，就这一点也足够致日军的死命！"

在我们谈到关于救亡工作方面的时候，他说得很简单："我们目前唯一的工作，就是发动民众，武装民众，让全国民众一致起来抵抗日本。"

最后我们谈到日军方面，我摘取了最值得注意的一段话："我们第八路军抗战以来，有很多经验告诉我们，日军并不凶，一点也不凶，打他们更不难。我们在平型关消灭板垣的部队就是铁证。他们有很多的弱点：一、冲锋不强；二、防守不善做工事；三、警戒疏忽；四、爬山不如中国兵；五、胆怯。不过我们也不要因此轻敌，他们也有他们的优点：一、善于配合火力，而且可以隐蔽；二、退却好；三、增援迅速；四、能够适应战略行动，还可单独作战；五、打死不交枪，就是不肯做俘虏。——这也有几种原因，一种是他们传统的武士道精神，一种是他们国内欺骗的宣传，说中国人如何地野蛮，如何地残酷，一种是因为他们曾任意地残杀中国人，怕中国人向他们报复。"

他很精细地分析了日军的优点与弱点。我想我们对于他们的优点，有的可以避免，有的可以征服。——比方日本不肯做俘虏的问题，在第八路军已经有了相当好的办法，教给兵士几句日本话口号："交出你的枪，不打死你！""我们不杀俘虏！""我们优待俘虏！"……当在战场与日军接近或肉搏的时候，可以向他们高呼出来。有一次就是因为呼出了这种口号，一个日本兵才安心地做了俘虏。此外，我们可以尽量地攻击他们的弱点。这样地把战争持久下去，最后的胜利不是我们的，是谁的？

与他这次会见以后，渐渐地熟识了；不管在旅途上，或是休息中，常常有谈话的机会。多见他一次，便更加感到他的可爱；他待任何一个人，总像待他的好友一样。有一次在夜深的时候，他一面与我谈话，一面在烧牛肉，因为我常听人说他善于烧菜，所以我问他："你真会烧菜吗？""你等着吧，烧得蛮好吃呢！"

因为我最爱吃，不等他烧好，我便先吃了。我一边吃着，一边赞扬地说："真好吃！""你再等一等更好吃呢。"

他已经五十多岁了，却像青年一样说有趣味的话。我记得他有一次演说的时候，他谈到外面有很多青年，都要参加第八路军，他说："那很多青年硬要来，我们也没有办法，只有硬要！"

他类似这种话，常常引起别人的大笑。与他在一起，我感觉不致使人困于冷静与严肃的空气中。也许正因为这个原因，人人都愿意接近他。

此外，他不骄傲，而且谦逊。我还记得有一次在雨天下行军，我的马很疲劳，不能再骑，我随着队伍步行，渐渐地落伍了三四里。那时候，他从后边骑马来了。他见我以后，立刻下了马。他问我："你走惯了吗？"

我告诉他在这样的长途上，早已走惯了。然后我们一边谈着，一边相伴地走着。在泥泞的地上，只有一条可走的小径；他总是把这小径让给我走，而他自己踏着泥泞的草叶。因此，我想他之所以有今日的成就，这也许是原因之一吧？一个人也许常常失之于骄傲而成之于谦逊吧？

我很爱他，对他的印象，占有着我灵魂的一处。在我以外，我想有更多的人更爱他，仿佛他已经成为中国的"爱人。"

踏上了征途

我来以后，仅是五天吧，便传来了移动的消息。我已经离别了几年的行军生活，又将重新开始了。夜里，忙着抄写日军板垣师团长卫兵的日记，又忙着整理行装。直到夜深，行装整理好了，那日记还没有抄完。最后，我睡去了，恰是到了睡好的时候，窗外的笛声，响了："起床！"

渐渐地骚动起来，在移动的灯火下，不住地有着问声，回答声。乡村惯常安静的空气，破碎了。惯常安静的乡人，也骚动起来了，他们要看一看自己乡里究竟发生了什么事情。

我还没有洗完脸，早饭已经来了。这时候，我知道临行的时间迫近了，不容任何人再随意延长一刻。匆匆地随着队伍出发了。

天色，将近黎明。广大的原野上，每处都在浮动着一种模糊的云烟。我骑了一匹年轻的骡子，在两面土壁间的小路上，一步一步向前走着。这使我记起了从前在东北行军的生活，我骑的不是年轻的骡子，而是一匹几乎瞎了双眼的老马；此外，好像没有一丝的差别，我所见的景色，好像与从前完全一样，甚至我吸取空气的感觉也是一样，清爽中有些寒冷。

立波也许是因为第一次行军的缘故，他只感兴奋而忘却了疲倦。急走着，走到队伍的前面去了，让我和史沫特莱落在他的后面有一二里远。不久在一次休息间，我鞭打着自己骑的那匹年轻的骡子，赶上了立波。他看见我的时候，先向我笑了，在笑中好像表示了一种骄傲。可是我很严肃地告诉他："我们不是走今天一天就完了，明天还要走呢！也不知道要走多少天呢！"

我的意思是劝告他慢些走，以免第二天感到过大的疲倦的痛苦。他不肯听我的话，也许因为我们平常好开玩笑的关系吧？休息完后，他仍是独自走在前面，我仍是同史沫特莱在一起。在过一条小河的时候，她的马在石块上滑倒了，跪下了一双前蹄，她几乎落在水里。这使我和我身边的一些人都受了一些惊恐，有人立刻拖住她让她下了马。据她说她的腰又受了伤；因为她从前被马跌伤的腰部还没有完全医好，因此她不能再骑上马去，只有让两人扶助她走。走了一两个钟头以后，她忍痛地又骑上了马。——是一匹好马，是云南的名产。它总是爱跑，不肯休息一刻的工夫，即使勒住了缰绳也是一样。她爱它好像爱自己的爱人一样；可是这时候我从她的脸色上可以看出她对它的确有些恨意了，因为她已经经不起它奔驰的速度。最后不得不让另一个人拖住它的缰绳，使它不能够任意抛动着马蹄。可是它仍在拼命地挣脱着，仿佛不许任何外力妨碍它的自由，仿佛自由是它的一切，仿佛它是兽类的珈尔曼："……不愿意别人来和我打麻烦，尤其不愿意受别人的指挥。我所愿意的便是自由自主随心所欲……"

她随着它渐渐地离我远了。

后来，我因为骑得太久了，不得不从骡上下来，在我刚走起路的时候，便感到股部与大腿的酸痛；所以在我再一次赶上立波，更严厉地劝告了他，他呢，仍然不听。可是他第二天便知道了我所劝告他的话，是很正确的，他的脚掌，已经受伤，不得不骑我所骑的那匹骡子了。

他骑着，我走着，或是我骑着，他走着，交替地在减短着我们的征途！不过，在打退日本帝国主义前，我们的征途永远无止的一日！走吧，走到中国解放的时候，我们的征途便终了了——那时候，让我们，让我们全中国人，让世界一切爱好和平、拥护正义的伴友，联欢在一起，高举着胜利的酒杯，任情地高呼一声：

"中国解放万岁！"

"我们拥护人类的自由，平等，和平！"

我们任情地狂醉一次吧，报偿一些为了斗争所受的一切辛劳！

"你在想什么?"

立波问我,我不回答他什么;仍是随着队伍前进着,仍是他骑着,我走着,或是我骑着,他走着;这样我们一直继续了几天。每天都是从未明的夜色中,到午后,或是到黄昏,才宿营休息。在休息的时候,我不想吃饭,也不想说一句话,所需要的只是洗洗脚,然后睡觉!每次都好像刚刚睡着了,便又被起床的军号叫醒了。有时候我不肯起来,希望再多延长一刻的睡眠——虽然也知道事实已经不许有着这种希望。也许不会有人相信,在这期间的睡眠比黄金还珍贵吧?

在征途上,我知道了娘子关被敌人突破了,又知道了上海、太原被敌人占领了的一些消息;我忍痛的心便忘却了疲倦,有几夜,我完全不想睡眠,只是怀想着那些受难的土地和那些受难的人群;甚至在夜行中还更感觉兴奋。——好像我多受一分的辛劳,便多有一分的收获;使我们祖国解放的那一天更近了些。

"你走吧,不要停下你的步子。不要怕疲倦,疲倦是可以忍受的,你看看有多少中国人不都是在忍受着死亡的危胁吗?……中国胜利的那天近了,也许就在明天!……"

透入我耳孔的一切音响,好像都在这样地告诉我。

祖国在炮火中

早晨刚刚起来,便听见了前方胜利的消息。据说在胜利品外,还有一部俘虏。我兴奋着,随一部分工作人员去了。

路上,炮声不断地响着,好像响在我的身边。远处的山,近处的河流,同往日一样。可是在临近我所去的地方的时候,我所看见的一切都改变了常态:河里,积留着弹粒,断了的绳头,破了的皮带,各样的粮食……路上躺着马尸,满载的车辆,来往无数的队伍,从远处看来,像日本军队一样,几乎每人都穿着一身黄呢大衣,那种飞快的步子,使人感到奇异。据说一二九师和一一五师又将开始一场大的战斗。

那个农村近了。附近的田野,都已荒芜,零落的衰草和干枝,遮满地面。那战地特有的一种景色,想不到在这农村也出现了。我在呼吸中,仿佛已经感到浓厚的炮火的气息。从远处飞来的一只老鸦，看它早已疲倦了，然而它却不停留下来休息一刻，一直飞走了，远了。

农家的院门前，站有岗兵。军人以外，很少看见老百姓；即使有也是当地的公务员。那天晚间我住的农家，只有妇人和小孩，她们家里的男人，都从军去了。她们的生活很苦，不但没有菜，也没有盐；听说整个的村子，也收集不到一元钱。她们这种辛苦，可想而知了。她们说如果再不把日本盗贼打走，春天的时候，她们将被饥饿所迫而死！

第二天我住的农家，比较富裕些了，因为院内还存蓄几堆草茎。然而炮声一响了的时候，他们都担心他们那仅有的财富了。他们有人问我："你看日本鬼子能不能进来？"

"你想呢！"

"我想有第八路军在这里，总不要紧，你看我的话对不对？"

他说完以后，炮火更激烈了。我在林彪先生的住室，看他在指挥他的干部，怎样配置前线的兵力，他又用电话通知了徐向前先生。当时我向他申请，我也愿意到火线上去；可是他不允许。他笑着对我说："这次怕是危险，再一次我一定答应你！好吧，再一次我一定答应你！"

这样，我只好看着他领着队伍出发了。然后我、立波、史沫特莱和一些其他的人员都集中在高岗的一处遥望。

其实，看来战地并不远，最多也不过三四里地；我们所看的，一切都很清楚。

炮声不断地响着，响了一夜。早晨有人给我送来了日本点心和鸽子牌的朝鲜烟。我吃着吸着，好像取得了一种报复。

我看见又有些人集在那高岗上了，仍在遥望战地。不远那墓地的松林间，便是林彪所在的地方。不久我看见敌人的炮弹都集中在那一处爆炸。因此，很多人都替他担心了："他怎么还不回来呢？"

他没回来；回来的是他的特务员受伤了。这特务员的伤在腿上，他脱下裤子以后露出很大的血孔，鲜血不住地流下来。他告诉我们林彪没有受伤；我好像是一个基督徒，替他默默地向上帝祈祷了："祝他平安，永远平安！"

然后，他又告诉我们他以外还有几个人受伤。我立刻问他："他们为什么不下来呢？"

"他们都不肯下来，他们一定要和日本鬼子拼到死！"

这英雄的豪语，会使人在敬佩以后感到几分战抖。

吃早饭的时候，敌人也许发现了我们所在的目标，三个炮弹都是落在我们的附近，其中一个就打在我们的身上。被震动而起的尘土，草茎，落叶，都落进我的饭碗里。我感到一个人的生死在这时候，真是只有一线的隔离。

随后，我们便接到了转移的命令。在临行前，我看见远处近处的农村，都做了敌人炮火轰击目标，高起的火烟漫没了广大的空间。啊！祖国在炮火中！

正太线上

前一天，我们知道要开始夜行了。

是的，是在夜深吧，天色黑暗，没有一点的光亮，也没有灯火，我骑着那匹骡子，随着史沫特莱带有些野性的马渡了一条小河。在一条高起的悬崖上，她的马蹄被绊了一下，她几乎从悬崖上被抛了下去。她很慎重地让她的特务员开了电筒照了一下；是一个手榴弹，抛在她的马蹄下。这时候，我真感到了些余惊。如果那手榴弹被马蹄踏响了，我们和我们身边的几个人，不管怎样，也要发生不幸的死亡吧？即使是受伤了，也是一种极大的遗憾吧？

我们这次的夜行，是为了经过正太线避免敌机的骚扰或轰炸。可是，我们经过一个县城的时候，有一部分走错了路，我们走近正太路的时候，天色渐渐明亮起来。我骑着那匹骡子，一直骑了好几个点，没有下来过一次；我的脚被冻僵了，在不自觉中，突然从骡上跌落下来。幸而我没有被跌伤，只是左脚有些痛。

然后，我把那匹骡子交给了特务员，我沿正太路步行。据说那就是马首车站，敌机天天轰炸的目标之一。附近的房屋，没有一家的屋顶飘起一缕的炊烟，寂静得听不到一声鸡鸣，或是一声犬吠；我想居民完全逃走了吧？逃到什么地方去？现在中国何处有安乐的土地？路轨上，停留着几辆货车，再远些好像还有车头在鸣叫，在移动着车辆。我所见到的一切，都被一种死气所包围。——我青年的跳动的心，仿佛也经过一度的衰老。

在不远的一座桥下，我仿佛发现了一些大的行李和大的包裹；我猜想这难道是逃难者所遗留的吗？在我走近的时候，看清了，不是啊，完全不是大的行李和大的包裹，而是一些伤兵围着被子，裹着褥子，躺着，坐着，不住地呻吟着。我特意走下桥去探望他们一下，他们的手上满着伤痕，他们的脸孔被血迹所模糊了。

"你有枪吗？"

有一个人挣扎着，问我。我从他的衣领上可以知道他是一位少尉军官。他还没有等我回答他，他又急迫地问我："你有枪吗？"

"你要枪做什么？"

"同志，我问你有枪没枪……你不要管我做什么！……"

"我如果没有枪呢？"

他有些失望了，头无力地垂落下去。为了这，我立刻又问他："我如果有枪呢？"

"那就请你打我一枪……只是一枪！"

他为我指一指自己的前额，表示那是他要我开枪的目标。

在我问他为什么要我开枪打他的时候，他抑制不住自己的苦衷，泪水充饱了他的眼角。我想他如果不是故意逞着一种军人的刚强，他的泪水会像珠串一样地滚落下来，如果我是他的亲人，他一定会向我哭诉。

"同志，你有什么话，请你告诉我！"

于是他开始说了："我们从前线退下来好几天了，你看看这地方——"他给我指一下那天地间的荒凉的景色，然后又继续地说："冻也冻死了，饿也饿死了。"

我安慰他很久，可是他却说："还是死了好！"

"你是一个军人，不该有这种悲观的思想，尤其是在现在抗战的时候！"

"同志，你不要说吧！你的话我都懂。"

"那你为什么要死？"

"你看看我的伤——"

他在风里扯开自己的衣服，让我看他胸前的一块伤痕。我问："同志，你怕痛苦吗？"

"这点小的痛苦，我还能忍受。就是……"他下了决心似的说，"就是我躺在这地方不好，你看这地方常常过军队，开到前线去，如果他们看见我，他们不伤心吗？在前线上，他还有勇气吗？他们要想他们伤后也和我一样……同志，兵士的心理，你懂吗？……同志，你有枪，请你打死我，对我对谁都好，这你也懂吗？同志。"

他的话，怕永久留在我的心里吧？

我不知道我怎样忍痛地离去了他，我只记得我的步子缓慢下来；虽然我已经落伍了很远。

突然，我的思想，又被一种新奇的现象夺去了。铁轨上遗留着无数的血的棉块和血的布条，由血的棉块和血的布条渐渐地又看见了血的军帽和血的军衣，最后是血的沙地，血的车轨，啊，血的人间，一切都是血的！无数的不成形的尸身，不完整的头颅，断了的肠子，破裂了的肺叶……这一切零碎的骨肉，沿着铁轨的两旁，延长很远。有一个军官和几个路员正在收拾，渐渐地由远而近了。据说这是昨天被敌机轰炸的兵车，又被昨夜急驶的列车压过了。我停留一下，看见经过身边的队伍，每个兵士都像向那些零碎的骨肉在表示："现在每个中国人所要做的，你们都做到了！你们安息吧！我们还在继续你们的遗志，为我们的祖国去复仇，去复仇！"

我刚走过正太路以后，便听见了我们队伍的每个单位都发出了警报的号令。不久，我听见飞机的响声近了。这时候，我们每个人都找到了自己躲避的地方，我就坐在一块山石的下面，遥望着飞机的标志。在刺眼的红球从机翼头露出来的时候，证明了来的是敌机。于是，我耳边一切的声响都停止，直到敌机去了以后。

其实，在行军中，常常遇到敌机，大家都习惯了。它们的来去，好像与我们没有什么关系。即使听见它们在轰炸，不过是一些巨大的声响刺了几下耳孔。

再走起路来的时候，路上，遇见很多从太原退下来的路员和居民，背着包，抱着孩子，拖着车，那种悲惨的现象，仿佛无异地又看见了一些零碎的骨肉。我年轻的跳动的心，仿佛又经过一度的衰老！

俘 虏

广场的一次战斗，有些日本兵做了第八路军的俘虏。我看见的第一个就是松井四郎。

我一走进那家的院门，便看见他寂寞地坐在旷大院内的一条长凳上。两手相握着，望着遥远的天空。是记起了故乡？是留恋着战场？是假想着自己明日的命运？我都不知道，只看见他的脸色异常憔悴而且愁苦。他与我相见的时候，还是他开始俘虏生活的第一天。

他是西宫人，是西宫蓄音器会社的工人。"八一三"以后，他被征入第二十师团第二十联队充当辎重兵。他现在才只有二十三岁。他曾在师范学校毕业，还可以说几句简单的英语。他穿着日本兵士一样的军服，戴了一副近视镜，可惜已经碎了一块镜片，只余一片还完整地留在他的眼前。我们相认了以后，我从他的手册上抄下值得我们注意的几句：

此地土民很危险，杀了三十名以后，我们才安然宿营。

被敌包围了，
已经是最后了，
希望友军援助，
神，你帮助我吧！

前者是他们残杀中国同胞的一篇真实记录，后者是他做俘虏前被包围中所写的类似诗形的短句。他的思想和行动，从这里，多少可以知道些了。他给我的印象还好，我问起他的家的时候，他以哭声回答了我。然后，他问我："你看我将来怎样？"

"将来怎样？"

"我是说你们将来怎样处置我？"

我们很多人同声地回答了他："你安心吧，我们不但不杀俘虏，而且优待俘虏，你安心吧！朋友。"

黄昏了，他随着我们一起去留宿。吃晚饭的时候，他一边心里难过，一边不惯吃中国的饭菜，所以他吃得很少。饭后，他看我在吸烟，他指着我那一段快要燃烧尽了的纸烟问："可以给我吸一口吗？"

他那可怜的手伸出来了，我把一段值得骄傲的烟尾巴给了他。在我所知道的日本人一般的习惯，不但不吸别人的烟尾巴，而且自己的一支烟，也不分作两次吸。现在他为了别人的一段烟尾伸出手来，他该有着如何的心境呢？

天黑了，他躺在一间屋内的土炕上睡了，好像他已经忘记了自己是身在异国。

"又送来一个俘虏！"

来了一个兵士说。

我走出去，看见在门前停下一匹马，从马上下来一个强健的人。他进屋以后，很安然地向屋的四壁望了一周。他看见墙上贴着的一幅画，使他感到些兴趣，特意拿去灯照了一下。他开始的第一句话是："太原好不好？"

他所属的部队，是冲破娘子关进击太原的先头部队之一。他好像还梦想着太原，虽然已经做了俘虏。我不知道怎样地回答了他。然后他问一句："太原有什么好吃的？"

我们玩笑似的说："太原的葡萄又好又贱！"

他笑了，很坦白地笑了。

这时候有一个负责的人问起他的履历来。他的姓名，是佐伯小二郎，大阪人，家住在天王寺区六万体町二十九号。他家里有父亲，有妻子，还有两个孩子。他已经三十岁了，很久以来，他便是日本现役的军人。谈完话，他们检查他的身上，并没有检查出来什么。

为了他，又烧了一次饭。他一边吃着，一边笑着；我们谁也不知道他在笑什么。

"你为什么要打中国呢？"

有人这样地问起他来；可是他却说："因为中国打日本啊！"

"中国怎么打日本了呢？"

"日本在卢沟桥附近演习，中国为什么开枪打我们呢？"

又有人为了他的话气愤，抛开了正面的答辩，立刻质问他说："如果中国兵开到东京去演习呢？"

"你不能这样说，你的话太极端了。"

从此，我看他足可代表日本军阀所教育所养成的日本典型的军人。

第二天，我们吃早饭的时候，松井四郎和佐伯小二郎会见了。我想他们会见时，一定有出我意料的表情、动作和谈话。可是他们却不然，只是默默相望了一下，默默地又垂下了头。

饭后，他们随我们到一一五师司令部去。在路上，他们很寂寞，有人拿出一张日本妓女的照片（从日本尸身上搜出的）给他们看。松井四郎接过来，看了一下，立刻被他撕成了两片——他以为我们故意在侮辱他。

林彪找他们谈话的时候，他们没有表示一点的礼节。谈了一些话以后，林彪问他们:"你们想怎样?想回家吗?"

"不,不能回家,因为没有接到我们长官允许的命令。"

"那送你们回部队吧?"

"也好,可是要请你们给我一件武器,是枪,或是刀,不然这样回去是可耻的,因为我们没有受伤。"

这都是佐伯小二郎所回答,松井四郎未发一言。

没有送他们回家,也没有送他们回部队,让他随着我们部队过着生活。我们待他们很好,每天都把我们所有的最好的东西给他们吃,行军时他们一人骑着一匹马,他们渐渐地也终于被感动了,尤其是松井四郎,在一处农村的集会上发表了很激烈的反日演说。

他们随我们走了一个多月,我看出他们的情绪是多变的,有时欢快,有时也悲哀。有一次他们问了:"日华的战争什么时候结束呢?"

"如果日本继续侵略中国,中国决不屈服;也许三年,也许五年,直到打倒日本为止!"

"难道我们的青春就这样地过去了吗?"

最后他们被送到延安受教育去了。听说他们一天比一天好起来,而且不愿离去中国。

丁玲与她的伙伴们

在我与丁玲女士相识前,我听到许多关于她的谣言,这谣言使我记忆里留下她的模糊的小影。在我与她相识以后,那小影淡了,退走了,她重新遗给我一幅真实的印象。

第一次看见她的时候,是在太原。她听到我、立波和史沫特莱来了,她特意跑来看我们。她这次给我的印象很简单:笑的时候,像小孩;谈起话来,像老人。

不久,我们便离开了。一个月以来,我们在征途上,又遇见了。

不管行军、宿营,我们都常常在一起。即使她与她的伙伴到什么地方演剧去了,我也许去看她,她也许来看我;因此我们渐渐地熟识了。她那完整的印象,就是在这期间给我的吧?我所认识她的是一个有才干的女人,不但可以运用思想,而且善于处理事务。如果不能这样,一个那么多人的战地服务团,也不是容易领导的吧？她是湖南人，她也有着湖南人的特点——丰富的热情。然而很难使人看见她热情的所在，因为她的热情深沉而不露骨；这也许是多年来"事变"所受的教训吧？但是必要滑头的时候，她也滑头，并不弱于交易所的经纪人。还有她对一切都很小心，即使是一件小事，她也要经过很大的考虑；从前的丁玲和现在的丁玲，如果有些差异的话，那差异也许就在这里。她对于工作的努力，是超过了她的一切。她常说："忙一点好，最好忙得一天一点工夫都没有。"

是的，她每天忙得几乎一点工夫都没有，所以她很难产生一篇文章。也许正是这个原因，得到她伙伴的一致拥护，随她一样忙。她很爱她的伙伴，所以她开玩笑似的对我说过："除去王玉清一个人是大人，其余的都像是孩子，都像是我的儿女一样。"

王玉清也并不是怎样大的大人，他才只有二十五六岁。不过他聪明些，他有着丁玲一般的才干，他对丁玲有很大的帮助，事务方面很多都由他担负。我很喜欢他，虽然他并不是怎样爱文学的人。可是他的女人夏却是一个太不懂事的姑娘，不过也有两点值得她骄傲的是她的聪明与美丽。

此外还有丁玲的伙伴，给我留下了忘记不了的记忆。一是张可，他可以唱非常动人的大鼓，他唱起来的时候，可以使我悲哀，也可以使我兴奋。一是陈明，他很年轻，看起来很像一个孩子，做起事来，却很能干。一是我忘记了姓名的都唤"阿Q"的一个人，他很有舞台上的天赋，如果有好的人领导他，可以使他成为一个出色的演员。还有很多人，可惜我都记不清了他们的姓名！他们都有自己的特点。总之，所有的团员，几乎全部还都保留着人类最珍贵的纯真；这一点丁玲也正与他们一样——不过限于她面前是有着纯真的人的时候。

现在多方面都注意着丁玲与她的伙伴——西北战地服务团；更注意的是丁玲。在私人间的谈话，关于她的特别多，像从前一样地流传着很多的谣言。据我所听到的，毁多于誉的；然而我想那并不能损害她，而是损害了自己！

夜　里

那天夜里的行军，仿佛是我行军中最艰苦的一段征途。

不许说话，不许开电筒，在行军前已经有了这样的命令。

天色黑得像老鸦的翅膀一样，地上的一切都失去了颜色与形象。我们走的路，又是山路，每一步都有石块缠绊着脚，一不经心，也许落入一个坑穴中，跌倒了。同时也不敢快走，怕在意外中，滚下山去。最怕的还是过河，而且河又多，河上很少有桥，也看不见桥的所在处，所以只有在水中走过。每次走过，鞋子、袜子，甚至裤子全湿透了，那种冰冷的气息立刻透入了骨肉。刚刚要干爽起来的时候，去路上又横着一条河流。这样艰苦的旅行在我也许还是第一次。

我一切的记忆与想象，都没有了，我只是追随着身前的一个人；他跑，我也跑，他站住，我也站住，因为我很难探索我们所要走的路径。有一段路程，他跑起来了，一直跑了十几分钟，还不停止。我为了不敢松一步，仍然以他一样的速度追随着他；可是，他有着"二万五千里"的经验，我终于喘起来了，腿颤抖了，好像时时都有跌倒的可能。在不自觉中，突然感到我身前的一个人失踪了，我不得不站下了，望望身前与身后，都是一样的望不尽的黑暗。这时候我茫然不知所向了，仿佛在这世界上，只有我一人了。我正在急躁中，立波来了，他第一句就问我："他们哪儿去了？"

他也像我一样地迷途了。我沉思了一下，说："我想他往那边去了。"

于是我们两人向身边的山上走去，走到山腰的时候，我有些疑心了，为什么山上没有道路呢？可是重返回去，又怕白费了这段的气力，只好继续往山上走。快到山顶的时候，我听见有人向我们大声地喊了："口令！"

我知道走错路了，可是又不能立刻转回身来。——担心着那守卫者向我们开枪。我们站下了，听他又在追问："谁？"

"第八路军！"

"你们到这儿来做什么？"

"我们的队伍不是才从这儿过去的吗？"

"没有，没有，一个人也没过去！"

我们互相地说了这些话，始终没有看见他站在何处，只感觉他离我们的身边不远。因为我担心他是一个汉奸，想知道他是否是一个守卫者的念头，也无法实现。最后我问他是哪军的守卫者，他说："十三军！"

是的，这是第十三军驻扎的防地。于是，我们不得不退回来，又退至原地。幸而后面的队伍赶来了，我们才又继续走起路来，不然我们走到敌人的阵地，也许还不知道吧？

天快亮了，我的心境坦然了些，然而疲倦又来了；所以我每次遇见一个路人，都要指着我们的宿营地问他："还有多少里？"

第一个人告诉我说："还有二十五里。"

半个钟头以后，第二个人告诉我说："还有三十里。"

又半个钟头以后，第三个告诉我说："还有三十多里。"

我真有些奇怪了，为什么越走越多起来了呢？难道山西的地上没有距离吗？从这点也可以知道些山西的农民有着怎样的知识。

此后，我很少问路的远近，还不如自己估计一下吧！

在我到宿营地的时候，我的身子立刻软了下来。任何的外力，都很难让我再表示一个动作。可是那些兵士、长官，仍在不住地工作。也许只有在行军中，才是他们休息的时候。

因此我感到自己的缺点更多了！我应该学习像他们一样，每个中国人都应该学习像他们一样地能够吃苦耐劳！

三十多人的一群

我走了四十里的路程，是为了去看俘虏。临近战场的一个村子，住满了兵。我探望了很久，也终不敢确定俘虏究竟在哪一院内。

远处的炮声不停，枪声仍在响着；以后，我才知道那只是十二个兵士在抵抗着敌人的猛烈的炮火。我的心，被那炮声与枪声引去了，默默地站住了。可是，我突然发现不远处站着一个岗兵，于是我问他："俘虏在哪里？"

"那边，那个大门的院里。"

我去了；那大门前还站着一个岗兵，我又问他说："俘虏在这里吗？"

"是在这里。"

我走进去，并没有看见一个日本的军人。院内有三十多人，有的躺着，有的坐着，有的站着，也有的是老人，有的是青年，有的受过伤，凝结的血模糊了他的年岁。他们都穿着同样破旧的衣服，他们的脸色中都藏着同样的难言的痛苦。他们看见我的时候，所有的视线都集中在我一人身上。可是我并没有注意他们，找了一个兵士问："俘虏在这里吗？"

于是那三十多人的一群，都扑向我来；有一个老人已经跪下了："大人，你饶我们一条命吧！"

从他的话音中，从他的神情与动作上，我明白了他与他们是如何的一群；所以我说："你快起来，起来我们再谈！"

其中的一个青年听了我的话以后，他好像失落在海中，望见了一条救生船，立刻对他们所有的人喊："喂，你们听出来没有，这位大人，是咱们的同乡，真的呢！"

然后很多人都在问我："大人，咱们是同乡吗？你也是东北人吗？"

"是的，咱们都是同乡！"

很多人为我跪下了，仿佛见了自己的亲人一样喊着："老乡，你救救命吧！"

我的心粉碎了，我的泪水，几乎流下来。我们同是"九一八"后的受难者，今日我们中间却划开了如是的距离。他们以为我是第八路军高级的负责者，向我倾吐这种最大的真情。我被他们感动着，也以更大的真情待他们，我说："你们安心吧，你们的一切我都情愿担保。"

他们还不相信地逼问着我："你看我们真不要紧吗？咱们是老乡，你可不要骗我们哥几个！"

"我不能骗你们，难道你们还不相信我吗？"

最后他们相信我了。

我问起他们从前的一些经过，其中的一个人对我详细地说了："我们都是辽宁凤凰城人，都做庄稼为生。去年7月间，县里的'参事官'来了，按家抽人。我们也不知道做什么，问谁，谁也不知道。等到把我们送到日本鬼子军队里去，我们才知道不好了！可是又有什么办法呢？"

有人听着他的话，记起了往事，望着天，长吁了几口气。

"日本鬼子把我们编成了辎重队。十二个人分为一小队，另外有一个日本鬼子小队长，这就是他们一个人管我们十二个人。跟他们走起来以后，就倒霉了，不是打，就是骂。一天只给一顿饭吃，吃饱吃不饱也就算了；有时候，连一顿饭还没有吃呢，他们就喊了：'走啦，走啦！'晚走一步，就是一脚，或是一刺刀，有几个人就是因为这个被他们刺死的。睡觉不能睡，他们把你和马放在一起，还把你的手绑在马蹄上，这不是活遭罪吗？我们常常想逃，可怎么逃呢？大便、小便都有人跟着你！……"

这时候，有人更加叹息了。

"跟他们遭了好几个月的罪，一直到昨天晚间，我们听见了枪声，知道要得好了。当时我就说：'咱们可别跟日本鬼子们跑，子弹都是找他们的！'我们都藏在一块，一直到你们把我们叫出来。出来以后，才知道有人也受伤了。不管怎样，总比跟日本鬼子好多啦！老乡你说是不是？"

他的一段话谈完了，不久我也与他们告别了。

以后，我也见过他们；那时候，他们都穿起了军衣，成为第八路军的战士了。我每次看着他们的时候，他们都要问一句："老乡你好吗？"

或是："老乡，咱们在东北再见！"

一个农家

从下午走到夜深，走过了同蒲路。在一个农村前面，我听见两声清晰的枪声，我走过去的时候，在地上，被我发现有一个人结束了生命。他停止了一切的动作，头沉入未凉的血泊中。他侧边围有很多人，在奇异地看着他。因此，我想到刚才我听见的两声枪声，也许正是为了他而发生。不过我不知道他究竟为什么被施以如是的刑罚？他是逃兵吗？是强盗吗？是汉奸吗？

因为走错路，结果多走了十几里。在我到了最后一个农村的时候，管理员告诉我了他所给我们指定的房间。

天色很黑。可是我走进那家院内，窗内透出着明亮的灯火。我们的马蹄声，唤出了主人，把我们领进房间去。燃起着灯火，也燃起着炉火，一切都很整齐，而且清洁，这所有的准备，好像都为了新来的客人。我们行军以来，借宿的地方，不下二十几处，没有一处给我们以如是的快感。我问起那个年老的主人的时候，他说："我家听说你们要来了，你看我们都准备好了，等着你们来呢！"

这老人的可爱的态度与给我们的深切的同情，都感动了我们。他的三个儿子也很殷勤地招待我们。他的大儿子，是一个忠实的农民，他的二儿子，是北平中国大学的学生，他的三儿子是太原师范学校的学生。他们都同样有着爱国的热忱。他们的母亲为我们忙着烧饭。她说："我们在乡下没有一点好吃的，不知道你们吃惯吃不惯。"

吃完饭，我们给那个老人钱，他坚持不肯接受。他说我们给他钱是侮辱了他。可是第八路军有"八项注意"的规定，不许占老百姓一丝的便宜。这样使我们双方争持很久。最后他主张，在我们何时临走前再给他。

这个农家待我们怎样好，是无法完全说出的。比方每天，都要给我们送些乡下最珍贵的食品来，要给我们燃起炉火，时时问我们是否需要开水。每天晚间，都烧好了很温暖的炕，让我们去睡，舒展着疲倦的身体。每次躺在炕上，那种温暖常常使我记起故乡来。有一次我在半睡半醒的神态中，我想象是睡在故乡的炕上了。而且这主人，又常常问起我的家来，使我思乡的情绪，一天比一天高涨着。可是他却说："你们年轻人永远不想家，不是吗？我年轻的时候也是一样。"

"——所以你不让你的儿子，在你身边缺少一个！"

"不，这年头讲不了啦，我愿意他们出去，出去打日本！"

我以为他说的是谎话。然而不久，他终于允许他的二儿子和三儿子去陕北了，并且他还逗着年轻人一样的勇气对我说："你不要看我老了，有一天日本鬼子来了，我还要拿起枪来试试！"

现在日本强盗已经占至风陵渡，他的家也难免于沦陷了吧，不知道这个老人是否实践了前言做战场上的战士。如果是的，我愿在这遥远的地方，祝他领导起更多的老人来！

我很爱这个老人，住在他家里，像住在自己家里一样；看不出我们中间有什么隔膜而需要一句谎言。可惜在他家，我们只住了三天，就接到了转移的命令，移至离他家十几里的一个村子去。在我们临行的时候，他的家人完全站在院里，等候着送我们。他还不住地说："我真没想到你们只住三天就走了，我想你们最少也要住半个月！"

我们走出门骑上了马，我向他们打了一下临别的招呼。他说："你们以后不转移，可常到我家来；反正我们离得也不远，最多也不过十五里地。"

我们走了。他们还留在门前，他们的心中保留着一种恋别的情绪。

别了他们以后，他还要他的大儿子来看过我两次。可是我一次也没有去看他，这今日在我已经成为一种遗憾了。

一颗善良的心

特如丁格（W.Trudinger）是一个英国老太婆。她信仰基督教，而且是一个忠实的传教者。她在中国生活四十多年了，她在洪洞开了一家医院，也不下二十年了。她除去每天祈祷外，最大的工作就是用毛线织婴儿的小鞋，不管会客的时候，读报的时候，两手仍在不住地织着。如果有人问她："你每年要织多少小鞋？"

那她便说："能织多少，就织多少！"

如果有人再问她："你每年可以织多少呢？"

"不知其数了！"

"你织那么多，做什么呢？"

"你看，中国人多穷啊，中国的婴儿多可怜啊！我织了，就给人了；这许多年来，我自己一双也没有剩下。"

"你给的人，只限于基督徒吗？"

"不，谁来要我就给谁！"

她是这样的一个善良的老人，她有这样的伟大的"爱"。

不过她是一个"反共产主义者"。如果问她为什么反共产主义，那么她便说："共产党杀人放火，无恶不作，这正是违反了耶稣的意思！"

因此第八路军刚到洪洞的时候，她感到了一些惊恐。可是她渐渐地安然了，而且爱起第八路军来，给第八路军捐款，赠送朱德一本《圣经》，每天的黄昏为第八路军在圣像前祈祷："上帝，你保护第八路军吧，不要让日本的飞机炸伤他们一个人！保佑他们打胜仗，把日本军队打出中国去！"

这是她的诚意，我们可以相信的。如果有人问她："你为什么爱起第八路军了？"

即她会肯定地说："他们并不杀人放火无恶不作。我亲眼看见他们很爱护人民，而且对人很有礼貌，这正和耶稣的意思一样。"

有一次她听说第八路军医治的一个受伤的俘虏，想糖吃，她便找了两包太古糖，转送过来，她告诉来的人说："你告诉那个日本俘虏，吃了我的糖，以后他不要再打中国，让他告诉他的朋友，也不要再打中国吧！"

她这话，可以感动每个人，那个俘虏也是一样，他发誓自己一定要听从她的劝告，因为他早已觉悟了。

又有一次有人劝告她说，日本又要开始进攻了，恐怕洪洞也要成为战地之一；如果洪洞被沦入日本手里，她也许会遭了意外的不幸；请她早些离去洪洞。可是她说："我不能离开洪洞！我在这里快住到二十年了，在这里有我很多的中国朋友；我怎么忍心离开这里，让朋友被日本兵一个一个地杀死呢？"

"你在这里，日本兵也是一样杀他们，甚至，也要杀你——虽然你是英国人。"

"我愿意同我的朋友生死在一起，日本兵杀我是可以的，可是，我不能屈服他们！——狗东西，世界上无耻的强盗！"

现在敌人已经侵入洪洞了，他们又开始焚毁着房屋，抢掠着财物，强奸着女人，屠杀着同胞。我记忆中的洪洞已经变了原形，城角残缺了吧？完整街上遮满了零碎的砖瓦吧？我想一定有很多女人被强奸后，赤裸着身体死在街头，汾河被鲜血染红了水面，自己的产业，已归他人所有……这一切，都使我怀念！

我更怀念的是特如丁格那个老太婆，她是否健壮，平安？

哭 诉

昨夜我同第八路军某部的一个负责者，在这房间同宿了。早晨，他起来很早，坐在炕边，好像在等候谁的到来。

昨夜的炮声，响了一夜；这带有刺激的声响，不曾使我安眠。疲倦的身体，躺在炕上，仿佛永远也不想起来。可是，不到一刻，来了一个人——那某部负责者的特务员。他问："把他带到这里来吗？"

那某部的负责者允许以后，又不到一刻，又来了一个人——可怜的青年。他身上穿破碎的西服，他的脸上与发间，同样地积留着日久的灰尘；他的态度异常谦逊，而近于卑贱了。

当时我想高声地向他说："喂，你是做什么的？不管你是做什么的都好，你精神些，勇敢些，不仅我不愿意你那样，而且第八路军也不需要你那样！"

可是我没有说；现在我对于感情的浪费，也要有些顾及了。

不久，我便听见自己耳边流传着："他是汉奸！"

同时也有："他不是汉奸！不过只是一个受难的东北人罢了！"

从这些我可以知道些关于那个可怜的青年的来历了；所以我立刻起来静听那某部的负责者问他的经过。

他在说话前，他的泪水先流了；那只有出现在可怜人脸上的可怜神情，深深地感动了我。他用手拭去了几滴泪水，说了："我是辽宁新民县人。我的家现在还在新民。我在师范学校读书的时候，正赶上九一八事变；学校散了，我回了家。我这一点做错了——"

他叹息了一声，好像感到了最大的悔恨。然后他痛哭起来了，他一点也不吝惜自己的泪水，他好像要把自己一生所有的泪水，都在这一次流完，然后使自己成为一个无泪者。

"是的，这一点我真做错了！我不该回家，我应当随着义勇军去，何必受那些苦，何必有现在呢……唉！……做错了，永远也挽不回了！我回家以后，四处都传着：'日本兵每天都杀学生！'我的家人为了爱护我的生命，把我送到新成立的警察训练所去；几个月以后，我当了警察。从前做错的，还没有纠正过来，现在又做错了。我怎么能做警察替日本兵捕人呢？所以不到一个月，就想方法辞退了，又回了家。在家过了几年，没有做什么，每天写些无聊的诗而已。"

他很爱自己的诗，有许多还随带在身边，拿出给我们看。

"可是现在在东北谁能够平安地过活呢？几个月以前，县里'参事官'的命令来了，要我去见他。我的生命在他的手里，我不能不去。去了的时候，他对我说有一个差事要我去做，我当时就表示谢绝了。然而他生气了，问我：'你不忠于"满洲国"吗？'这话就是要给我加上一个罪名。因此我不得不听从了。在他告诉我要我去做翻译的时候，我很坦白地对他说：'我只是在警察训练所学过几个月的日文，怎么能做翻译呢？'他说只要会几句日本话就可以，还是一定要我去做；我不肯，他说了：'你不忠于"满洲国"吗？'"

我看他仿佛不甘心被压力所迫害，可是他握紧着的拳头松弛了！

"我不得不答应他了。以后他把我送到日本军队去，在辎重队做翻译，一直做到你们昨天打败那部分日本兵的时候！"

他的话很沉痛，现在还留在我的心底，我希望我们抗战到底，救出来东北受难的同胞，全中国受难的同胞！

维·瓦·库恰也夫同志

去年11月7日——十月社会主义革命节、苏联国庆节那天，我随计经理（炼钢建筑工程公司）、崔副经理（机械安装工程公司）、邓总工程师（炼钢建筑工程公司）一起到瓦哈罗莫夫专家的家，一来看他的病，二来祝贺他的佳节，我们劳动人民的共同的佳节，三来解决空气压缩机的基础加固的问题。他一见我们，便张开胳膊，准备拥抱，但一意识到异乡的风俗，又缩回去；他只好紧紧地握手，表示非常欢迎。我们问到他的病，他说："见了你们，我的病就好了。"我们提出空气压缩机基础加固的问题，他说："在苏联冬季施工，我们经常用电汽加热的方法，用起来很复杂，你们第一次用，不一定用得好，还是用蒸气加热吧……"我们祝贺佳节，他说："你们等我一下，我去去就来。"他回来，领来一位食堂的同志，端来一盘子黑鱼子、黄鱼子、火腿、肠子、奶油、面包，还有两瓶啤酒和两瓶通化葡萄酒；他帮助把这些东西摆在桌子上以后，又从自己左右两个裤袋里，掏出两瓶通化葡萄酒。计经理给每人倒了半玻璃杯葡萄酒。瓦哈罗莫夫同志说："第一杯要倒满！"不止第一杯，第二杯、第三杯也都是倒满了酒的。我们用满杯的酒，为庆祝苏联的佳节，全世界劳动人民的佳节，并为欢呼马林科夫同志和毛泽东同志万岁一杯一杯地干杯。顿时，屋内充满了狂欢的气氛，显得窗外的天色更蓝，山色更白，生活和斗争的本色更美。就在这时候，有人敲门。瓦哈罗莫夫说了一声："请！"

门开了，进来三位苏联同志，一个拿吉达尔，两个抱着曼特林。他们都年轻，其中有一个抱着曼特林的，年纪最小，最多不超过三十岁。他笑着说："我们是刚从莫斯科来参加大型轧钢厂工作的，不认识这里的主人，也不认识这里的客人。"

接着他介绍了他们每人的姓名和简单的履历。（当时，我只记住他指着那位像犹太人的同志："在打德国法西斯的时候，当过团长。"别的都没记住，连他本人的姓名，还是后来打听到的："维·瓦·库恰也夫——斯大林奖金获得者"。）他笑着，继续说："我们三个人，从门前经过，听到屋里很热闹，就敲了门。我们给你们弹弹琴，唱唱歌，为你们助兴，好吗？"

于是，他们弹唱起来。吉达尔音，低而重，曼特林音，高而亮，一低一高一重一亮地搭配着，伴奏着他们的歌声："瓦尔特"坚定着战斗的意志，"苏联一个平凡姑娘"飘荡着青春的绿波，"古船夫曲"舒展了沉重的胸怀，"巴雷娘曲"鼓动了轻快的脚步。瓦哈罗莫夫推开椅子，他跳起来。库恰也夫随着，一边弹，一边舞，跳着，哼着，说着："我们苏联人，来自苏联各地，谁也不认识谁，我们都是接受了一个共同任务，帮助中国工业建设，都是为了达到一个共同的目的，一个共同的理想，实现人类共产主义社会……"

瓦哈罗莫夫又取酒来，请我们大家喝。喝吧，说吧，唱吧，舞吧；酒是醉人的，歌舞比酒更醉人——我们醉了；醉吧，让我们一起陶醉于共同的理想里，狂欢于共同的理想里吧。库恰也夫跌了一下，也许意识到一种"国际关系"，急忙解释道："在我们国家里，可以这样说，这不是别的什么原因，只是地板太硬，鞋底儿太滑的缘故……"

大家笑了一阵子。库恰也夫提议唱《东方红》，并且，他严肃地说："我刚来不久，还没学会这个歌子呢，请大家帮助我合唱。我保证再过一个月以后，我给你们独唱，一定能唱好。"

大家一起唱起来，唱了再唱，好像唱不完似的。我一边唱着，一边从玻璃杯里抽出一张叠成三角形的食堂用的纸，悄悄地记着今天的某些印象。突然，被库恰也夫发觉了。

他问："您记什么……"

我说："没记什么……"

他说："不，我看见您在记……"

邓总工程师也许感到过分地搪塞，有碍友情似的，他便说："舒同志是作家。"

"作家"对他们是熟悉的。瓦哈罗莫夫的桌上堆着许多的文学书：《这是列宁格勒发生的》（阿·恰果夫司基）、《民歌》（依·阿·冈察洛夫）、《第一次的冒险》（□·欧切列金）……库恰也夫走到我的面前，亲切地说："您是作家，您将来写的作品，可要把咱们今天的欢乐写上去啊。朋友，您不要忘记我们。"

我没忘记他们，永远不会忘记他们，特别是库恰也夫同志。但因工作岗位的不同——库恰也夫他们属于生产方面，我属于基本建设方面——在工作上，接触的机会比较少。有时，我见他和他的组长果尔尼洛夫讨论生产的问题；有时，我见他带着工友同志调整轧钢机的轧辊，不可能有机会再重复一次11月7日的欢聚。

11月30日晚上，大型轧钢厂准备热试轧。我见库恰也夫同志来得很早，匆匆忙忙地赶路；他并不是因为热试轧而感到紧张的缘故，我知道他总是这个样子，像个消防队员似的。那天，天气很冷，但他穿得特别单薄，戴一顶黑色的小圆帽子，穿一身单的蓝色的工作服，好像过夏天一样。他为什么这样喜欢耍单儿呢？要不，他为什么这样抗冻呢？我不明白。我上摆动台，到第二座轧钢机前，抢过他的手来，赶快握一下。

我说："祝您今晚成功。"

他说："谢谢，祝您和我一样。"

他正在脸朝下爬着，也来不及看看谁握了一下他的手，便随声回答一句。我只听他对我说这么一句话，再没听他说别的。我只见他光顾忙，围绕轧钢机，领工友跑前跑后，躺下爬起，爬起躺下，手脚一直没有停过，弄得浑身是油。我只感觉他比那天喝酒的劲大，比弹唱的劲大，比跳舞的劲大。从前，我只晓得酒醉人；自从那天，和他唱过歌、跳过舞以后，我才懂得歌舞也醉人；自从刚刚，我握他一下手、听他一句话以后，我更懂得工作比酒更醉人，比弹唱更醉人，比舞蹈更醉人；不过，这种醉，不同于任何的醉，它越醉越清醒。在众人盼望下，他敲了钟。在众人欢呼声中，他打下口哨，从加热炉里爬出一条火龙，挡在轧钢机前；他听操作台上果尔尼洛夫组长的指挥，打手势，打口哨，再打手势，再打口哨，一个比一个强，一声比一声响。在他最强的一个手势下，最响的一声口哨中，火龙猛然地蹿过轧辊之间的孔道，随着响起一片欢呼声，一片掌声。我站在楼上的走廊上，距离辊道，至少有四丈远，当钢坯已经下降到一千摄氏度以下经过面前的时候，我还感到一阵烘热。因此，我才明白他为什么穿得那么少。

库恰也夫同志领工友同志宣传了热试轧的成功：头等的钢坯变成头等的成品。他的脸，像工友的脸一样，烤得通红的，浑身滚热的，我握住他滚热的手。

我说:"你辛苦了。"

他说:"不,一点也不!我在我们卫国战争最困难的日子里,我每天干过十六个钟头,也没辛苦过……"

第二天,我一进厂子,立刻感到与往日不同,究竟怎么不同,是说不十分清楚的;如果一定要说,只能说,像过年一样,劳动终年,欢乐通宵,在融和的气象里,每个人都显示着愉快的脸色。我第一次看见机装专家马尔钦克坐在他的办公室里,那么安适。他说过热试轧以后,他戒烟;我真没见他再吸。我又看见库恰也夫依着摆动台闲谈,好像挑了一天的担子,刚放下,松口气,解解乏。我走过去,有意识地引导他谈到他的经历。

他二十六岁。在他十八岁那年,父亲和哥哥都参军去了。在战争中,国家困难,家庭困难,他才在这么年轻的时候,离开学校,进了轧钢厂。到现在,他做轧钢的工作,整整做了八年。

他说:"我很高兴到中国来,特别高兴这次参加了中国轧钢厂的热试轧。我告诉您,在苏联,我也参加过一次热试轧,那个厂子的设备,和你们这个厂子的设备是一样的,都是乌拉尔重型机械厂的出品。你看,那轧钢机上不是都有y3TM吗?"

我说:"我看见了,我知道这是世界上的头等设备。"

他说:"热试轧证明了这是世界上的头等设备。昨晚上,一共轧了二十三根钢坯,一根二级品,十九根一级品,只是开头轧了三根废品。"

轧钢工程师知道,一般热试轧,都应该准备废掉十根钢坯,而且应该准备发生种种的意外:钢坯因加热不匀,可能翻到摆动台底下去;可能飞到摆动台外边去;操作人员因操作不熟,可能按错电钮,把钢材转错辊道,甚而使两根钢材互撞起来,冲到棚顶。

因此,他说:"昨晚上热试轧,我很担心,怕发生问题,怕工友们混乱;所以他们都是经过我挑选的。您不看见了吗?他们都很好,很有办法,很有秩序。中国的工人同志们都是好样的。"

我说:"他们不都是在苏联学习过的吗?"

他说:"不完全是,有的是。他们都是好样的。"

恰好过来一位工友同志,他俩热烈地抱了抱以后,库恰也夫拉住这位工友，没让他走，并把他推到我的面前，介绍给我。我看了看这位工友胸前戴的牌子，名字叫王久成。

库恰也夫说："他跟我修了两天两夜冷却水道，昨天晚上又参加了热试轧。他能干，他是好样的，他是个英雄。"

我说："你是个英雄。我听说你受过斯大林的奖金。"

他说："有过……"

热试轧以后，我们基本建设方面的工作，渐渐地结束了。我不常来，即使来了，也是见不着他的时候多，见着他的时候少；即使见到他了，他也是在摆动台上忙着工作，没有谈话的机会。12月以后，我根本不去了，一直没见到他；但见过李文厂长的一篇文章，赞美他，听过工友们的多次谈话，念念不忘他。

12月26日，大型轧钢厂举行开工典礼那天，我又见到他。他还是戴那顶黑色的小圆帽子，穿那身单的蓝色的工作服，还是打手势，打口哨；所不同的是，他和高岗同志握过手，和捷沃西安副主席、尤金大使握过手；所不同的是，把头等钢坯轧成头等钢轨；所不同的是，他用眼睛代替口。

"您看吧，我在中国，像在祖国一样地完成任务。"